KB234074

나나나 나나
일러스트 / Parum
디자인 / 신도샤

남녀의 우정은 성립할까?
아니, 하지 않아!!

Flag 1.
그럼,
30살이 되어도
솔로면 나를
고를래?

Danjo?

그날 우정에 빠진 두 사람은
2년이 지나도 친구 사이——?!
나랑 친구뿐인 청춘을 보내자구!
"슬슬 떨어져 주면 안 되냐?"

"아, 이제야 돌아왔네."
"여기는 내 특등석이니까."
중학교 2학년
고등학교 2학년

"......안녕."
"그거 다행이군. 나의 나츠를 빌려주는 보람이 있어."
마키시마 신지
Shinji Makishima
히마리를 제외한 유우의
유일한 친구이자,
천성적인 난봉꾼.
에노모토 리온
Rion Enomoto
쿨한 미인이자 신지의
소꿉친구. 히마리와도
초등학생 때 만난 오랜 친구.

이누즈카 히마리
Himari Inuzuka
중학교부터 이어져 온 유우의 친구. 사람을 손바닥 위에서 굴리듯이 갖고 노는 조르기의 대가로, 학교에서는 좋은 집안의 우등생 아가씨로 통하고 있다.

"앗."

"항상 나의 유우랑 놀아줘서 고마워―?"

나츠메 유우
Yu Natsume
플라워 액세서리 크리에이터를 지망하는 고등학교 2학년. 자신의 가게를 차리겠다는 꿈을 계기로, 히마리와 운명공동체(절친)가 된다.

"'사랑'의 액세서리, 만들 거잖아?
나로 체험해 볼래?"
"……윽?!"
내 팔을 붙잡는 손에,
꼬옥 힘이 실렸다.
그걸 뿌리치지 못하고,
나는 문득 허리를 구부린다.
……아니아니, 나 뭐 하고 있는 거야?
우린 친구잖아?

contents

남녀의 우정은
성립할까?
아니, 하지 않아!!
나나나 나
일러스트/Parum
Flag 1.
그럼,
30살이 되어도
솔로면 나를
고를래?

커버 그림, 본문 일러스트 | **Parum**

 | # 두 송이의 꽃

사랑에 빠지는 순간이 있다면, 분명 우정에 빠지는 순간도 있다.

그것은 중학교 2학년의 문화제 때였다.

우리 학교의 문화제는 시골 중학교의 문화제치고는 규모가 큰 것으로 유명하다. 각 부활동마다 가까운 농가나 음식점과 제휴하여, 토산물 전시나 먹거리를 파는 포장마차를 내곤 한다. 매년 다른 학교의 학생이나 손님도 많다.

과학부의 작품은 '플라워 어레인지먼트 전람회'. 시내의 커다란 꽃집과 제휴하여 생화를 가공한 여성 타깃의 작은 굿즈를 판매하기로 했다.

이틀에 걸쳐 열리는 문화제의 첫날. 지금은 16시 조금 전.

나는 액세서리 케이스를 들고, 교내를 흐느적흐느적 방황하며 걷고 있었다.

"과, 과학부입니다~. 플라워 액세서리를 팔고 있는데요······."

"그래서 있지~. 점심에 본 선배 라이브가 최고여서~."

"아~! 나 못 봤어!"

······완전히 무시당했다.

아니, 알고 있다. 목소리가 너무 작아서 상대에게 들리지 않는 것이다.

나는 초조해져 있었다. 판매 실적이 1할도 달성되지 않았기 때문이다.

시간이 흘러 1일 차가 끝나기 1시간 전에야, 겨우 학교를 돌아다니며 팔자는 생각이 들었다. ……문제는 방황하기만 하고 한 개도 판매 활동이 되지 않고 있다는 점이다.

친구가 없는 녀석이 막다른 순간에 다른 사람에게 말을 걸 수 있을까?

내가 어찌할 바를 모르고 있을 때, 액세서리에 흥미를 보인 커플이 다가왔다.

"이거 뭐야? 진짜 꽃? 엄청 예쁘네."

"아, 프리저브드 플라워로 만든 액세서리예요. 수익은 봉사단체에 기부됩니다……."

프리저브드 플라워.

생화를 에탄올 등의 약품으로 가공하여 시들지 않게 한 것이다. 숙련자가 가공한 것은 1년이든 2년이든 싱싱함을 잃지 않는다고 한다.

그런 가공을 한 꽃을, 액세서리에 곁들여 상품으로 만들었다.

"오~. 이런 거 그냥 만들 수 있구나. 얼마야?"

남자 쪽이 판매 중인 귀걸이를 손에 들었다.

드디어 구매 의사를 보이는 사람이 나타났다. 나는 용기를 내어 가격을 전했다.

"한 개에 500엔입니다!"

"어, 비싸잖아! 그럼 괜찮아."

남자는 말을 끊으며 거절하더니, 액세서리를 난폭하게 케이스에 돌려놓았다.

……나는 처음으로 판매업이 힘들다는 걸 깨달았다.

중학생의 500엔은 결코 싼 금액이 아니다. 맥도날드에서 식사는 할 수 있어도 같은 학년이 만든 자작 액세서리에 낼 금액은 아닌 것이다.

결과적으로, 5개가 팔렸다. 하루 종일 걸려서 100개 중 5개다.

(남은 건 이제 하루. ……안 되겠지.)

바보처럼 재고가 쌓인 액세서리 케이스를 들고, 나는 과학실로 돌아갔다.

거기에 있던 것이 **히마리**였다.

하얀 피부에 호리호리한 체구.

아몬드 같은 커다란 눈동자와 맑은 마린블루색 동공.

흐르는 듯한 길고 아름다운 머리칼은 조금 색소가 옅고, 가벼운 웨이브가 들어가 있다.

어딘가 투명한 느낌의 요정 같은 미소녀였다.

그녀는 사람이 없는 과학실에서 내가 준비한 플라워 액세서리를 열심히 바라보고 있었다. 색색의 전시용 생화에 감싸여, 그 존재감은 더욱 두드러졌다.

그녀는 상품인 헤어밴드를 머리에 쓰고 있었다. 동그란 꽃봉오리를 세 개 쏙쏙 장식한 물건이다. 책상 위의 거울을 들여다보고, '푸핫. 머리가 꽃밭인 사람 같아. 귀여워~'라고 중얼거리며 혼자 키득키득 웃는 중이었다.

'그림 같다'.

솔직히 그렇게 생각했다.

이게 인스타였다면 망설임 없이 '좋아요'를 100번 눌렀겠지. ……실제로는 100번이나 누를 수는 없지만.

그런 바보 같은 생각을 하고 있자니, 그녀가 뒤돌아봤다.

"아, 이제야 돌아왔네. 너 과학부의 나츠메 유우지?"

갑자기 이름을 불려서 겁먹었다. 나한테는 완전히 첫 대면인 사람인데. 미인은 목소리도 아름답구나, 같은 시시한 생각을 했다.

"그, 그런, 데요……?"

선배인지 후배인지도 알 수가 없어서 무심코 대답이 이상해졌다. 왜 이 학교는 옷의 자수 색 같은 걸로 구별을 안 해뒀을까.

"가게를 텅 비워두면 안 되지. 아까 광고지 든 여자애들이 보러 왔었어—."

"어?!"

실수했다. 과학부엔 나 혼자뿐이다. 물론 가게를 봐주는 사람도 없었다. 이래선 팔 물건도 못 판다…….

"……아니, 괜찮아."

“왜?”

히마리는 이상하다는 듯이 물었다.

이 상황에 솔직하게 분해하기엔 나의 자존심이 이미 갈기갈기 찢어져 있었다.

“……어차피 못 팔았을 거라, 있어도 없어도 똑같아.”

“………….”

히마리는 종이팩으로 된 주스를 들고 있었다. 요구르피라는 음료수로, 나도 초등학생 때는 자주 마셨었다. 그녀는 빨대에 입을 대더니 쭉 빨았다.

“아니―, 팔았는데?”

“응……?!”

이상한 소리가 나왔다. 거의 괴성이다.

놀림당하고 있는 걸까. 아니, 그런 느낌은 아니다.

“아니, 왜…… 그리고 내가 없었는데?!”

“아, 돈은 잘 있어. 내가 받아놨으니까―.”

히마리의 요구르피가 쪼옥 하는 소리를 냈다. 그녀는 텅 빈 종이팩을 정성껏 접어서 주머니에 넣었다. 바르게 자란 듯한 몸짓이 몹시 잘 어울렸다.

그리고, 그녀는 주머니에서 대신 갈색 봉투를 꺼냈다. 그걸 내밀며 말한다.

“자, 15인분이야.”

“십……?!”

당황하며 열어봤다.

천, 2천, 3천…… 1만 1,500엔.

우와. 이런 큰돈은 세뱃돈 말고는 본 적이…….

"아니, 잠깐만. 이거, 음……."

"아, 15명 합쳐서 27개 팔렸거든."

"계, 계산, 이……?!"

"계산이 안 맞아?"

나는 격하게 고개를 끄덕였다.

"맞을걸—. 어디 보자. 유리링이 귀걸이랑 머리핀, 맛피가 북 커버랑 책갈피, 아즈미 선배가 세 개 정도 샀었지—."

그녀는 깔깔 웃으면서 구입 이력을 늘어놓는다.

정말로 한 사람이 여러 개 사 간 건가? 500엔조차 중학생에겐 꽤 큰 용돈인데?

하지만 확실히 방금 말한 상품이 사라져 있어…….

갑자기 어떻게 된 거지? 오늘 하루 종일 필사적으로 팔아도 5개였는데? 내가 없던 한 시간 동안 27개나 팔렸다고?

……내 얼굴이 그렇게 심각한가? 자신이 있는 편은 아니었지만 무척 상처받는다.

"있지!"

갑자기 그녀가 내 얼굴을 들여다봤다.

정면에서 시선을 받아 심장이 멈출 정도로 깜짝 놀랐다.

……아무튼 얼굴이 예쁜 여자였다.

화장기는 없다. 하지만 품성이라고 할지, 뿌리까지 밴 바르게 자랐다는 느낌이 행동거지에서 스며 나왔다.

허리를 굽힌 찰나에 흔들린 머리카락도 사락사락 소리를 냈다. 교토의 유명한 수양벚꽃이 바람에 흔들리는 듯한 이미지다…… 나도 이 비유가 이상하다는 건 알지만, 내게는 역시 꽃이 가장 가까이 있는 사물이라 어쩔 수 없다.

"나츠메. 왜 이쪽을 안 봐?"

"아, 아닌데……."

무심코 눈을 돌렸다. 미인은 거북하다고.

"아, 그것보다 가게를 봐준 답례를……."

"아냐아냐, 괜찮아. 나도 심심했으니까―."

"그, 그래도 그럴 수는……."

"음―. 그럼 하나 가르쳐 줄래?"

히마리는 그렇게 말하더니, 전조도 없이 핵심을 건드리려 했다.

"왜 100개나 팔아야 하는 거야?"

"엇, 어떻게 알고 있어?"

"과학부의 사토 선생님이 말했어."

"내, 내 프라이버시가……?!"

그 아저씨, 상대가 미소녀라고 다 말한 건가?!

내가 혼자서 머리를 감싸 쥐고 있자니 또 다시 히마리가 얼굴을 들여다봤다. 얼굴을 돌려봐도 그쪽으로 따라온다.

"있지. 이유가 뭐야?"

싱긋.

무척 아름다운 미소였다. '우후후― 귀여운 내가 말하라고 했으니까 포기하고 자백하지그래?’라는 느낌. 분명 귀엽긴 하지만, 무언의 압박이 엄청나서 무섭다.

“…………….”

솔직히 이야기하고 싶지 않다. 어차피 또 바보 취급 당할 테고.

하지만…… 이 27개는 크다.

“나, 이런 플라워 액세서리 가게를 여는 게 꿈이야. 중학교를 졸업하면 취업해서 자금을 모으겠다고 부모님한테 말했어. 하지만 부모님은 고등학교에 가서 나중에 공무원이 되래. 그래서 문화제에서 내가 만든 액세서리가 100개 팔리면, 내 마음대로 해도 된다는 조건이…….”

“…………….”

어라. 대답 없음?

히마리는 큰 눈을 끔뻑이며 감정을 읽을 수 없는 표정을 짓고 있었다.

아니 잠깐만. 이런 부끄러운 걸 자백시켜놓고 노 리액션은 아니지. 깬다는 건 나도 안다. 하지만 깨도 깨는대로 할 말이…….

“……푸핫!”

“응?”

갑자기 히마리가 뿜었다.

“아하하하하! 당연하지. 어린애가 그런 무모한 인생 설계를 하면 평범한 부모는 막는다고―. 장난 아니네.”

폭소였다.

산뜻한 미소녀가 배를 붙잡고 웃고 있었다. 아까까지 있던 쿨한 인상이 단숨에 무너진다. 나는 아까와는 다른 의미로 압도당해 있었다. ……하지만, 그런 몸짓조차 기품이 있어 보이는 건 왠지 치사하다고 느꼈다.

숨을 몰아쉬면서, 히마리는 눈물을 닦는다.

"바보네."

"시, 시끄러워."

"진짜 바보. 바—보."

초면인 여자에게 가볍게 매도당하면서도, 나는 미묘하게 낯간지러운 기분이었다. ……내가 마조라는 의미는 아니다.

이런 친한 척 구는 행동마저 좋은 인상을 주는 것이, 이 히마리라는 애라는 걸 깨달았다.

"액세서리 이제 몇 개 남았어?"

갑자기 히마리가 물었다.

"어, 100개까지 앞으로 68개……."

"그게 다야?"

"무슨 소리야?"

"프리저브드 플라워는 망가지기 쉬우니까, 여유분도 준비해 뒀을 거 아냐?"

"일단 여유분은 50개……."

"그럼 앞으로 118개구나—. 뭐, 그 정도면 괜찮으려나?"

무슨 뜻으로 하는 혼잣말인지 알 수가 없었다.

“내일 전부 팔 준비 해둬—.”
히마리는 그렇게 말하더니 손을 흔들고 과학실을 나갔다.
혼자 남겨진 과학실에서, 나는 멍하니 있었다.

……그리고 다음 날.

문화제 이틀째의 16시가 지난 시간.
딱 어제 히마리와 만난 시간이다. 나는 과학실 책상에 엎어진 채 축 늘어져 있었다.
책상 위에는 한 장의 플래카드가 세워져 있다.
‘플라워 액세서리, 매진되었습니다’.
의기양양하게 준비한 주제에, 어제는 이 플래카드를 쓸 일이 있을 거라곤 꿈에도 생각하지 못했다. 여기 과학실에 장식해 둔 전시 액세서리는 하나도 남아 있지 않다. 재고도 텅 비었다.
어제처럼 밖에 물건을 팔러 돌아다닐 시간도 없었다. 오늘은 점심도 못 먹고 하염없이 계산만을 하고 있었다. 배는 고프지만, 뭔가 사러 갈 기력이 없다.
(왜 갑자기 잘 팔린 거야……?!)
이해가 안 된다.
학생에게만 판 것이 아니다. 이틀째는 일요일이고, 학교 외부에서 온 손님이 있었다. 그쪽에서 잘 팔린 것이다. 특히 가까이 있는 후쿠시 대학의 여대생들이 많았다.

그런 어른 누나들이 학교를 돌아다니며 몸에 달고 있는 물건은 눈길을 끈다. 같은 학년 여자들이 소문을 듣고 과학실을 찾아왔다. 다시 그 학생들이 밴드 공연을 하거나 연극에 출연하고, 더 많은 학생들의 눈길을 끌었다.

그 결과가 이 매진인 것이다.

"아―! 내가 살 게 안 남아있잖아?!"

시끄러운 소리에 고개를 들었다.

히마리가 아연한 얼굴로 텅 빈 전시 케이스를 보고 있다. 책상에 축 엎어진 내 등을, 그녀는 자비 없이 흔들어 댔다.

"있지, 그건?! 그 노란 거!"

"아니, 노란 게 한두 개도 아니고……."

"초커 말이야! 거품이 들어간 거 있었잖아!"

"……거품이 들어간 초커?"

기억난다. 재고 상자에서 마지막 남은 플라워 액세서리를 꺼냈다.

가련한 다섯 장의 하얀 꽃잎에 노란 꽃실.

남바람꽃(이륜초).

산과 들에 자생하는 다년생식물로, 하나의 줄기에서 꽃이 두 송이 자란다는 점에서 이륜초라는 이름이 붙었다. 이것은 내가 씨앗부터 기른 것이 아니라 어느샌가 피어 있던 꽃이다.

프리저브드 플라워로 만든 남바람꽃을, 추가로 레진이라는 투명한 액체를 써서 마름모꼴로 가두었다. 그리고 호박처럼 가공한 그것을 초커에 달아놓은 것이다.

하지만 이것은 실패작이었다. 레진에 엄청난 양의 기포가 들어갔기 때문이다. 솔직히 파는 물건으로서는 점수가 깎일 수밖에 없다. 겉보기만은 괜찮기에 전시 샘플로만 쓰고자 장식해 뒀었다.

그것을 보고, 히마리가 눈을 반짝였다.

"아―, 다행이다! 어제 사는 걸 깜빡해서 있지―!"

"……그거 실패작인데."

"왜왜?! 엄청 예쁘잖아!"

"네, 네가 그렇게 말하면 줄게. 실패작으로 돈을 받을 생각도 없고……."

"진짜?! 나츠메, 착하다~!"

"우왁?!"

갑자기 뒤에서 끌어안겨 하마터면 펄쩍 뛰어오를 뻔했다.

……너무 쫄린다. 인싸의 거리감은 무섭네.

"역시 도와주길 잘했어. 진짜 운 좋네."

"도와주다니…… 다 팔린 건 역시 네 덕분인 거야?"

"우후후. 글쎄―?"

히마리는 만족스럽게 초커를 받아 들더니 곧바로 목에 감았다.

상큼한 용모에 잘 어울렸다. 오히려 기포가 들어가 있기에, 그녀의 투명감 있는 이미지에 딱 맞는다.

……화학반응이라는 것이다. 실패작이라도 누가 차느냐

에 따라 이렇게 잘 어울릴 수 있는 건가 보다. 솔직히 감탄했다.

하지만 이어지는 히마리의 폭탄 발언에, 그 감탄이 사라져 버렸다.

"이 초커 있지, 실은 전부터 노리고 있었거든. 나츠메가 과학실에서 레진 붓는 거 계속 보고 있었어."

"허? 어, 어디로……."

"복도 창문으로. 나츠메 전혀 눈치 못 채고 있었지?"

"눈치 못 챘어……."

"말 건 적도 있는데."

"진짜로?!"

"무시당했다니까ㅡ. 설마 어제까지 인식조차 안 되고 있을 줄은 생각 못 했네."

"그, 그건 미안……."

전혀 기억이 없었다.

예전부터 무언가에 집중하면 주변이 안 보이게 된다는 말은 들어왔다. ……그래도 설마 같은 학교 애한테 구경당하고 있었을 줄이야.

"그럼, 갈까?"

"응? 어디로?"

그러자 히마리가 싱긋 웃었다.

"우리의 뒤풀이♡"

……나중에 알게 된 건데, 이 히마리라는 여자애는 나와

같은 학년으로 이 학교에선 상당히 유명한 애였다.

'마성의 여자, 이누즈카 히마리'.

남자도 여자도 선배도 후배도, 심지어 교사마저도. 마치 손바닥 위에서 데굴데굴 굴리듯이 갖고 놀아 버리는 인기 No.1 여학생.

혈통도 상당히 격이 높았다.

본가는 다이쇼 시대부터 이어져 온 대지주.

할아버지는 전 국회의원. 아버지는 현직 외교관.

나이 차이가 나는 두 오빠는 각각 기세등등한 지방의원과 관청의 에이스.

어젯밤 상당히 인기 많은 잡지 모델이 이 플라워 액세서리를 트위터에 올렸다는 모양이다. 게다가 그게 이 문화제에서 팔리고 있다는 것도. 그 모델이 히마리네 오빠의 동급생이었고, 그걸 본 후배 여대생들이 전부 몰려왔던 것이다.

뒤풀이…… 아니 감사의 의미로 들른 모스버거에서, 나는 자릿수가 다른 팔로워 수를 자랑하는 계정을 보고 질색하고 있었다. 트위터에 올라온 구매 인증도 많았다. '어디서 사는 거야?' 같은 질문도. 내 프라이버시가 괜찮을지 불안해질 정도다.

"대단하네……."

"아냐, 아냐. 난 그냥 **조르기를 잘하는** 것뿐이거든—."

히마리는 그렇게 말하며 실실 웃고 있었다.

그 웃는 얼굴도 이상할 정도로 자연스러워서 전혀 반감이

들지 않는 게 대단했다.

"왜 도와준 거야?"

"응—?"

세이크를 쪽 빨아 마시며 히마리는 이상한 소리를 했다.

"도와준 적 없어. 왜냐면 난 널 동정하지 않으니까."

히마리는 트위터를 체크하며 말을 이었다.

"난 이걸 팔고 싶다고 생각했어. 그래서 오빠한테 부탁한 것뿐이야. 나츠메가 불쌍해서 팔리게 해준 게 아냐. 말은 정확하게 해야지—."

"…………."

히마리는 그런 말을 태연하게 하는 녀석이었다.

그리고 그녀는 눈을 반짝이며, 터무니없는 소리를 했다.

"하자—. 플라워 액세서리 전문 샵. 나도 도울래."

"허?"

무슨 소릴 하는 거지?

내가 그런 뜻이 담긴 시선을 보내자, 그녀는 살짝 자랑스레 말했다.

"난 말이지, 옛날부터 뭐든 할 수 있거든. 공부도 스포츠도 잘하고, 예쁘고. 친화력도 높아서 사랑받고, 예쁘고."

"……이누즈카 양, 지금 예쁘다고 두 번 말했지?"

싱긋 웃으면서 그런 말을 하지만 곤란했다.

안타깝게도 나는 즉각 '그러게. 세상에서 제일 예쁘네' 같은 대답을 할 수 있는 타입이 아니니까.

"하지만 내가 하고 있는 건 결국 남의 힘을 살짝 빌리는 것뿐이거든. 그래서, 나츠메처럼 열심히 하는 걸 동경하게 돼~."

"아니, 네가 나에 대해 뭘 안다고……."

히마리의 눈이 반짝 빛났다.

그녀는 오히려 그걸 묻기를 기다리고 있었다는 듯 말하기 시작했다.

"원예부가 없어지고 방치되어 있는 뒤뜰 화단에서, 나츠메가 매일 꽃을 돌보는 거 알고 있어. 그 액세서리들도 소재부터 수제잖아―."

정곡을 찔렸다.

추가로 히마리는 나의 흑역사를 폭로하기 시작했다.

"꽃들에 전부 이름 붙여둔 것도 알아. 문화제 준비할 때 하나씩 잘라내면서 오열했었지―."

"보, 보고 있었어?"

"그리고 물 주면서 꽃에 말 거는 것도 대단하지―. '오늘도 귀엽네', '너희만이 내 파트너야', '멀어져도 사랑할게'였나? 왜 꽃을 상대할 땐 그런 미남 같은 대사가 나오는 거야?"

"그, 그냥 죽여……!"

몸부림치는 나를 보고 히마리는 깔깔 웃었다.

"실은 액세서리만 살 생각이었는데, 생각보다 비참한 상태였어서 말이지―. 무심코 오빠한테 **평생의 소원**을 써버렸어."

"평생의 소원……?"

"그래. 평생의 소원. 엄—청 중요한 거."

그녀는 계속 눈을 치뜨며 나를 들여다봤다.

"그러니까, 나츠메가 책임져 줬으면 좋겠는데—?"

"으……."

그 말이 내 옆구리에 무거운 펀치를 먹인 것만 같았다. 하긴 그 상태로 계속 있었으면 결과는 안 봐도 뻔했을 것이다.

지금쯤 산더미 같은 재고 앞에서 혼자 초라하게 있었겠지.

"책임이라는 게 구체적으로……?"

"음~?"

검지손가락을 턱에 대고 귀엽게 고개를 갸웃하는 히마리.

그리고 그녀는 눈이 부실 만한 미소를 지으며 말했다.

"그 눈을 줄래?"

오싹, 등줄기에 오한이 일었다.

내가 손에 든 햄버거를 무심코 뭉개버린 걸 보고, 히마리가 웃음을 참으면서 덧붙였다.

"스플래터 취향인 건 아니거든?"

"아니, 알아. 진짜 그러면 곤란하니까……."

히마리는 감자튀김으로 내 햄버거 포장지에서 새어 나온 데리야키 소스를 훑었다. 그리고 그걸 망설임 없이 입에 넣으며, '나츠메, 표정은 안 변하는데 리액션이 커서 좋네. 엄청 점수 높아'라는 칭찬인지 욕인지 모를 말을 했다.

그걸 먹은 뒤엔 셰이크 빨대에 입을 댄다. 입술에 묻은 데리야키 소스와 하얀 셰이크가 섞여서…… 뭔가 야해 보였다.

그런 건 전혀 모른 채, 히마리가 진지한 얼굴로 입을 열었다.

"플라워 액세서리 만들 때 보이는 나츠메의 눈이 좋아. 액세서리에 대한 열정으로 반짝반짝 빛나거든. 올곧고, 엄청 아름다워."

"눈……?"

히마리의 셰이크가 쪼로록 하는 소리를 낸다.

히마리는 그 빨대를 즐거운 듯 잡으면서 '우후후—' 하고 웃었다.

"그러니까, 그 정열적인 눈을 나한테만 보여줄래? 독점시켜 줄래? 그렇게 하면, 나는 네 액세서리를 얼마든지 팔아줄게. ——그런 운명공동체(절친)가 되자. 응?"

"…………."

나는 말없이 고개를 끄덕였다.

솔직히 히마리가 무슨 말을 하는지는 확 와닿지 않았다. 그 요청을 받아들인 것도, 그녀의 화려한 말에 감동하거나 그런 게 아니고…… '아, 얘 거절하면 무슨 짓을 할지 모르겠네'라는 공포가 강했던 것 같다.

하지만 나도 모르게, 히마리를 보며 '친구가 되고 싶다'는 생각을 해버렸다.

태어나서 처음 나의 가치를 알아봐 준 사람과 만났으니까. 지금까지 친구는커녕 가족에게조차 이해받지 못했던 내 유일한 **정열을 쏟을 곳**을, 그녀는 확실히 '좋아한다'고 해 줬으니까.

그 목에 걸린 초커가 존재감을 과시하듯 빛난다.

남바람꽃(이륜초)의 꽃말은 '우정', '협력'──'계속 곁에 있어요'.

그런 남바람꽃은 분명 믿음직스러운 멋진 존재일 거라 생각하기도 했다.

내게는 히마리라는 여자가, 마치 남바람꽃이 사람이 되어 나타난 듯한 느낌이었다. 이런데도 넘어가지 않는 사람이 이상한 것이다.

내가 혼자서 가슴이 두근거리고 있자니, 히마리가 '앗' 하고 중얼거렸다.

그러자 문득 그녀의 분위기가 변했다. 아니, 변했다기보단 **원래대로 돌아왔다**고 해야 할까. 아까까지 있던 진지한 분위기가 사라지고, 과학실에서 본 실실거리는 웃음이 걸린다.

"물론 연애 감정은 없는 걸로─. 귀찮잖아? 연애라는 건 모든 걸 부숴버리는 독 같은 거고. 그러니까 우린 그런 거 없는 거야."

방금까지 하던 감성적인 가사 같은 말에서, 기품 없는 말로 내용이 완전히 변했다.

……뭐, 무슨 말인지는 안다. 비즈니스와 연애는 구분해 둬야 한다는 것은 세간에서도 중요한 이론이다.

"나츠메, 어때? 할 수 있겠어?"

히마리는 테이블 아래서 툭툭 발끝으로 내 다리를 찔렀다. ……히마리 같은 예쁜 여자애가 이런 짓을 자연스럽게 하면 보통은 좋아하게 되겠지. 뭔가 거리감도 가깝고. 모임을 망가뜨리는 기질이다.

히마리는 기쁜 듯이 양손으로 턱을 받치고 머리를 흔든다. 그 예쁜 머리카락이 살랑살랑 좌우로 흔들리고 있었다.

"아니면, 설마 반해버렸어? 벌써 반해버린 거야~?"

"…………."

이런, 하고 히마리는 눈썹을 모았다.

그 의외라는 듯한 얼굴을 보고, 오늘 처음으로 되갚아 줄 타이밍이 왔다는 걸 깨달았다.

"나, 예쁜 사람은 거북해. 우리 누나들도 꽤 예쁘고 인기도 많지만 집에서는 남자 친구에 대한 위험한 속내 같은 걸 초등학생 때부터 들어왔거든. 장미 같은 여자는 너무 무서워."

"…………."

그녀가 멍하니 나를 바라본다.

그리고 어깨를 떨더니, 못 참겠다는 느낌으로 뿜었다.

"푸핫――! 장미 같은 여자?! 좋네. 역시 유우는 최고야!"

그러더니 내 코를 콕 찌르며 웃는 히마리.

아무래도 마지막 '확인사항'은 클리어한 것 같다. ……그보다 갑자기 호칭이 **유우**가 된 것이 근질거렸다. 연애 감정은 없더라도, 갑자기 여자에게 이름을 불리는 건 부끄러워서 죽을 것 같다.

"남자애들이 다들 유우 같은 타입이면 좋을 텐데─."

"아니, 그건 힘들지. 평범한 남자였으면 여기까지 오면서 세 번 정도는 반했을 거야. 게다가 다섯 번 정도 고백했을걸."

"왜 고백 횟수가 더 많은 건데?!"

"이, 일단 미인이랑은, 하, 하, 하고 싶어진다고 해야 되나……?"

히마리는 유쾌한 듯 손가락을 딱 울렸다.

"아~! 있지있지! 그런 사람이 가끔씩 말 걸어. 특히 선배나 후배들 중에 서식한다니깐. 근데 유우, 부끄러우면 말 안 하는 게 낫지 않아?"

"그, 이누즈카는 딱 봐도 인싸쪽이잖아. 이런 대답이 더 좋을까 싶어서……."

"아하하. 무리 안 해도 돼─. 그래도, 유우 같은 무뚝뚝한 애가 얼굴 새빨갛게 해서 **한다**느니 하는 거 귀여워서 좋을지도."

"그, 그거 고맙네……. 근데 여기 밥 먹는 곳이니까 이제 봐줄래?"

나 같은 남자가 말하면 모를까, 히마리 같은 미소녀가 그런 소릴 하면 진짜로 주위에서 쏠리는 시선이 아프니 감안해 줬으면 좋겠다.

……하지만 뭘까. 마치 이상적인 '남자인 친구'를 앞에 두고 있는 듯한 이 안심감은.

"솔직히 연애 감정 같은 걸 알기도 전부터 인기가 많았거든. 이제 나도 잘 모르겠어ㅡ. 앞으로도 평생 연애 못할 것 같은 예감조차 들어."

"뭐? 무슨 소리야?"

"뭔가 꼬시면 넘어올 것 같아 보이는 걸까ㅡ. 그 뒤로 계속 고백받아서, '아, 나 인기 많구나ㅡ'하는 자의식만 성장했거든. 아마 아직 첫사랑도 안 해봤을 거야."

"나랑은 연이 없는 고민이긴 한데, 힘들겠네."

"유우는 여자 친구 사귄 적 없어?"

"취미가 이런데 있을 리가 없잖아. 아, 그래도 좋아하는 애라면……."

히마리의 눈이 번뜩 빛났다.

그녀가 살짝 말을 끊으며 몸을 내밀고 질문했다.

"있어? 누구누구? 내가 아는 애면 이어줄까?"

"아니, 절대 안 돼. 진짜로 안 돼. 애초에 나도 어딨는지 몰라. 초등학생 때 여행 가서 알게 된 여자애라서."

히마리가 '풉' 하고 뿜었다.

"순정남이야ㅡ?!"

"……그래, 순정남이다. 잘못이냐."

……이거 위험하다.

히마리는 상대의 약점을 봐주지 않고 놀려댄다. 게다가 깜짝 놀랄 만큼 악의가 없다. 마치 오래 사귄 친구 같은 묘한 안심감 덕분에 이것저것 자백하게 될 것만 같다.

"이야~ 우리 어떤 의미에서 엄청 닮지 않았어? 유우는 생각보다 말도 잘 통하고, 운명이란 느낌이네~."

"다, 닮았나?"

"평범한 결혼은 못 할 것 같아."

그건 나도 느끼고 있었다.

히마리는 감성이 세상과 너무 동떨어져 있고, 나는 단순히 꽃만 보이는 바보. 반에도 녹아든 듯 녹아들지 못했다.

그런 우리가 이렇게 만난 것이 운명이라고 한다면, 의외로 확 수긍이 됐다. 그만큼 나와 히마리는 첫 만남부터 마음이 잘 맞았다.

"있지. 30살이 되어도 서로 독신이면, 아예 나랑 살래?"

"그 갑작스러운 대시는 그렇다 치고, 왜 30이야……?"

"음―. 일단 세워놓는 커트라인이라고 해야 되나? 그때까지는 목표를 향해 한눈팔지 말고 힘내자~ 라는 느낌?"

"아, 그런 거구나……."

확실히 모든 일엔 완급이 필요하다. 인생을 건 이상, 실패에 대한 준비…… 즉 되돌아가기 위한 준비도 머릿속에 넣어두어야 한다.

"30까지 솔로면 나를 고르는 거다?"

히마리가 의미심장하게 눈을 치켜뜨며 나를 봤다. 손가락이 텅 빈 셰이크 컵을 두드린다.

그 이면에 숨은 **기대**를 쉽게 간파하고, 나는 작은 한숨을 쉬었다.

"······**히마리**랑은 절대 하기 싫어. 난 좀 더 단아한 여자가 취향이야. 집에 돌아와도 아내가 이런 느낌이라니, 진짜 사양할래."

그 대답에, 히마리는 예상대로 '푸핫——' 하고 뿜었다. 그리고 '나, 태어나서 처음 차였나 봐!'라고 말하며 살짝 호흡 곤란이 올 정도로 폭소했다.

뭐가 그렇게 빵 터지는지는 모르겠지만······ 아무래도 나는 이 여자의 취향을 확실히 배워가고 있는 듯하다.

이렇게 나는 우정에 빠졌다.

히마리라는 여자애와, 평생 **친구**로서 함께 늙을 수 있을 거라 생각했다.

그런 극적이며 드라마틱한 확신이 설마 겨우 2년 만에 깨질 줄이야······ 이것 참, 정말 인생은 생각대로 풀리는 게 아니구나.

I "계속 곁에 있어요"

♣♣♣

4월 초.

고등학교 2학년이 되고 얼마 지나지 않았을 때였다.

시골의 봄은 평온하다. 애초에 시골에선 이벤트라는 게 정말 달력에 맞춰서만 일어나기에, 이 시기엔 빈둥빈둥한 것이다.

그런 방과 후에, 교실 한쪽에서 여자들이 꺅꺅 떠들고 있었다.

"있지, 히마리 오늘 아침 거 진짜 미쳤지 않아?"

"나도 그 생각 했어. 너무 예쁘잖아."

둘은 휴대폰을 들여다보고 있다.

오늘 아침이란 건 히마리가 올린 인스타 얘기다. 봄방학에 10번 국도를 따라가면 있는 카페에서 촬영한 사진이었다.

산뜻한 우드 덱 위에서, 새로 나온 여름귤 젤라또를 든 피사체.

두 귀에는 은방울꽃을 쓴 프리저브드 플라워 귀걸이.

커다란 선글라스 너머로 엿보이는 마린블루색 눈동자는 고혹적이었다. 창문 밖으로는 휴가나다(일본 미야자키현 동부 해역)의 푸른 바다가 펼쳐져 있다.

이번 주부터 갑자기 기온이 올라왔다. 강렬하게 여름을 인식시키는 그 인스타 사진도 매우 선명히 나온 모양이다.

히마리가 고등학교에 입학한 뒤 시작한 인스타 업로드.

뛰어난 피사체 덕도 있어서인지, 1년도 안 돼 팔로워가 5만 명을 넘어서 깜짝 놀랐다.

우리 지역에서도 유명해서 새로운 사진이 업로드 된 날에는 이런 느낌으로 와글와글 시끌거리는 광경이 연출된다. 방과 후에 이온(쇼핑몰)에 갔더니 푸드코트에서 똑같은 얘기를 하는 다른 학교 여학생들을 마주칠 정도였다. ……역시 시골. 얼마나 이벤트가 없으면 이러겠어.

내 옆자리에서, 장본인인 히마리는 상쾌한 얼굴로 가방에 교과서를 넣고 있었다.

여전히 묘한 오라를 두른 여자다. 이런 시골 마을에 있는 학교의 촌스러운 교복조차 이 녀석이 입으면 유명 브랜드의 신작처럼 보이니 신기했다.

히마리는 요 2년간 키가 살짝 컸다. 그것도 다리만 자랐나 싶을 만큼 훌륭한 비율이 되어 쓸데없이 남자들의 시선을 모으는 일도 많다.

표정에도 묘한 색기가 엿보이게 됐다. 얇지만 모양이 예쁜 입술은 옅은 립글로스로 반짝여서, 문득 히마리가 입술을 핥을 때마다 주위 사람을 두근거리게 한다.

흘러내리는 듯한 아름다운 머릿결은…… 상당히 과감하게 잘라 버렸다. 하지만 자연스럽게 흐트러진 쇼트 보브컷은 장난기 있는 히마리에게 잘 어울렸다.

맑고 투명한 마린블루색의 눈동자는 그대로다. 아몬드처럼 딱 크고, 변함없이 매력적이었다.

2년 전의 투명감 있던 미소녀는 보다 어른스러워졌지만, 신기하게 장난기도 더 겉으로 드러나게 됐다. 선천적인 말썽꾸러기인 히마리를 잘 나타내고 있다.

아까 얘기하던 여자 두 명이 히마리의 책상 앞에 와서 말을 걸었다.

"이 가게 어디야?"

"10번 국도를 시내 쪽으로 따라가면 금방 보일 거야. 이젤라또, 가을까지만 파는 한정 메뉴라던데—."

"그럼 이 귀걸이는? 이온에서 살 수 있어?"

"이건 특별 주문한 거라 가게에선 안 팔지 않을까—."

"와—. 좋다. 나도 갖고 싶어—."

히마리는 둘에게 명함 한 장을 내밀었다.

그저 'you'라고만 적힌 플라워 액세서리 크리에이터의 명함이다.

"인터넷에서 살 수 있어. 명함에 있는 QR코드로 들어가서 주문해 봐. 이 코드 입력하면 배송비도 무료야. 몇 번이든 쓸 수 있으니까 한 개라도 가볍게 해 봐."

"진짜?! 고마워—!"

그런 흐름으로 히마리는 방과 후에 놀 약속까지 잡히고 있었다.

노래방에 간다나 보다. 사실 이 거리에서 방과 후에 놀려면 대체로 이온이나 노래방이나 스시로(스시 체인점)이 대부분이다.

상당히 많은 애들이 참가하는 모양이다. 반이 바뀌면서 처음 알게 된 사람도 있다. 히마리를 자기 그룹에 잘 끌어들이고 싶은 거겠지.

……이 지역 좋은 집안 아가씨의 권위는 고등학교에서도 건재하다.

아니, 오히려 2년 전보다 커졌겠지. 관청에서 일하는 둘째 오빠가 손대고 있는 지역 개발 프로젝트. 그 일환으로 만들어지던 고속도로가 드디어 개통했기 때문이다. 이걸로 옆 현까지 이동하기가 쉬워졌기에, 이누즈카 집안의 주가는 하늘로 치솟은 상태였다.

그 호의 120%·타산 120%인 제안에 히마리는 싱글싱글 웃으며 '으~응. 어떡하지~' 같은 소리를 하고 있었다.

그 시선이, 문득 내 쪽을 향한 듯한 기분이 들었다.

"…………"

나는 가방을 어깨에 메고 자리에서 일어섰다.

딱히 누군가와 인사를 나누지 않고 교실을 나선다. 복도에는 하교하는 학생들이 오가고 있다. 운동복 차림으로 부활동에 가는 사람도 있었다.

별동에 있는 과학실에 도착했다. 교무실에서 빌린 열쇠로 문을 열자, 6인용 테이블이 6개 있었다. 나는 창가 제일 앞의 테이블에 가방을 놓았다.

과학실 뒤편에는 커다란 철제 선반이 늘어서 있다.

오른쪽 철제 선반 맨 아래 여닫이문의 잠금을 풀었다. LED 화분이 늘어서 있다. 실내에서 해충 걱정 없이 식물을 키울 수 있는 우수한 제품이다.

겨울에 피는 꽃은 이미 수확한 상태다.

지금은 봄철에 심는 씨나 모종을 심고 있다.

아마릴리스, 라벤더, 패랭이꽃, 마리골드…….

하나하나 사진을 찍은 뒤, 성장을 기록한다. 물을 갈아주면 원예부로서의 작업은 완료.

남은 건 개인적인 활동의 시간이다.

LED 화분이 든 문을 닫고 열쇠로 잠갔다. 그리고 그 한 칸 위의 여닫이를 열고, 골판지 상자 두 개를 꺼냈다.

첫 번째 상자를 열자 100엔 샵에서 산 밀봉 케이스가 들어차 있었다. 그중 하나를 꺼내서 내용물을 확인했다.

대량의 건조제와, 용액에 담갔다 꺼낸 프리저브드 플라워의 꽃덮개(꽃잎과 꽃받침). 이것은 팬지의 꽃덮개를 가공한 것이다.

꽃덮개의 색을 확인하자 선명한 노란색이 더욱 깊어져 있었다. 딱 좋게 점잖은 멋이 느껴진다. 꽃잎의 열화도 보이지 않는다. 남은 건 건조의 정도인데…….

"영차."

다른 상자를 열었다.

이쪽에는 작업 도구가 정리되어 있다. 용구함에서 핀셋을 꺼낸 뒤, 비닐장갑을 끼고 밀봉 케이스의 뚜껑을 열었다.

핀셋으로 팬지의 꽃덮개를 꺼내본다.

"……느낌 좋은데?"

응. 좋은 느낌이다.

그것도 그냥 좋은 게 아니라 상당히 좋다. 살짝 꽃잎이 얇아서 뜯어져 버리지 않을까 했는데.

일단 이건 얌전히…… 꽃잎이 떨어지면 아깝다.

"좋아. 지금부터가 진짜야."

작업에 쓰는 탁상용 확대경을 준비한다.

그걸 통해 들여다보면서, 플라워 액세서리의 가공을 시작했다.

우선은 꽃덮개를 링에 끼우는 작업이다. 이게 제일 신경을 많이 쓰게 한다. 꽃덮개를 상처 입혀서는 안 되고, 비주얼에도 중요하다.

신중하게 작업을 마친 뒤, 재빨리 접착제로 고정했다.

각도, 비주얼, 강도…… 좋아.

다음은 귀걸이의 베이스 부분. 철사나 메탈 스틱을 귀걸이 모양으로 가공한다. 팬지는 노란색이니 시원한 인상을 주기 위해 푸른 느낌의 금속을 써서 잘 어울리도록 했다.

마지막으로 베이스 부분과, 팬지를 끼운 링을 결합한다. 이번에는 팬지의 방향을 귀걸이를 낀 사람의 정면으로 오도록 설정했다. 팬지꽃이 귓불에 피어 있는 듯한 이미지다.

전기를 흘린 납땜용 인두로 베이스 부분과 링 부분을 용접한다. 여기서 실수하면 지금까지의 작업이 물거품이 된다. 납땜용 인두의 끝부분이 조금이라도 꽃에 닿았다간 즉시 그을려 버린다.

조용해진 과학실.

멀리서 취주악부가 연습을 하는 소리가 들려왔다. 이 고요함이 기분 좋다. 에도 시대의 검객이 결투를 할 때도 이런 감각이었을까.

……자, 간다.

인두의 끝부분을 연결시킬 부분과 땜납에 가져다 댄다. 살짝 댔다가, 곧바로 뗀다. ……조금 약했던 것 같다. 한번에는 못 했구나. 두 번째…… 살짝 땜납이 많이 부풀었지만 괜찮다. 꽃의 인상을 죽일 정도는 아니다.

마지막으로는 땜납 부분의 부식 방지와 채색을 위해 착색 용액을 바른다. 이것으로 다소의 색 변화는 얼버무릴 수 있을 것이다.

한쪽은 완성. 이것을 책상에 둔 스탠드의 빛에 대서 체크한다.

"……오케이."

이마의 땀을 닦았다.

이 액세서리가 완성되는 순간은 몇 번을 경험해도 좋다. 혼자만의 세계라고 할지, 바깥과 단절되어 있는 감각이다.

아무튼, 나는 이런 혼자만의 시간이 좋았다.

누나들한텐 음침하다는 소리를 듣지만 태생부터 이런 성격이니까 어쩔 수 없다. 나는 크리에이터. 고독을 사랑해야만 자신과 마주할 수 있다는 의미로……

"오―. 이번에도 예쁘게 됐네."

"……?!"

전조도 없이 나의 정적이 파괴당했다.

내 어깨 너머로 슬쩍, 가느다란 양팔이 앞으로 뻗었다. 그것이 확 구부러지더니 내 목을 뒤에서 끌어안는다.

히마리였다. 내 목에 팔을 두르고 어깨 너머로 내 수중의 액세서리를 내려다보고 있다.

"우후후― 깜짝 놀랐어?"

그녀가 고개를 갸웃하자, 살랑거리는 머리카락 끝이 내 볼을 간지럽힌다. 반짝반짝 빛나는 마린블루색 눈동자가 나를 똑바로 마주 보고 있었다.

중학생 때부터 몸에 달고 다니는 남바람꽃의 초커가 살짝 반짝인다.

"히마리. 인두기 다룰 때는 갑자기 껴안지 마. 그리고 언제부터 있던 거야?"

"1시간 전쯤부터. 말 걸어도 완전 무시했잖아―."

히마리의 손이 납땜용 인두의 전원을 껐다. '지금부터는 나랑 놀 시간이잖아?'라고 말하고 싶은 듯, 살짝 내 귓가에 속삭였다.

"유우 바―보."

“아니, 아직 한쪽이 남았는데…….”

“오늘은 이미 유우의 반짝반짝한 눈은 즐겼으니까, 폐점하겠습니다~. 파트너의 기분 관리에도 힘써주세요~.”

“아, 알았다고. 귓가에 대고 말하지 마…….”

히마리는 요구르피 팩 주스를 쪼옥 빨아 마셨다. 그러면서 치마 주머니에서 또 하나의 요구르피를 꺼내, 내 입에 빨대를 꽂아 넣었다. 고맙게 받기로 했다.

아아, 촉촉해진다. 작업에 집중하느라 상당히 목이 말라 있었다. ……가급적이면 유산균 말고 포카리 같은 게 더 좋았겠지만.

“히마리, 아까 노래방 가기로 한 거 아니었어?”

“그거? 거절했어.”

“기껏 제안해 줬는데 아깝네. 처음 같은 반이 된 애들도 있으니까 놀아주지 그랬어.”

“음─. 그것도 나쁘진 않았지만 유우가 질투 어린 시선을 보내서 말이지─.”

“보낸 적 없어. 내 마음을 날조하지 마.”

히마리는 싱긋 웃었다.

뭐라고 할까. ‘귀여운 나를 독점할 수 있다는 세계 제일의 행운을 주는 거니까, 더 안 기뻐하면 죽인다?’ 같은 느낌. 진짜로 귀엽기는 한데, 이건 행운의 강매, 아니 사기꾼의 수법이거든요?

“그래도, 나름 뜨거운 시선 줬잖아.”

“중학생 때 했던 문화제를 떠올린 것뿐이야. 그땐 네 머리가 길었었지.”

“그렇게 치면 유우도 키가 컸지—. 그때는 내가 더 크지 않았어?”

“…………”

시험 삼아 일어서 보니 히마리가 목에 매달린 채로 ‘까악—’ 하고 떠들며 다리를 버둥거렸다. ……확실히 히마리가 별로 안 자랐다기보단, 내가 너무 자랐다.

시계를 보자 벌써 17시가 지나 있었다.

“슬슬 떨어져 주면 안 되냐?”

“그건 들어줄 수 없는데—. 여기(이 등)은 내 특등석이니까.”

“여기라니…….”

뭐, 이제 익숙해지긴 했다.

“역시 평일은 진행이 안 되네. 집에서 작업할 수만 있으면 더 편할 텐데.”

“유우네 방은 아직 안 됐나?”

“우리 집 고양이가 또 작업 중에 꽃을 갖고 놀아대서. 개는 장소를 바꿔도 바로 찾아오더라.”

“아하하. 우리 집에서 하면 되잖아? 방도 남고, 공방으로 써버려.”

“싫어. 너네 오빠가 또 비싼 스시 들고 오잖아.”

사춘기 남자 입장에서는 오히려 가족이 총출동해서 웰컴 분위기를 내주는 게 괴롭다. ……시골의 권력자는 더 무서운 이미지일 줄 알았는데.

"그리고 요샌 꽃도 늦어져서 말이지."

"꽃도 가게에서 들여오면 될 텐데."

"그래도 그 부분은 자신 있는 걸 쓰고 싶어."

"······흐—음. 그렇구나."

아니, 왜 기뻐 보이는 건데?

히마리와 친구로 지낸 지도 오래됐지만, 아직 이 녀석이 기뻐하는 포인트를 잘 모르겠다.

애초에 설마 2년이 지난 지금까지도 정말 친구를 하고 있을 거라는 생각 자체를 못 했다. 히마리는 다른 친구도 많고, 나 같은 건 금방 질릴 거라 생각했는데······.

"결국 히마리의 인스타 덕분이잖아."

히마리가 소개했던 'you'란 요컨대 나다.

인스타도 취미가 아니고 내 액세서리를 홍보하기 위해 해 주고 있다.

오늘 아침의 젤라또 사진처럼, 히마리는 모든 인스타 사진에 내가 만든 플라워 액세서리를 달고 있다. 히마리의 계정에서 판매 사이트를 소개해서, 마음에 든 사람은 주문할 수 있게 하는 시스템이다.

가게를 차릴 자금 모으기와 플라워 액세서리의 홍보를 양립시킨 전법.

중학교 때도 이것저것 시험해 봤다. 근처의 바자회에 뻔질나게 다녀보고, 제작 과정을 유튜브에 올려보고······ 그

결과, 이게 제일 잘 되고 있다. 결국 '미소녀×플라워 액세서리'라는 게 제일 알기 쉬운 거겠지.

"그러고 보니 히마리. 전에 연락 줬던 기획사는 어떻게 됐어?"

"아~, 고등학생까지는 이 지방에 있을 거라고 거절했어."

"진짜? 아까운데."

"아하하. 거기까지 하게 되면 유우의 액세서리 홍보를 할 틈이 없어지니까~."

"이런 시골까지 만나러 와주겠다고 했는데."

"음~. 내 귀여움이 세상에 들키는 건 위험하니까 말이야. 생각해 봐, 나한테 한눈에 반한 석유왕이 구혼하러 올 거 아냐? 그렇게 되면 정실 전쟁이 벌어져서 비극이 일어날 거야."

"그 비대한 자신감은 뭐야? 그런 걱정은 아무도 안 하는데?"

내 손을 즐거운 듯이 눈으로 좇으며, 그녀는 종이팩을 쪽 빨아 소리를 낸다.

덤으로 내가 가진 종이팩도 '다 마셨으면 줄래?'라며 같이 접어서 주머니에 넣었다.

"아니~. 나랑 유우는 운명공동체니까 유우가 장가 못 가면 내가 책임 져줘야 하잖아? 안 그러면 유우네 부모님께도 죄송하고?"

"그거 좀 안 하면 안 돼? 히마리 네가 그런 말 하면 너네 오빠가 '매제!'라고 불러서 괴로운데."

“뭐 어때~. 매제가 되어 버리라구.”

“안 돼. 너 하나만으로 벅찬데 똑같이 시끄러운 형까지 어떻게 상대하냐고.”

“괜찮아. 우리 집은 엄청 넓으니까. 세 가구 정도라면 충분히 프라이버시를 지킬 수 있어.”

“왜 슬쩍 너희 오빠랑 같이 사는 전제인데.”

정말 그렇게 될 것 같아서 무섭다. 아침부터 밤까지 히마리와 똑같은 DNA에 둘러싸여 있는다니, 그냥 벌칙일 뿐이다.

“싫으면 유우가 먼저 결혼하면 되는걸? 고등학교 들어와서 1년이나 됐으니 좋아하는 애는 생긴 거 아냐?”

“……아니, 그게.”

“어~? 아직 첫사랑이라던 그 애를 못 잊겠는 거야~?”

“시, 시끄러워. 못 잊겠다는 게 아냐. 그 이상의 충격적인 만남이라 해야 되나, 그런 게 없는 거야.”

“충격의 만남이라~. 식물원에서 미아가 됐을 때 도와준 애라고 했나?”

“그래. 같이 봤던 히비스커스가 예뻤지. 하얀 원피스를 입은 얌전하고 귀여운 여자애였어. 그 애도 미아였는데, 계속 내 뒤에서 소매를 잡고 있는 게 귀여웠단 말이지.”

“…………”

히마리가 빤~히 내 얼굴을 응시한다.

그리고 왠지 심각한 느낌으로 내 볼을 쿡쿡 찔러댔다.

“……계속 말할까 했는데 있지.”

“뭐, 뭔데?”

히마리는 ‘헹’ 하고 코웃음을 쳤다.

“그 애, 유우의 기분 나쁜 망상인 거 아냐?”

“너 진짜 죽는다.”

“아니면 꽃이 너무 좋아서 환각을 봤다거나…….”

“그게 기분 나쁜 망상이랑 어디가 다른지 설명 좀 해줄래?”

“꿈이 많은 기질은 유우의 매력이긴 한데 말이지~. 그래도 슬슬 현실의 여자한테 눈을 돌리는 게 좋지 않을까?”

“왜, 왜. 상관없잖아…….”

“만약에 그 첫사랑이랑 다시 만난다 해도, 그때까지 동정이면 촌스럽잖아?”

팍 하고 말이 가슴에 꽂혔다.

치우고 있던 기재를 나도 모르게 떨어뜨린다.

“됐다고! 다시 만나고 싶다고 생각하는 것도 아니고!”

“음~. 동정인 점은 얼버무리지 않는다니. 유우의 그런 부분이 좋아.”

“애초에! 네가 학교에서도 끈적끈적 달라붙어서 내가 여친 있는 거라고 생각되잖아!”

혼신의 반론이었다.

하지만 히마리는 입가를 가리더니 히죽거리며 내 가슴을 탁탁 때렸다.

“뭐~? 그치만 나는 때때로 남친 생기고 있는데? 유우의 페로몬이 부족한 거잖아? 내 탓으로 돌리지 말라구.”

“너한테 차인 걔네들이 이상한 소문을 흘리는데요? 왜 내가 네 남친한테서 너를 가로챈 듯한 거짓 정보가 돌아다니는데?”

“그건 그, 있지? 내가 남친 앞에서 유우 얘기만 해서 아냐?”

“진짜 민폐니까 하지 말라고!! 이제 학교 어디에 함정이 있을지 모르겠다고!”

“딱히 남친이 좋아서 사귄 것도 아니라서 말이지─.”

“그럼 왜 사귀는 건데?”

“음~? 시간 때우기?”

“우와. 네 그런 점은 진짜 좀 아니다.”

“아하하. 아직도 연애 감정 같은 건 잘 몰라서─.”

그 중학생 때의 문화제로부터 벌써 2년.

연애에 관해서는 변함없는 우리였다.

“뭐, 유우는 지금 이대로도 괜찮을지도? 내가 30이 됐을 때 받아줄 사람이 없으면 곤란하고.”

“너 진짜 내가 가게 차릴 때까지 결혼 안 할 생각이야?”

“언제까지고 뭐고 결혼할 생각이 없거든─. 그래도 유우가 먼저 결혼하면, 진짜로 선보게 될 것 같은데. 그건 진짜 싫어.”

“사람을 방패로 쓰지 마. 선이든 뭐든 좋으니까 빨리 결혼이나 해라.”

“상대가 아저씨인데? 유우는 내가 아빠 또래의 남자한테 시집가도 좋아?”

“아니, 진짜?”

“응. 내 싱싱한 몸이, 아저씨의 기름 번들번들한 손으로 더럽혀져 버려…….”

“이, 이야. 넌 가끔 남자인 나도 극혐할 만한 19금 발언을 날린단 말이지…….”

“야한 여자애라 미안해?”

“그런 귀여운 이미지가 아닌데 말이지…….”

굳이 따지자면 한적한 공원에서 야한 책을 주워 오는 남자 중학생 같은 느낌이다.

○○ 선배와 그 여친이 ××에서 섹스했다든가, 그런 정보에만 이상하게 귀가 밝은 남자인 친구랑 얘기하는 느낌이라고. ……이렇게 예쁜 앤데, 정말로 두근거리질 않는다.

“근데 요즘 시대에 정말 선 같은 게 있는 거야?”

“있어~. 자칫하면 고등학교 졸업하자마자 계속. 벌써 사진 같은 건 지인들 쪽에 돌아다니고 있을걸. 그래서 나 진로도 뭣도 안 정한 거고.”

“아―. 그러고 보니 너, 1학년 때 한 진로 조사 백지로 제출해서 혼났었지…….”

“일단 뭐든 좋으니까 쓰라길래 ‘유우의 신부’라고 썼더니 또 혼나고…….”

“그건 당연히 혼나야지.”

남의 이름을 막 갖다 쓰지 말라고.

그래서 그때 선생님이 종종 ‘잘 데리고 다니고 있지?’라는 알 수 없는 확인을 했구만. 미안하지만 아직까진 데리고 있어도 딱히 쓸 예정이 없습니다.

"……그래도 이 레이와 시대*에도 부자끼리 선보는 게 있긴 하구나."

정말 시대에 뒤처졌다고 생각한다. 그런 식으로 인생이 정해지고 싶진 않다고.

게다가 상대는 한참 연상이라니…….

"그럼 그땐 방패막이 정돈 해줄게. ……친구니까."

그런 멋있는 말을 한 뒤, 나는 자신 있는 표정으로 돌아봤다.

히마리는 얼굴을 새빨갛게 하고 필사적으로 웃음을 참고 있었다. 다람쥐처럼 볼을 부풀리고 부들부들 떠는 중이다.

이해할 수밖에 없다. 나, 속았구나.

"너 진짜 한 대 때린다?!"

"요즘 시대에 그런 선이 있을리가 없잖아. 야설을 너무 본 거 아냐~?"

"기름 번들번들한 손이니 했던 건 너잖아?!"

히마리는 한바탕 웃더니 내 머리를 마구 헤집었다.

"걱정 안 해도, 중간에 버리진 않아. 나, 한동안은 이 특등석을 만끽할 생각이니까—."

내 목에 두른 양팔에 꾸욱 힘이 들어갔다.

---

* 2019년 5월부터 시작된 일본의 연호.

나는 그 팔뚝을 찹찹 때리면서 항의했다.

"목~. 그 특등석 목이 조인다고~."

"일본 최고의 끌어안기 좋은 목을 가진 남자~."

"그 호칭은 뭔데? 전혀 안 기쁜데?"

"일본 최고의 감기 좋은 팔을 가진 여자~."

"그건 모르겠는데. 그런 소릴 하기엔 넌 너무 말랐…… 욱, 아니, 잠깐, 팔에 힘주지 마!"

그런 느낌으로 평소처럼 장난치고 있자니, 18시를 알리는 종이 울렸다.

운동부는 20시까지 할 수 있지만 문화부는 기본적으로는 여기까지. 이쪽 별동도 점점 문이 잠기니 그 전에 집에 가야 한다.

"오늘은 이쯤 할까."

"그래~."

"그래~가 아니고 너도 도우라고."

그리고 슬슬 목에서 좀 떨어져. 자기 다리로 서. 매달려서 깍깍 시끄럽게 굴지 말라고. 찔질 끄니까 진짜로 목이 조이는데.

"그럼, 히마리 씨. 귀가용 점호 하겠습니다. 작업 도구 오케이."

"꽃 오케이."

"잠금 오케이."

"저녁은 맥도날드 오케이?"

"음—. 오늘은 스시 먹고 싶은데."

"아, 그래? 그럼 오빠한테 라인 보내둘게. '오늘은 유우가 스시를 먹고 싶다니까, 그 비싼 거 사 와~'……."

"그냥 스시로 들러도 된다고! 어? 어?!"

"……하아. 매제는 정이 없네~."

누가 매제냐고.

우리는 과학실 문을 잠근 뒤 하교했다.

이것이 나와 히마리의 일상.

그리고, 그것은 한없이 잘 이어지고 있었다. 이 톱니바퀴가 조금 삐걱거린 것은 바로 다음 날이었다.

그로부터 하루가 지난 다음 날 방과 후.

히마리는 위원회 활동으로 없었다.

이런 일은 자주 있다. 내 앞에선 그런 느낌이라 까먹기 쉽지만, 히마리는 우등생으로 알려져 있다. 위원회나 봉사활동 같은 것도 꽤나 적극적으로 한다.

……뭐, 아마 집안의 체면 세우기 같은 의미가 크겠지. 부잣집에서 태어나는 것도 고생이다.

과학실에 가기 전에 요구르피를 사려고 자판기 코너에 들렀다. 항상 히마리 때문에 마시다 보니 나도 완전히 유산균의 포로가 되었다.

자판기에 동전을 넣고, 버튼을 눌렀다. 상품 나오는 곳에 종이팩이 떨어진다.

"때로는 조용한 것도 좋네."

히마리와 있는 건 즐겁지만, 정적을 즐겨야만 진정한 남자라고 아버지는 말했었다. 엄마한테 말싸움으로 못 이기니까 하는 핑계라는 건 알아도, 그 말 자체는 세련되어서 좋다.

"……음?"

앞쪽에서 여학생이 걸어왔다.

살짝 붉은 기가 들어가 있는 검은 생머리.

눈초리는 가늘고 길게 째져서, 조금 사나운 인상을 주는 애였다.

교복은 느슨하게 대충 입고 있다. 가슴팍도 크게 열었다.

넥타이 라인의 색을 보니 같은 2학년.

이름은 모르겠다. 작년에도 같은 반은 아니었던 것 같다.

……엄청 미인이구만, 하고 생각했다.

같은 미인이라도 히마리는 편안함을 느끼는 타입이다. 예를 들면 조용한 숲속에 사는 요정 같은 느낌. 게임에서 여행자와 만나면 체력을 회복시켜 줄 것 같은 존재다.

하지만, 이쪽 흑발의 여학생은 날카로운 나이프 같은 인상이었다. 알기 쉽게 말하자면 요즘 여자애라는 느낌. 뒤에서는 태연하게 남친의 험담을 할 것 같다. 우리 누나들도 비슷한 분위기다.

"…………."

여자애가 이쪽을 빤히 바라봤다.

이런. 보고 있던 게 들켰다. 허둥지둥 시선을 돌린다. ……나는 소시민에 불과하거든.

참고로 나는 미인이 거북하면서도 좋다.

엄청난 모순이지만, 요점은 '액세서리의 모티브로서 참고가 되기 때문'이다. 실제로 이야기하는 건 진짜 무서우니까 싫다. 미인은 조용히 있을 때가 제일 좋다.

이 순간에도, 나는 이 흑발 여자애와 어울릴 만한 액세서리를 상상하고 있었다.

살짝 본 느낌으로는 '의식해서 꾸민 멋쟁이'라는 느낌이다. 화장도 제대로 했고, 자신을 돋보이게 하기 위한 액세서리도 빼먹지 않았다. 머리핀, 목걸이…… 목 위로는 이 정도가 적정량이다. 무조건 많이 단다고 좋은 게 아니라는 거다.

그러니 내 액세서리를 단다면 여지가 남은 곳은 목 아래다. 옅지만 네일도 발라서 반지는 너무 과해진다. 그럼 목표는 손목인가…….

(그래그래. 저런 느낌의 느슨한 팔찌 같은 거…… 어라?)

내 눈에 들어온 것은 어깨에 건 가방 위에 올린 왼손이다. 그 손목에 내가 만든 플라워 액세서리가 있었다.

월하미인.

꽃잎이 희고 크며 아리따운, 아름다움의 대명사 같은 꽃이다. 꽃말도 그 미모에 걸맞은 '아리따운 미인' '덧없는 꿈'——

'그저 한 번만, 만나고 싶어서'.

……기억한다.

월하미인은 꽃덮개가 손바닥만 한 사이즈여서, 프리저브드 플라워로 가공한 뒤에 꽃잎이나 꽃실을 분할해서 액세서리로 썼다. 저건 히마리의 초커와 똑같이 레진을 써서 하트 모양으로 굳힌 뒤, 그걸 금속 팔찌에 이은 물건이다.

2년 전 중학교 문화제 때 판 것 중 하나다. 그때는 혼신의 역작이었다. 꽃말이 정말 감성적이었던 것도 기억에 남은 이유다.

……히마리 말고도, 아직 그때의 작품을 써주는 사람이 있었구나.

겉으로 나와 있는 프리저브드 플라워와 달리 레진으로 굳힌 것은 손질만 소홀히 하지 않으면 몇 년이고 쓸 수 있다.

하지만, 결국은 액세서리다. 결혼 반지처럼 특별한 게 아니라면 같은 걸 계속 몸에 지니는 특이한 사람은 히마리 정도일 거라 생각했다.

슬프지는 않다. 이건 숙명이니까.

나는 내 작품에 자신이 있지만 그걸 사는 사람에게 강요할 생각은 없다. 내가 작품에 담은 마음을 계속 퇴색시키지 말고 가지고 있어 달라는 건 지나친 오만이다.

뭐, 결론은 그래서 좀 놀랐다는 거다.

(저런 미인이 손님 중에 있었나……?)

기억 못 할 만도 하지. 그때는 계산하느라 눈이 핑핑 돌만큼 바빴으니까.

일단 이 월하미인과의 재회는 일상 속 따듯한 에피소드로 삼고, 돌아가면 히마리에게 보고하자. '설마 반했어? 반한 걸까나~?'라고 놀림당할 게 뻔하지만.

나는 자판기에서 요구르피를 꺼낸 다음, 그 애와 스쳐 지나갔다.

흑발 애가 자판기 앞에서 지갑을 꺼냈다. 부활동하면서 먹으려는 거겠지.

나는 걸으면서 종이팩에 빨대를 꽂았다. 그런 다음 '아, 이거 나중에 먹으려던 거였지' 하고 떠올렸다.

하나 더 살까? 그래도 여기서 돌아갔다간 좀 수상해 보이고……

그 흑발 애, 슬슬 다른 데로 가지 않았을까. 그런 마음을 담아 자판기 쪽으로 몸을 돌렸다. ……아직도 있었다. 흑발 애는 막 동전을 넣는 참이었다.

거기서 나는 어떤 사실을 눈치챘다.

그녀의 왼손목에 있던 월하미인 팔찌가 홀연히 사라져 있었다. 잠깐 사이에 가방에 넣은 걸까. 그렇게 생각하면서 시선을 내렸다.

그리고 흑발 애도, 구매한 음료를 줍기 위해 시선을 떨어뜨렸다.

"──앗."

그 목소리는 누구의 것이었을까.

생각보다 귀여운 소리네 같은 생각을 했으니, 저쪽 목소리였을지도 모르겠다. 아니면 동시에 나온 걸지도 모르겠다. 아무튼 시선만큼은 같은 것을 보고 있었다.

흑발 애의 발밑에…… 월하미인 팔찌가 떨어져 있던 것이다.

팔찌의 마디 부분이 끊어져 있었다. 중학교 부활동 예산으로 산 물건이니 열화하는 것도 당연하다. 오히려 잘도 여태까지 버텼다.

내 마음은 뭐, 그런 식으로 식어 있었다.

냉정하다기보다는…… 그래. 식어 있다는 말이 옳다. 지금까지 몇백 개나 되는 액세서리를 만들어 왔다. 그 모든 것에 정열을 담긴 했지만, 되돌아보는 일은 거의 없었다.

액세서리는 소모품이기 때문이다.

일생에 단 한 번뿐인 만남이자, 그것이 가치다.

그 본질을 착각하면 장사를 할 수 없다. 나와 히마리가 목표로 하는 것은 유일무이하면서도 그렇지 않은 것. 아티스트가 아닌 장인이다.

하지만, 그 아이에겐 달랐던 모양이다.

“아, 안 돼……!”

흑발 애가 당황하며 액세서리를 주워 들었다.

레진의 표면을 정성스럽게 손수건으로 닦고, 상처가 없는지 확인한다. 그 동작만으로 그 애가 액세서리를 소중히 하고 있다는 것이 보였다.

그녀는 열화되어 끊어진 부분을 만졌다가 당황하며 손을 뗐다. 뾰족한 부분에 깜빡 손가락을 찔려 버린 모양이다. 당황하며 손끝을 입에 물었지만…… 그럼에도 시선은 부서진 액세서리에 쏠려 있었다.

그 눈에, 살짝 물기가 어려 있었다.

부서진 액세서리 따위 근처에 있는 쓰레기통에 던져 넣을 타입으로 보인다. 그런데도 마치 이 세상이 끝난 듯한 얼굴로 아연히 있는 모습이, 내 가슴에 꽂혔다.

그래서 나도 모르게 말을 걸어버렸다.

"그거, 고칠 수 있는데……."

"어?"

흑발 애는 이상하다는 듯 나를 올려다보았다.

하지만 나는 흑발 애의 예쁜 얼굴을 빤히 바라보고 있었다. ……어째서일까. 나는 미인이 거북하다. 솔직히 말해 초면인 상대라면 시선조차 맞출 수 없는데.

그리고 그녀는── 그런 가슴의 두근거림을 순식간에 꺼 버리듯이 차갑게 말했다.

"갑자기 무슨 소리야?"

우와, 빡세……!

뭔가 그 한마디에 모든 분위기가 파괴되는 듯한 위압감을 느꼈다.

그럴 만도 하지. 갑자기 모르는 놈이 '그 액세서리 고쳐줄까요?'라고 하면 이상한 사람으로 보일 뿐이다. 학교 밖에

서 했다간 경찰 신세까지 질 수도 있다.

애초에 고치고 싶으면 근처 액세서리 샵에 가면 고칠 수도 있다. 개인이 만든 오리지널이라 좀 싫어할 것 같지만.

"아―. 미안. 그, 엄청 소중한 물건인 것 같아서, 나도 모르게…… 잊어 주세요."

그리고 나는 도망쳤다. 빨대에서 흘러나온 요구르피가 길을 만들고 있었지만, 그런 걸 돌아볼 여유는 없었다.

진짜 부끄럽다.

이거 히마리한테 말했다간 엄청 기쁜 듯이 '푸핫~!' 하는 웃음을 사겠지. 진짜로 절대 말 안 해. 무덤까지 가져간다!

그로부터 이틀이 지난 방과 후.

고전문학 수업이었지만, 전혀 열의가 생기질 않았다. 사실 요새는 계속 이런 느낌이다.

……방심하면 그때 본 흑발 애의 차가운 시선이 뇌리에 떠오른다. 그 벌레라도 보는 듯한 시선. 분명 내가 수상해 보이긴 했지만, 그렇게까지 싫어할 건 없지 않아?

―톡.

옆자리에서 공 모양으로 뭉친 메모장이 날아왔다. 펼쳐보니, '거기 이상한 분―. 수업은 제대로 듣자구요―'라고 귀엽고 둥근 문자로 적혀 있었다.

"…………."

옆에 시선을 보내자 히마리가 히죽히죽 웃고 있었다.

내가 무시하니, 다음 메모 뭉치가 툭 하고 날아왔다. 거기에는 '그 애, 내가 찾아줄까? 운명의 만남일지도~ ㅋㅋ'라고 적혀 있었다.

그걸 접어서 주머니에 넣었다. 마지막으로는 히마리의 주먹이 날아왔다. 내 오른쪽 어깨에 무척 허접한 펀치를 날려 댄다.

"무시하지 맛!"

"아니, 아무리 봐도 무시할 만한 일이잖아. 이 초등학생 같은 도발에 넘어갈 거라 생각한 거야?"

"하아? 사람의 호의를 잘도 그렇게 말하는구나."

"호의라. 그럼 그 애를 찾아와서 어쩔 셈인데?"

"우후후―. 유우가 차이는 장면을 동영상으로 찍어둘까 나―."

"기각이야, 기각. 애초에 왜 고백한다는 게 전제인데?"

"괜찮다니깐. 수상한 사람이라고 체포돼도 내가 데려가 줄 테니까―. 아, 그치만 그 사이에 내가 결혼해 버리면 용서해 줘―."

"무책임이라는 수준조차 넘어서 버렸네……."

"음―. 그럼, 진심으로 나를 고를래? 예약권 발행해 둘까? 손도장도 괜찮아?"

"그건 진짜 싫다고 했잖아…… 응?"

문득 눈치채고 보니 주변 애들의 시선이 우리에게 집중되어 있었다.

교단에선 고전문학 담당 할아버지 선생님이, 우리를 빤~히 보고 있다.

"나츠메. 너무 이누즈카의 공부를 방해하면 안 됩니다~?"

왜 난데?!

히마리의 인상이 좋은 탓에, 왠지 내가 집적댄 듯한 느낌이 됐다. ……히마리 매직, 절대 용서 못 해.

"대답은~?"

"죄송합니다……."

고전문학 수업이 끝나고, 점심시간이 되었다.

편의점 빵을 준비하고 있는데 히마리가 뒤에서 내 머리에 턱을 얹었다. 게다가 어깨를 찹찹 리듬 좋게 두드려 댄다.

"유우 때문에 혼났잖아~."

"너 진짜 뻔뻔하네. 얼마나 신경이 두꺼운 거야……?"

나는 머리를 위아래로 흔들었다. 히마리의 턱이 콩콩콩 부딪혔다. 히마리가 '아으아으아으' 하며 물개 같은 울음소리를 냈다.

반 여자애들이 '저기 하루 종일 꽁냥대는데', '쟤네 작년부터 계속 저런 느낌이야' '진짜 폭발해라'라며 소곤소곤 이야기하는 게 들렸다. 저희 친구가 때와 장소를 구분 못 해서 죄송합니다…….

"아니, 유우. 아직도 그저께 일로 질질 끌고 있는 거야—?"

"질질 안 끌거든. 나는 지극히 냉정해."

"그런 것치곤 그저께부터 전혀 작업에 진전이 없잖아."

"으윽……."

"신경 쓰지 말라니깐―. 미소녀한테 살짝 이상한 사람 취급당하는 정도는, 오히려 포상이잖아?"

"그럴 리가 있냐. 누구한테 들은 소리야."

"우리 오빠. 유우가 미소녀한테 이상한 사람 취급당했다고 말하니까, '돈을 낼 테니까 바꿔줘'라던데."

"그 사람은 왜 그렇게 멋있고 성격도 좋은데 성적 취향만 죽어 있는 걸까."

"아하하. 유전이려나―."

"유전……."

"우리 집안 사람들, 다 하나씩 페티시 가지고 있거든―. 할아버지가 유럽으로 건너간 것도 애초에 파란 눈 페티시 때문이었고."

"그래서, 그게 너한테 유전됐다고?"

"그런 거지―. 나도 눈 페티시니까. 지금까진 유우의 정열적인 눈동자가 단연코 최고야♡"

"그것참 고맙다……."

참고로 저번에 있던 흑발 사건은 당연하게도 무덤까지 가져갈 수 없었다. 덕분에 이틀 동안 히마리에게 좋을 대로 놀림당하고 있다.

"그래도 잘됐네. 유우의 초대 플라워 액세서리를 아직 소중히 여겨주는 사람이 있어서.”

“그러게. 진짜 이상한 사람이야.”

“저기요—. 저도 초커 엄청 소중히 하고 있는데요—?”

“솔직히 네가 제일 이상한 사람이야……..”

지금까지 히마리에겐 새로운 액세서리를 여럿 만들어줬다. 그럼에도 그 남바람꽃 초커만은 절대 몸에서 떼놓지 않는다.

아니, 물론 감사하고 있다. ……왠지 모르게 그걸 의식하면 몸이 근질거릴 뿐이다.

히마리와 얘기하고 있는데 반 친구가 나를 불렀다.

“나츠메. 손님 왔어—.”

나한테 손님? 보기 드문 일이다. 말하기 그렇지만 나는 히마리만큼 교우관계가 넓지 않다. 방과 후에 같이 놀지도 않고.

복도로 나가려는데 그 녀석이 교실에 얼굴을 내밀었다.

“오, 나츠! 내가 놀러 와줬다!”

“……아. 마키시마였냐.”

건들거리는 느낌의 갈색 머리 남자가 손을 흔들고 있었다.

마키시마 신지.

작년에 같은 반이었던 애다. 마침 입학 직후에 자리가 앞뒤라서, 자주 이야기하게 됐다. 올해는 반이 갈라졌지만 복도나 합동수업에서 마주치면 서로 말을 걸고 있다.

다시 말하자면, 내 유일한 남자인 친구. ……뭔가 말을 빙

빙 돌렸지만 결국 히마리 외에 유일한 친구다.

"무슨 일이야, 바람둥이?"

"나하하하! 기발한 인사구만! 그런 점이 정말 좋다고♪"

마키시마는 천성적인 난봉꾼이다.

여러 여학생에게 손을 대고, 그때마다 수라장을 연출하는 현대의 겐호. 이 녀석이 교실에 나타난 순간 우리 반 여자 몇 명이 엄청난 표정으로 혀를 찬 걸 보면 그 소행을 알 수 있다. ……얘 멘탈 너무 강하지 않아?

"영어 사전 얘기면 오늘 안 가져왔는데?"

"그걸 빌리러 온 게 아냐. 잠깐 나츠한테 묻고 싶은 게 있어서."

참고로 나츠라는 건 나다. 나츠메 유우의 나츠.

나한테 묻고 싶은 거라니…… 라고 생각하는 사이, 내 뒤에서 히마리가 말을 걸었다.

"마키시마잖아─. 무슨 일이야─?"

"안녕, 히마리. 기분은 어때?"

"우후후─. 덕분에 오늘도 즐겁게 고등학교 생활 중이지─."

"그거 다행이네. **나의 나츠를 빌려주는** 보람이 있어."

히마리의 눈썹이 움찔 떨렸다. 그녀는 갑자기 내 팔을 양팔로 감싸 안더니, 왠지 가시 돋친 웃음으로 응수했다.

"그러게─. 마키시마도, 항상 **나의 유우랑 놀아줘서** 고마워─?"

“……큭!”

파직파직파직파직…….

아니, 기다려. 뭘 멋대로 내 소유권을 걸고 서로 노려보고 있는 거야. 난 내 거야! 그리고 학비를 내주는 건 부모님이고!

“……너네 중학생 때 사귀었잖아? 왜 그렇게 사이가 안 좋은 거야?”

참고로 마키시마는 히마리가 나와 만나기 전에 사귄 전 남친인 모양이다. 처음 들었을 땐 놀랄 수밖에 없었다. ……참, 정말로 시골의 인간관계란 좁구나. 둘 다 이래저래 갈아치우는 타입이니 그리 놀랄 것도 없는 것 같지만.

히마리가 ‘훗’ 하고 깨달은 듯한 웃음을 지었다.

“심심풀이 상대였긴 해도, 이 남자와의 과거는 떠올리고 싶지도 않네―.”

“엄청 싫어하네. 내가 뭐라도 했나?”

“마키시마가 다섯 다리 걸친 덕에, 내가 여자애들한테 억지 원망을 사서 어어어어엄청 괴롭힘당했는데 말야―?”

“나하하. 좋아하지도 않으면서 재미 삼아 고백을 수락하니까 그렇게 되는 거지. 이 몸을 주변에 널린 남자랑 같은 수준으로 얕본 업보다. 수업료라고 생각하고 포기해.”

역시 천하의 쓰레기, 철면피를 까는 법도 숙련되어 있다.

……그러고 보니 히마리가 특히나 연애를 경원시하는 건 마키시마 탓이었나. 나도 처음 알았지만 정말 답도 없는 녀석이다.

"그래서, 나한테 묻고 싶은 거 있는 거 아니었어?"

"아아, 그랬지. 완전히 깜빡 잊어버릴 뻔했어."

그리고 마키시마는 본론을 꺼냈다.

"그저께 방과 후에, 자판기 근처에서 여자한테 말 걸지 않았냐?"

"여자?"

그저께면, 그 흑발 애 애긴가?

그걸 눈치채자, 내 몸에서 싸악 핏기가 가셨다.

"설마 마키시마의 지금 여친이야? 아니, 말은 걸었는데 꼬시려던 건 아니고……."

"아~니, 아~니. 그런 의미가 아니야."

검지로 내 가슴 언저리를 쿡쿡 찌르는 마키시마.

……이거 안 된다는 건 아닌데 말이야? 좀 남자한테 받고 싶은 커뮤니케이션 방식은 아니라서 벙찌게 된다.

"아니, 역시 나츠였나. 특징을 듣고 혹시나 했는데."

"특징? 무슨 뜻인데?"

나를 쿡쿡 찌른 손가락이 그대로 가로 방향으로 슬라이드했다.

교실 문을 통해 복도를 엿보자, 아까 히마리랑 이야깃거리로 삼았던 여자가 있었다. 즉, 그 흑발 애다.

"앗."

"……안녕."

그 말만 하고 흑발 애는 홱 고개를 돌렸다. 여전히 쌀쌀맞다.

그 애의 이마를 향해 마키시마의 쿡쿡 공격이 작렬했다!

"네가 부탁하는 입장이잖아~. 제대로 인사하도록!"

"아, 아파. 시이 군."

시이 군?

아, 마시키마 신지라서 시이 군인가. 됐고, 남의 교실 앞에서 꽁냥거리지 말아 줬으면 좋겠는데? 다른 애들이 엄청 노려보잖아…… 어라? 뭔가 엄청 업보를 받은 기분이다.

"마키시마. 무슨 사이야?"

"우리 집 뒤에 있는 양과자점 딸이야. 쉽게 말해서 소꿉친구라는 거지. 내가 손을 대지 않겠다고 맹세한 몇 안 되는 여자고. 잘 해줘."

"허어. 뒷부분은 정말 쓸모없는 정보였지만 고마워."

남녀 소꿉친구라는 게 현실에 진짜 있는 거구나.

그것도 이런 미인이라니 놀랍다. 마키시마도 외모는 좋으니 만화 같은 콤비다.

그런 식으로 감탄하고 있자니 히마리가 반응했다.

"어라―. 에놋치잖아. 설마 유우가 말한 사람이 에놋치였어?"

"에놋치?"

흑발 애도 히마리의 지인인 듯한 반응을 보인다.

"……히이?"

히이? ……아, 히마리라서 히이인가.

뭔가 단숨에 별명이 난무하기 시작했다.

……아니, 그 전에 너무 인간관계 좁은 거 아냐? 왜 나 말고 다 서로 아는 사이냐고. 좀 꿔다놓은 보릿자루 같은데 설명해 주면 안 될까.

"히마리. 무슨 사이야?"

"유우도 상관있어. 있잖아, 문화제 때 신세 진 독자 모델. 그 여동생이야."

그걸 듣고 나도 이해했다.

중학교 문화제 때, 내 플라워 액세서리가 팔리는 원인이 됐던 잡지 모델의 트위터다.

히마리네 오빠가 그 잡지 모델과 친구였다. 그 연줄로 히마리와 흑발 애도 면식이 있는 거겠지. 히마리는 귀신 같은 소통 능력으로 교우 관계도 좋고.

"그래서, 어……."

"……에노모토 리온."

아, 이름이구나.

겉모습대로 멋진 이름이다.

"그래서 에노모토 양. 히마리가 아니고, 나한테 용건이라고?"

"…………."

엄청나게 꺼림칙해하는 얼굴이었다. 내가 부른 것도 아닌데…….

이래선 얘기가 진행이 안 된다. 그걸 파악한 마키시마가 그녀를 재촉했다.

“린. 빨리 용건을 얘기해. 나츠가 곤란해하잖아?”

“시이 군. 그렇게 부르지 말라니까…….”

아, 리온이라 린이구나.

이 별명을 붙이고 싶어 하는 버릇은 마키시마와 에노모토, 누구 것일까. 어느 쪽이든 상관은 없지만.

“……저기, 이거.”

에노모토가 양손을 내밀었다.

손바닥 위에 본 적 있는 물건이 있었다.

“그때 그 액세서리?”

월하미인의 금속 팔찌. 여전히 잠금쇠가 망가져 있다. 이래서 오늘은 왼팔에 차고 있지 않았구나.

그런 생각을 하는데 에노모토가 입을 열었다.

“액세서리 가게나 홈센터 같은 곳에 전화해 봤는데, 브랜드 제품 이외에는 수리해 줄 수가 없대. 친구들도 새 걸 사는 게 빠르다고 하고…….”

“아아, 그렇게 된 거구나.”

즉, 전에 이야기했던 수리를 새삼 부탁하려는 건가.

다행이다. 마키시마한테 ‘내 여자한테 손대지 말라고’ 같은 소릴 듣는 줄 알았네…… 너무 늙은이 같은 상상인가? 야쿠자 영화도 아니고.

“오늘 방과 후에 해도 괜찮아?”

“……응.”

그렇게 말하고, 에노모토는 고개를 돌려버렸다.

승낙했다고 봐도 되는 거겠지.

"그럼 이건 내가 맡을게…… 어어?"

액세서리를 받아 들려고 했더니 에노모토가 손을 뺐다.

뭐야? 어떻게 대응해야 하는 거지? 이제 막 알게 된 사이라 갈피를 못 잡겠으니까, 이런 짓은 안 해줬으면 좋겠다.

"……망가지면 안 되니까 나도 보고 있을래."

"아, 그런 뜻이구나…….."

신뢰를 못 받는 것 같지만 상관없다.

내 입장에선 어찌 되든 상관없기도 하고, 그만큼 소중하게 생각해 준다고 보면 된다.

"그럼 수업 끝나고 과학실에 와 줄래?"

"……응."

오늘은 평소와는 다른 방과 후가 될 듯했다.

그리고 방과 후.

과학실에서 에노모토를 기다리는 사이 히마리에게서 그녀의 인품에 대해 듣고 있었다.

"그래서 히마리랑 에노모토 양은 오빠들 때문에 알게 된 거야?"

"그렇지―. 초등학생 때는 사이 좋았는데, 지금 애매하단 느낌―. 작년에도 반 달랐고."

“허. 그럼 초등학교 동창인 거네?”

“그렇게 말하기는 좀 그래─. 초등학생 때 일 년에 몇 번 같이 논 정도의 친구?”

“친척 모임 같은 데서 노는 느낌인가?”

“아, 비슷해. 근데 친척은 아니고, 케이크 배달을 부탁했었어.”

“……케이크?”

“마키시마 군도 말했잖아. 에놋치네 집이 양과자점이라고.”

“아, 그런 거구나.”

가업을 돕는 겸 히마리와 노는 관계였다는 건가.

“에놋치네 집 케이크 엄청 맛있어. 평판도 좋고.”

“그래? 그럼 먹어보고 싶네.”

“지금도 케이크는 시키고 있으니까 다음 생일파티에 유우도 올래? 다음 달에 엄마 생일이야.”

“싫어. 왜 너희 어머니 생일파티에 딸 친구가 실례하는 건데. 좀 이상하잖아.”

“요새 유우가 안 와서 쓸쓸해하시거든─.”

“오히려 그게 가기 싫은 이유인데…….”

히마리네 집 사람들은 왜 나한테 그렇게 ‘어서 오십쇼’ 같은 상태인 거지. 설령 간다고 해도 어떤 텐션으로 축하를 해줘야 하는 거야?

“다시 에놋치 얘기인데, 그때부터 케이크 배달 겸 같이 놀게 됐어. 하지만 역시 고학년 정도 되니까 발길이 뚝 끊겼

단 말이지―. 학구도 달라서 전혀 안 만났어."

"우리 학교 다니는 건 알고 있었어?"

"응. 1학년 때 몇 번 이야기한 게 다지만."

관계는 대충 알겠다.

그건 그렇고 잘도 어릴 적 친구를 기억하고 있네. 나는 초등학생 때 야구한 놈들은 한둘밖에 기억이……. 내가 너무 심한가?

"그럼 중학교는 달랐겠네."

"그렇지―. 월하미인 액세서리는 언니한테 받은 거 아닐까?"

있을 법한 이야기다.

어찌 됐든 나랑 엮일 만한 애는 아닌 것 같다.

"그래서, 내가 제작자라는 건 어쩌지?"

"말 안 하는 게 좋을 것 같은데―. 에놋치, 그 월하미인 액세서리에 마음을 많이 담은 느낌이었잖아?"

"마음은 모르겠지만 엄청 소중히 해주는 느낌이긴 했어."

"그럼 이상한 잡념을 넣어줄 순 없지."

"야. 내가 만들었다는 게 잡념이냐……."

"그런 의미가 아니구. 소중한 마음은 아름답게 간직해 두고 싶잖아? 그 정보가 뭐든 추억을 망가뜨릴 가능성도 있지. 굳이 소중한 추억에 물을 끼얹는 건 너무 분위기를 못 읽는 거 아닌가~ 해서."

윽, 일리가 있다.

나도 내가 제작자라는 걸 자랑하고 싶은 건 아니니 조용히 있도록 할까.

"흐흐—응. 유우, 이걸 계기로 예쁘고 가슴 큰 케이크 가게 딸을 노리려고 한 거구만—?"

"그러겠냐? 난 그런 의미로 물어본 게…… 어, 크다고?"

히마리가 미묘한 표정을 지었다. 팔짱을 끼고 '음' 하고 끄덕인다.

그리고 그녀는 뭔가를 회상하는 얼굴로, 진지하게 말했다.

"……커. 1학년 합동 체육 수업 때 옷 갈아입으면서 봤으니까 틀림없어."

"진짜냐고……."

교복을 크게 입어서 눈치 못 챘다…….

아니, 눈치챘다고 뭐가 되는 건 아니다. 오히려 머리에 이상한 지식을 넣지 말아줬으면 좋겠는데.

"초등학생 때는 인형처럼 귀여웠단 말이야—. 그랬던 게 고등학생이 되어서 저런 글래머러스한 미인이 되어 있다니. 하아, 진짜 내 취향 저격……."

"헤에. 그리고 보니 너 저런 타입의 미인 좋아하지. 우리 누나들 같은 분위기라고 해야 되나……."

"그렇지—. 유우네 누나들도 꽤 좋아해. 미인은 세계의 보물이라고—."

"그래도 그런 것 치곤 네 입에서 에노모토 양 얘기는 처음 들은 게 신기하네. 친한 거 아냐?"

"…………."

갑자기 미나리의 표정이 다시 진지해진다.

그리고 테이블 위에 축 몸을 뻗으며 슬픈 추억을 이야기하듯이 입을 연다.

"나는 사이좋게 지내고 싶은데, 살짝 기피당하고 있어서 말이지―."

"어, 네가? 친화력이 그 정돈데 신기하네."

"으―응. 고등학교 들어와서 바로 한 합동 체육 시간에, 같이 옷 갈아입었거든―. 그래서……."

느낌이 왔다.

구체적으로 말하자면 히마리의 양손이 꼼지락꼼지락 움직이는 걸 보고 눈치챘다.

"아―, 그 이상은 말 안 해도 돼. 안 좋은 느낌만 든다."

"충동적인 거였거든! 그런 훌륭한 걸 꽉 움켜쥐어 볼 기회는 일생에 한 번 있을까 말까라구!"

"말 안 해도 된다니까?! 그런 짓하면 기피당하는 게 당연하지!"

"유우도 그런 걸 눈앞에서 보면 일단 할 거 아냐?!"

"하겠냐?! 너, 이거 누가 들으면 어쩌려고 그래!"

큰 소리로 떠들고 있는데 갑자기 과학실 문이 열렸다.

물론 에노모토다. 차가운 표정으로 빤히 우리를 보고 있었다. ……설마 방금 그 얘기가 들렸나? 아니, 내가 잘못한 건 아니긴 한데.

에노모토는 쿨한 표정을 유지하며 말했다.

“……안녕.”

“아, 안녕……?”

안녕…….

이 상황에 그게 적절한 인사인지는 모르겠지만, 일단 히마리와 한 대화는 안 들린 것 같기도?

“아, 마키시마는?”

“시이 군은 테니스부 활동이 있어서.”

“아, 그래. 그랬지.”

운동부는 연습이 있으니 어쩔 수가 없다. 하지만 솔직히 말하자면 회화의 완충재가 되어 주길 바랐다.

“에, 에노모토 양, 부활동은?”

“취주악부인데, 오늘은 쉬어.”

“아, 그래. 어…….”

뭔가 적절한 이야깃거리가…….

내가 살짝 패닉이 오려는 사이, 에노모토는 월하미인 액세서리를 내밀었다.

“잡담은 됐으니까, 부탁해.”

“어, 알겠어…….”

사이좋아지고 싶은 건 아니지만, 그래도 너무 차가워서 울고 싶다.

아, 히마리 이 녀석. 웃고 있지 말라고. 애초에 네 성희롱 때문에 경계당하고 있을 가능성도 있잖아.

“그럼, 시작할게…….”

에노모토를 정면에 있는 의자에 앉게 한 뒤, 망가진 팔찌를 받아든다.

우선은 손상 확인. 예상대로 연결 부분의 열화다. 간단히 말하자면 끼워 넣은 고리 사이가 쓸려서 내구성이 약해진 느낌.

이건 파츠를 통째로 갈아끼우면 된다. 아쉽게도 동일한 건 없지만, 비슷한 건 보유하고 있다. 지금은 100엔 샵에서 산 물건이 아니기에 내구성도 이전보다 좋아지겠지.

……거기까지 생각을 마친 뒤 방금 히마리가 한 말을 떠올렸다.

"에, 에노모토 양. 하나 물어봐도 될까?"

"……설마 못 고치는 거야?"

신용이 없구만…….

뭐 당연한가. 에노모토에게 나는 '그냥 손재주가 좋을 것 같은 이상한 놈' 정도니까. 히마리나 마키시마가 없었으면 아마 이렇게 부탁받지도 못했겠지.

"어, 아니. 그, 저기…….."

"……딱 말해주면 안 될까?"

에노모토는 팔짱을 끼고 손가락으로 팔을 툭툭 두드리고 있다. 상당히 짜증이 난…… 가슴 진짜 크네. 뭔가 팔 위에서 흘러내릴 것 같아…… 아니, 이게 아니지. 히마리, 이상한 생각 불어넣지 말라고.

그때, 히마리가 끼어들었다.

“스톱―. 에놋치, 좀 무섭거든.”

“……히이.”

조금 불만스러워 보이지만 나를 향한 공격은 그쳤다.

“유우는 겁쟁이거든―. 지금도 처음 만난 사람한테는 열심히 대하고 있는 거니까, 좀 더 상냥하게 해주면 안 될까― 싶어서.”

“난 화내고 있는 게…….”

“그래도 에놋치 아까부터 미간에 주름이 엄청난데? 자, 봐봐.”

“……?!”

갑자기 손거울을 보게 된 에노모토가 흠칫한다. 자기도 모르게 몸을 젖히다가, 천천히 뒤로 넘어갔다. 빙글빙글 도는 양팔이 허공을 가른다.

“어라. 에놋치?”

“아, 잠깐, 나, ……꺄악?!”

그래도 쿵 하고 의자째로 쓰러져 버린 에노모토. 그 과정을 나와 히마리는 멍하니 바라보고 있었다.

……사람은 이럴 때 몸이 안 움직이게 되는구나.

“에놋치?!”

“잠깐, 괜찮아?!”

나와 히마리 둘이서 허둥지둥 안아 일으켰다.

다행히 머리를 부딪히진 않은 모양이다. 하지만 팔꿈치가 제대로 세게 부딪힌 탓에 눈물을 머금고 있었다.

“……우, 우으.”

“에, 에놋치? 미안해. 괜찮아?”

갑자기 에노모토가 빼액 소리를 질렀다.

“고칠 수 있다고 했으니까, 얼른 고쳐줘!”

“아, 알았어. 내가 잘못했어(?)…….”

설마 그렇게 호쾌하게 넘어질 줄이야…….

애 사실은 그건가? 뭐라고 해야 하지, 음…….

“에놋치, 여전히 덜렁이네.”

히마리 녀석, 대놓고 말해버렸어!

그러자 에노모토가 얼굴을 새빨갛게 붉히고 되받아친다.

“방금은 히이 탓이잖아!!”

“아니, 그래도 이건 좀? ……푸핫.”

“~~~~?!”

에노모토의 오른손이 날카롭게 히마리의 머리를 붙잡았다.

그대로 아드득 조여가자, 히마리가 “으갸아아악” 하는 둔탁한 비명을 지르면서 찰싹찰싹 에노모토의 팔을 때렸다.

“히이, 진짜 싫어! 예전부터 배려심도 없고, 내가 좋아했던 키홀더나 인형 같은 거 전부 가져가고!”

“항복! 에놋치, 항복! 아이언 클로 미쳤어! 디저트 만들기로 단련된 완력으로 이러면 안 돼! 내 두개골이 비명을 지르고 있어!!”

“시끄러워—! 초등학교 때부터 쌓아온 원한을 여기서 갚아주겠어!”

“미안, 미안! 진짜, 이제 안 할 게에―!”

대단해…….

그 히마리가 이렇게까지 당하는 모습은 처음인데. 옛날에 알고 지냈던 사이답게 에노모토도 히마리 매직이 통하지 않는 인종인 거겠지. ……저 태세는 나도 좀 배우고 싶다.

에노모토는 히마리를 풀어주고는 내 쪽을 노려봤다. 그 형상은 정말, 귀신과도 같은 위압감을 주었다.

“나츠메 군. 얼른 고쳐줘!”

“아, 알겠습니다. 바로 하죠.”

부서진 액세서리를 서둘러 손에 들었다.

그래도 에노모토에겐 미안하지만 다소 분위기가 누그러들었다.

상대가 히마리에게 고생당한 타입이란 걸 알게 되니, 내 긴장도 풀린 모양이다. ……이런 완충재가 되어주길 바란 건 아니었는데.

“수리 전에 확인하는 건데. 고칠 순 있지만 부품을 갈아야 할 것 같아. 그걸 인지해 줬으면 좋겠는데…….”

“어…… 그 상태로는 못 고치는 거야?”

우와. 엄청 싫어 보인다.

“이 파츠가 애초에 100엔 샵에서 산 거라서 그래. 그런 가게는 상품의 변화도 빠르고, 아무리 그래도 2년 전에 쓴 파츠랑 똑같은 건 없어.”

“……100엔 샵에서 샀다고?”

"아, 아니. 그런 느낌이길래."

위험하다, 위험해.

나는 숨길 필요 없다고 생각하지만, 히마리랑 정한 거니까.

에노모토는 파츠 교환을 꺼리고 있다.

역시 뭔가 마음을 담은 물건인 거겠지. 히마리도 그걸 눈치챈 듯 어떻게 설득할지 곤란해하고 있는 모양이었다.

그래도 같은 파츠를 손에 넣기 어렵다는 건 사실이다. 액세서리 가게나 홈센터에서 수리를 거부당한 건 그 점도 크겠지.

100엔 샵에 문의해서 이 파츠를 생산한 메이커를…… 아니, 생산 라인이 없어져 있을 가능성도 높다. 설마 이것만을 수리하기 위해 100엔 샵 파츠를 제조해 주지 않을 테고. 애초에 해외에서 생산된 상품일 테니 그 메이커가 남아 있을지도 의심스럽다.

이걸 수리하기 위해선 에노모토가 포기할 수밖에 없다. 그게 안 된다면 아무리 나라도 수리는 불가능하다.

"이 월하미인의 레진은 그대로 남길게. 그건 약속할 수 있어. 거기에 더 내구성이 좋은 파츠를 끼우면 앞으로도 오래 쓸 수 있을 것 같은데."

"그래도……."

"그게 힘들면…… 그래. 컬렉션 케이스에 넣어서 방에 장식한다든가, 그런 방법으로 감상하는 건 어때? 가능한 한 네 요구에 맞춰서 장식품도 만들 수 있을 것 같은데."

“………….”

에노모토가 그 팔찌와 내 얼굴을 번갈아 본다.

뭔가 어린아이가 망설이는 듯한 표정이다.

첫인상은 사나웠지만, 어쩌면 꽤나 순수한 성격일지도 모른다. 아까 히마리랑 잘 놀고 있기도 했고.

그리고 에노모토가 말했다.

“……이건, 몸에 지니고 싶어.”

“그럼 파츠를 교체해도 돼?”

“응…….”

떨떠름하게나마 승낙이 됐다.

……길었구만. 솔직히 벌써 엄청나게 지쳤다. 난 평소에도 액세서리에 대해 상대의 요구를 듣는 타입이 아니라서, 그냥 돌아가서 목욕하고 싶은 기분이다. 뭐, 이 피로는 대부분 히마리 탓일지도 모르지만.

“그럼 바로 준비할게. 잠깐 기다리고 있어.”

뒤에 있는 철제 선반의 잠금을 풀고, 작업 도구가 든 상자를 꺼냈다. 이 안에는 소재 재고를 정리해 둔 케이스도 들어 있다.

그 안에서 이 팔찌와 가까운 색과 모양을 한 메탈 스틱을 골랐다. 색은 코랄, 길이는 1cm 정도의 원기둥 모양이다. 그걸 테이블 위에 잠시 두고 연결한 뒤의 이미지를 만든다.

“이런 느낌인데 괜찮아?”

“응…….”

"손목 사이즈를 재고 싶은데."

"……이러면 돼?"

왼쪽 손목에 줄자를 감는다.

히마리와 거의 비슷하네. 하지만 에노모토 건 조금 여유로운 사이즈로 만드는 게 패션과 어울릴 것 같다.

"그럼 작업 시작할게."

"……알았어. 부탁해."

일단은 월하미인 팔찌의 분해.

분해라고 해도 간단하다. 날이 가느다란 펜치로 뚝 끊는 거다. 애초에 열화된 상태라 그다지 힘도 필요 없다.

다만 월하미인의 레진에 상처를 입혀서는 안 된다. 간단하지만 신중하게. 진짜 누구야, 이렇게 귀찮게 연결한 거? 나지만.

……됐다.

기껏 하는 거니 이 레진 부분에도 정비를…… 아니다. 내가 찰딱찰딱 만져대면 기분이 나빠질지도 모른다. 장하다, 나. 배려가 가능한 녀석이야.

그리고 연결 부분은…….

"……있잖아, 히이."

"왜―?"

"이 사람이랑 무슨 사이야?"

"어. 신경 쓰여? 설마 에놋치 스타일인 거야?"

"아, 아니야! 좀 신경 쓰였을 뿐이야!"

“음—. 그렇게 강하게 부정하면 불쌍해지는데.”

“그래서, 뭐야?”

“중학생 때 사귄 절친이야—.”

“절친?”

“응. 뭔가 이상해?”

“……아니. 그래서 둘이서 이 과학실에서 뭐 하는 건데?”

“원예부 활동. 이쪽 선반에서 꽃을 기르고 있거든. 주차장 뒤에 있는 화단에도 이것저것 심고 있고. 자, 선반 안에 봐볼래?”

“와아. 이거, 뭐야? 뭔가 둥글고 귀여운 화분에 꽃봉오리가 늘어서 있어…….”

“LED 화분이야. 햇빛이 들기 힘든 실내에서도 관엽식물을 키울 수 있게 해주는 좋은 물건. 상추 같은 잎채소도 신선도가 유지돼서 편하단 말이지—.”

“대단해. 이런 게 있구나…….”

“그러고 보니 오늘은 아직 물을 안 줬네. 에놋치, 해볼래?”

“으, 응. 그럼…….”

“자, 여기 물뿌리개. 꽃에 이름이 있으니까 그걸 부르면서 ‘귀엽네’ 하고 말하면서 줘—. 꽃은 순수하니까.”

“아, 알았어.”

“여기부터 순서대로 ‘아카리’, ‘이즈미’, ‘우이’…….”

“아카리. 이즈미, 우이. 귀, 귀엽네…….”

“응응. 좋아—. 그거야. 여기부터는 ‘케케케케케’, ‘코코코

코코’…….”

“개체치만 보고 막 잡아들인 포켓몬 이름이 됐어?!”

“아하하―. 다 기억하기가 힘들어서. 유우는 확실히 기억하고 있지만.”

“대, 대단해…….”

“유우는 자기가 흥미 있는 거엔 나보다 머리가 좋아지거든―. 진짜 아까워.”

“근데, 히이. 나 원예부는 못 들어봤는데…….”

“그럴지도. 작년에 나랑 유우가 만들었으니까. 부원 모집도 안 하고 있고.”

“뭘 하는 부야?”

“평소엔 꽃의 육성 관찰. 실내에서 간단하게 기를 수 있는 꽃을 보고서로 정리하는 거야. 테라피 효과도 있으니 사회 복지가 됩니다―라는 명목이지.”

“명목…….”

“작년 졸업식 때 교문이 꽃으로 장식되어 있었잖아? 그것도 우리가 기른 꽃이야.”

“아, 졸업식 끝난 뒤에 선배들이 기념으로 뜯던 그거?”

“그거그거. 뜯는 건 괜찮은데 좀 더 깔끔하게 떼줬음 했단 말이지―.”

……우선 메탈 스틱의 연결이 끝났다.

음, 뭐 이 정도면 괜찮겠지.

이제 레진 부분과 결합시키면…….

“히이. 이 사람 아까부터 전혀 반응이 없는데…….”

“유우는 늘 이런 느낌이야. 이 작업만 시작하면 옆에서 꽃병이 깨져도 눈치 못 채.”

“……해본 거야?”

“아하하. 작년에 꽃에 물을 갈아주다가 실수했거든―.”

“흐응…….”

“이 대화도 안 들릴 테니까, 지금이라면 만져도 눈치 못 채. 해볼래?”

“어?”

“이렇게. 여기를 이렇게 해서…….”

“자, 잠깐. 그건 위험…….”

“우흐흐―. 아, 사진도 찍어 둬야지.”

“어어. 히, 히이. 이 사람, 나중에 화내는 거 아냐……?”

……끝났다.

일단 이 정도면 되겠지. 더 시간이 있으면 세밀한 부분까지 공을 들일 수 있는데…… 아니, 심플하게 가자고 히마리랑 약속했잖아.

우선 이걸로 납득해 줬으면 좋겠는데…….

“으응?”

뭔가 머리 위에 위화감이 있었다. 구체적으로 말하자면 머리카락이 잡아당겨지고 있는 듯한 느낌. 그러자 히마리가 손거울을 들이댔다.

“자 유우. 거울 봐♪”

"어?"

내 머리카락에 어째선지 무수히 많은 빨간 리본이 묶여 있었다.

"꺄아아아아아아아아아아아아아아아아아아아아아아아악?!"

너무 지독한 광경에 나도 모르게 비명을 질러버렸다. 이거 액세서리 패키지 장식에 쓰려고 준비한 거잖아!

"히마리, 뭐 하는 거야?!"

"꺄아아래, 꺄아아……. 유우는 비명이 여자애 같네…… 푸핫―!"

나를 가리키며 히마리가 폭소하고 있다.

나는 리본을 풀고자 당황하며 손을 뻗었다. 하지만 머리카락이 엉켜서 잘 안 풀린다.

"우아. 이거 진짜 안 풀려! 네가 어떻게 좀 해 봐!"

"아, 알았어, 알았어. 풀어줄 테니까 유우는 그쪽 작업 하고 있어도 돼―."

애초에 네가 벌인 일이잖아.

히마리가 내 뒤에서 리본을 풀려고 한다. 그쪽은 맡기고, 나는 에노모토에게 팔찌를 내밀었다.

"어어―, 에노모토 양. 일단 차 봤으면 좋겠는데……."

"응……."

그녀의 손목에 팔찌를 감는다.

사이즈는 예상한 대로다. 남은 건 착용감.

문득 시선을 들자 에노모토와 눈이 맞았다. 잠시 그녀의 볼이 부풀어 오르는가 싶더니…… 그대로 '풉' 하고 뿜었다.

"웃지 마!! 야, 히마리! 빨리 떼 줘!"

뒤에서 히마리가 음— 하고 신음했다.

"유우, 미안—. 내가 해놓고 이런 말 하긴 그렇지만, 푸는 거 어려워."

"진심으로 하는 소리야?!"

"괜찮다니까. 이 리본이 30살이 되어도 안 풀리면…… 음~. 밀어버릴까."

"이럴 땐 책임 지고 '나랑 결혼할래?'라고 말하는 거 아냐?! 중요한 때만 책임 피하려고 하지 마!"

히마리가 화악 볼을 붉혔다.

"어, 유우. 정말로 30까지 솔로면 나를 고를 생각이야? ……그럼 오빠한테 말할게?"

"살짝 부끄러워하면서 너네 오빠 돌보기를 떠넘기지 말라고!!"

"아니—. 그 사람 진짜로 결혼할 수 있을지 의심스럽거든. 내가 노후 돌봐주는 건 절대로 싫어."

"그렇다고 생판 남에게 떠넘기면 안 되지!"

"유우는 가끔씩 떼를 쓴다니까."

"떼를 쓰는 게 나라고?!"

그런 얘기를 하고 있으니 문득 에노모토가 웃음을 흘렸다.

"풋, 하하. 히이. 무조건 히이 탓이잖아…… 후후."

우리는 멍해져 있었다.

지금까지 봤던 경계는 거짓말이라는 듯, 아이 같은 미소다. 내가 히마리를 돌아보자 그녀가 의기양양하게 말한다.

"봐, 내 덕이지."

"……아무리 봐도 적당히 말한 거잖아."

뭐, 분위기가 누그러진 건 좋은 일이다.

팔찌 사이즈를 확인하고, 나는 마지막 잠금쇠를 꽂는 작업에 들어갔다.

◇ ◇ ◇

『……있잖아, 히이. 이 사람(나츠메 군)이랑 무슨 사이야?』

에놋치가 그렇게 말했을 때.

사실대로 말하자면…… 조금 짜증이 났다.

이 기회에 확실히 말하겠는데.

나는 유우를 이성으로는 보고 있지 않아.

애초에 연애 같은 건 잘 모르고. 그게 그렇게 중요한 거야?

『히마리는 나츠메 군이랑 사귀는 거야?』

유우와 함께 다니게 되고, 벌써 몇백 번은 들었다. 귀에 못이 박힐 것 같다.

무엇보다 **그거**. 같은 학년이라면 아슬아슬하게 용납할 수 있다. 신경 쓰일 수밖에 없으니까. 하지만, 가끔 다른 학년 학생에게도 질문을 듣는다. 이름도 모르는 상대에게서, 갑자기 '나츠메 군과는 무슨 사이?'라고 질문받는 것이다.

너무 무섭지 않아?

그저께 위원회 때도 질문을 받았다.

3학년 선배…… 이름은 으음, 뭐였지? 뭐 상관없나. 유우 말고는 어찌 되든 상관없고. 아무튼 미남인 듯한 선배가(나랑 비교하면 그저 그런), 전조도 없이 내게 말했다.

"그 키 큰 남자애랑 자주 같이 있던데. 좀 안 어울리는 거 아냐?"

나는 웃으며 대답했다.

"그게 선배랑 상관있어요?"

단숨에 가능성이 없다고 깨달은 그저 그런 선배는 허둥지둥 도망쳤다.

정말 구역질이 나온다.

이상하지 않아?

우선 유우가 어떤 사람인지 묻는 게 먼저 아냐? 유우의 가치는 나와 사귀고 있냐 아니냐로 결정되는 거야?

어이 없어.

유우의 가치를 모르는 사람에게, 내 가치를 부정할 자격은 없어. 내게 다른 가치를 강요할 권리도 없어.

남녀의 우정은 성립할까?

하겠지.

하지 않는다면 이 마음은 뭔데? 유우의 꿈을 응원하고 싶다는 이 마음이, 키스나 섹스를 하기 위한 수단이라는 거야?

바보 같아. 유우와 키스하고 싶었다면 이런 번거로운 짓은 안 해.

나는 그런 인간들에게 진절머리가 나 있었다. 그 사랑을 사랑하는 자세를 부정할 생각은 없지만, 적어도 우리에게 끼워 맞추지는 말았으면 좋겠다.

가치관이 같은 사람만 있는 건 아니라는 걸 알았으면 좋겠다. 그리고, 가능하다면 유우의 여자 친구가 될 사람은 우리의 그런 가치관을 인정해 줬으면 좋겠네—라고 생각한다.

연인이 생겼다고 안녕이라는 건, 나름 쓸쓸하니까.

그런 생각을 하는 사이 하늘이 흐려지며 비가 내리기 시작했다.

유우가 팔찌를 완성하는 것과 동시였다. 셋이서 과학실을 뒤로하고, 신발장에서 신발을 갈아신은 뒤 멍하니 하늘을 올려다보며 가만히 서 있었다.

유우가 이 세상이 끝난 듯한 표정으로 우수수 내리는 비를 바라보았다.

"히마리. 오늘 계속 맑지 않았어?"

"아, 밤부터 흐려진다고 했었어."

"진짜냐. 제대로 안 봤네……."

하지만 비 마크가 붙는 건 날짜가 바뀐 뒤였다. 오늘의 일기예보는 살짝 빗나간 모양이다.

그럼 어떻게 할까. 아니, 이렇게 되면 결말은 뻔하다.

내 예상대로, 유우가 움직였다.

"나 자전거 있으니까 먼저 돌아갈게. 내일 보자."

"같이 버스 타고 가지?"

"아냐, 괜찮아. 내일 아침엔 딱 좋은 버스가 없거든."

유우는 그렇게 말하고 잽싸게 가버렸다.

약간 거짓말이 섞였다는 건 알고 있다.

실은 에놋치가 있어서 쑥스러운 거다. 유우는 여자에 대한 면역력이 낮다. 잘 모르는 여자와 같은 공간에 있는 게 버티기 힘들었던 거겠지.

(이런 상태면 유우에게 여자 친구가 생기는 것도 먼일이겠네…….)

……그렇기에, 유우가 스스로 에놋치에게 말을 걸었다는 사실에 놀랐었다. 게다가 더욱 신기하게도, 유우가 처음 만난 사람에게 눈을 돌리지 않고 이야기했다. 플라워 액세서리 건이 있었다고는 해도 보기 드문 일이다.

그래도 상대가 에놋치라는 사실에 납득은 됐다.

이 애는 진짜 미인이니까 말이지―. 주변에 널린 미인 분위기만 나는 애들과는 정말로 수준이 다르다. 나 다음으로 예쁘다고 해도 과언이 아니다. 유우의 '살짝 여자가 거북해' 정도라면, 단숨에 날려버릴 만한 잠재력이 있다.

얼굴 좋고, 몸매 좋고. 오해받기 쉽지만 실은 성격도 무척 상냥하다. 내가 그렇게 장난을 쳐도 늘 마지막에는 용서해 준다. 그래서 나도 안심하고 어울릴 수 있다. 게다가 집이 양과자점이라서 요리 같은 것도 잘하는 듯하다. 정말 신부 삼고 싶은 애라는 느낌.

(설마, 유우에게 봄이 와 버린 걸까나—?)

음—. 그치만 유우는 저런 느낌이란 말이지. 솔직히 말해 정말로 꽃밖에 흥미가 없는 것 아닐까…… 싶을 때도 있고.

자석으로 비유하자면 둘 다 N극인 느낌이다. 한쪽이 적극적이라면 뭐, 기회가 없는 건 아닐 것 같은데? 에놋치는 절대 안 된다는 느낌은 아니었으니까. 얘, 진짜 거북한 상대에겐 예전부터 무슨 일이 있어도 미소 같은 거 안 보여주거든.

"……히이?"

혼자 응응 하며 끄덕이고 있는데 에놋치가 말했다.

"응? 아, 미안미안. 무슨 얘기 하고 있었지?"

"버스 시간 알아봤어. 곧 다음 거 오는데."

"아, 그러네. 그럼 같이 갈까—."

나는 접이식 우산을 쓰며 둘이서 학교 앞의 버스 정류장으로 향했다.

미인과의 우산 같이 쓰기다. 후후후. 진짜로 이득. 유우한테 미안하네—. 정말로 송구하다. 혼자 젖으면서 돌아가 줘서 고마워. 내일 감기 걸리면 안 된다—.

"저기, 히이."

"아, 뭔데뭔데?"

"아까부터 얘기 안 듣고 있잖아. 어떻게 된 거야?"

"아니, 유우는 괜찮을까나— 해서."

실은 에놋치를 칭찬하고 있었다고는 말 못 하겠네. 또 질색할 테고.

미인은 세계의 보물. 칭찬에 성별은 관계없다. 집에 데려가고 싶다. 우리 집에서, 혼이 빠질 때까지 대접해 주고 싶은데.

……그러고 보니 요새는 유우가 정말 우리 집에 안 오게 됐네―.

사춘기니까 어쩔 수 없지만, 조금 쓸쓸하다.

우리 가족들도 다들 유우가 놀러 오는 걸 기다리고 있는데. 아마 유우는 이누즈카 집안의 DNA에 꽂히는 성격인 거겠지.

"……서, ……야?"

"우왓. 에놋치, 미안. 또 안 듣고 있었어!"

이런―. 엄청 화가 났다.

에놋치, 예전부터 솔직하진 않지만 얼굴에 다 나오니까 말이지. 아, 그래도 이 추궁하는 듯한 시선이 뭔가…… 안돼. 이상한 취향에 눈뜰 것 같아.

정말, 하고 잔뜩 화가 난 느낌으로 에놋치가 다시 말했다. 무척 귀엽다.

"히이는, 정말 그 사람이랑 안 사귀는 거야?"

"그 사람?"

"……나츠메 군."

"음~~~?"

아, 그런 거구나…….

내가 유우와 에놋치를 엮어서 생각할 때, 에놋치도 유우와 나의 관계를 의심하고 있었던 모양이다. 심연을 들여다보면 그 심연 또한 나를 들여다본다는 거다.

"정말로 안 사귀어. 진짜로 베스트 프렌드."

"아까 결혼한다느니 하는 얘기도 했었고……."

"아하하. 그건 농담이야. 우리 반 애들은 다 듣는 거고—."

"그치만 남자랑 여자가 그렇게 같이 있는 것도……."

"그렇게 말하면, 세상 남녀는 다들 섹스하고 있다는 게 되잖아?"

"……으. 뭐, 그런가."

귀여워!

살짝 '섹스'라고 말했을 뿐인데 얼굴이 빨개지는 게 베리 베리 귀여워! 너 정말 요즘 애들 같은 비주얼인데 순진한 거야?!

아아, 집에 데려가고 싶어. 같이 목욕하고 싶다. 그런 세상 남자들이 부러워할 만한 커뮤니케이션을, 여성이라는 특권을 이용해 쉽게 행사하고 싶다.

아니, 딱히 내가 동성만을 사랑한다는 건 아니다?

'아름다운 것을 예뻐하고 싶다는 욕구에, 사람은 솔직해져야 한다'.

그것이 내 모토.

그리고—— 내가 유우를 돕고 있는 근본적인 이유다.

유우는 빈말로도 미소년이라고는 말 못 하지만. 뭐, 보통 정도? 그럭저럭? 이제 어울린 지 오래 돼서 그런 쪽의 평가는 잘 못 하겠구만. 나쁘지는 않다고 생각한다.

나는 그런 게 아니라, 그 눈동자가 좋은 거거든―.

플라워 액세서리를 만들 때 보이는, 그 무지개빛으로 빛나는 눈동자가 좋다. 잘 모르겠지만 죽을 만큼 좋다. 이누즈카 집안의 DNA보다 더 깊은 곳까지 꽂힌다.

열정을 전부 태우며 불타오르는 유리구슬 같은 느낌이 무척이나 아름답다. 하지만, 함부로 건드렸다간 부서질 것 같은 덧없는 느낌이 있으니, 정말 건드릴 수가 없다.

그것이 내게 있어서 유우가 가지는 가치.

아마 나는 앞으로도 계속 유우의 곁에 있을 것이다. 영원히 친구일 거라 생각한다. 그게 끝나는 건…… 분명 유우가 플라워 액세서리를 포기할 때.

그렇기에, 나는 계속 유우를 돕는다.

이런 감각은 아마 남에게 이해받지 못하겠지. 그렇기에 말하지 않는다. 사람은 이해할 수 없는 것을 공격하는 생물이니까. 나는 이 마린블루색의 눈동자 때문에 그것을 알고 있다.

이 '나만의 특등석'에, 계속 앉아 있고 싶다.

"히이!"

"와아, 미안! ……뭐였지? 버스 왔어? 우리 집 올래? 같이 목욕할래?"

“뒷부분은 무슨 소린지 모르겠는데…….”

이런. 무심코 욕구에 너무 솔직해졌다.

아아, 그렇게 질색하지 말아줘. 벌어진 우리 사이의 거리가 차가워. 괜찮아, 안 아프게 할 테니까. ……전혀 괜찮지 않잖아.

“히이, 좀 상담해도 돼?”

“응―?”

에놋치의 표정이 진지했다. 의외로 진지한 얘기인 걸까?

괜찮아. 이 언니에게 잔뜩 상담하렴. 할아버지와 오빠의 권력이 미치는 범위라면 뭐든 들어줄게.

“히이는, 남자 친구 생긴 적 있지?”

“뜬금없는 얘기네―. 왜?”

“아, 아니, 그, 히이는 인기 많아 보이니까.”

“그렇지―.”

“부정 안 하는구나…….”

사실이니까 부정할 수가 없단 말이지―. 겸손 떠는 것도 얄미운 짓이고.

그나저나 남자 친구라. ……예상 못한 방향으로 공격하네.

“늘 생기는데, 대체로 바로 헤어져. 오히려 헤어지기 위해 사귄다는 느낌이거든―.”

“헤어지기 위해 사귀어……?”

“있잖아, 거절해도 팍팍 들이대는 사람. 그래서 그런 사람은 일단 사귀어 준 뒤에, 상성이 최악이라는 걸 이해시켜서 헤어지는 게 뒤탈이 없으니까?"

"그래도 괜찮은 거야?"

"내 경험상으로는, 고백받았을 때 바로 매몰차게 거절하는 게 위험한 일이 생길 가능성이 높아지거든—. 그래서 그쪽 용도의 스마트폰도 있어. 귀찮은 사람한테는 그쪽 라인을 알려주고, '밤에는 부모님한테 폰 압수당해' 같은 소리를 하면 답장도 안 해도 돼."

"어어. 굉장해……."

"굉장할 거 없어. 그 사이엔 유우랑 못 노는걸. 진짜 스트레스 쌓여. 괜히 큰 트러블이 생기면 오빠한테도 민폐 끼치게 되니까, 나도 고생이란 말이지—."

인기 많은 숙명으로 태어난 자의 책무라고는 해도, 정말 귀찮기 짝이 없다.

아무리 빨리 헤어져도 대체로 일주일 정도는 유우 성분이 보급 안 되고. 게다가 유우도 '또 헤어졌어? 진짜 오래 가질 못하네' 같은 소릴 하니까 조금 화난다.

"이런 느낌인데, 에놋치를 상담해 줄 수 있으려나?"

"그럼, 그, 어……."

에놋치는 신중히 말을 고르는 듯하다가 입을 열었다.

"그중에서, 히이의 얼굴도 모르는 상태로 고백한 사람, 있어?"

"……네?"

이건 아무리 그래도 예상 밖이었다.

그중에서라는 건 내 역대 남친 군(웃음) 얘기겠지. 이제 전부 기억하고 있지는 않지만, 내 얼굴도 본 적 없는데 고백했다는 건…… 어라, 무슨 상황인 거지?

"아, 인터넷 같은 데서 알게 된 사람이라는 거야?"

"서로 아는 사이도 아니라고 해야 되나……."

으응?! 서로 아는 사이도 아니라고?

한마디로 일방통행이라는 걸까. 그렇다면…….

"아, 배우나 개그맨!"

"느낌으로는 뭐, 그거랑 비슷할, 지도……."

"그래도 얼굴도 모르는 상대라는 거지? 어떻게 된 거야?"

생각하면 생각할수록, 잘 모르겠다.

나는 너무 감질나서 에놋치의 등을 찰싹 때렸다.

"말하고 싶은 게 있으면 확실히 말해야지!"

"읏. ……알았어."

에놋치는 단념하더니 겨우 본론으로 들어갔다.

"우리 집은 양과자점이잖아? 언니는 예전부터 도시로 나가고 싶어 했고, 내가 가게를 이어받겠구나― 하고 생각했었는데……."

어라. 갑자기 사랑 얘기에서 기특한 이야기가 됐는걸.

이 귀여우면서도 살짝 소통 능력이 낮아 보이는 부분, 유우랑 닮아서 좋네―. 에놋치가 가게를 잇는다면 이누즈카 집안은 계속 애용하도록 하자. 지금 정했다.

"그래서? 그래서?"

“과자 만들기 같은 거 도울 때, 엄마가 자주 말했었어. ‘좋은 걸 만드는 건 나쁜 사람도 할 수 있어. 하지만 마음을 울리는 걸 만드는 건 마음이 상냥한 사람뿐이야’라고. 뭐, 마음이 상냥한 사람이 되라고 말하고 싶었던 것 같은데…….”

아—. 그렇구나.

왠지 모르게 하고 싶은 말을 알 것 같다.

“그래서, 뭔가 마음에 울리는 걸 찾아버렸다는 거야? 그리고 얼굴도 본 적 없지만 좋아하게 되어 버렸다는 거지?”

“으, 응. 뭐, 그런 느낌…….”

시선을 돌리며 수줍은 듯 볼을 붉히는 에놋치.

으음—. 이거 진심 같은데. 그건 그렇고, 귀엽다. 괜찮은 건가. 이렇게 귀여워도 괜찮은 건가. 이 순간의 에놋치, 나마저 뛰어넘은 것 같은데.

유우, 미안해. 아까 잘될 수 있을지도— 같은 생각을 했는데, 아닌 것 같아. 안타깝지만 이 신부 삼고 싶은 기특한 미인은 달리 좋아하는 사람이 있습니다. 상심 말기를. 네게 사랑은 일렀다는 거야. 한동안은 나와 친구뿐인 청춘을 보내자고!

그렇게 멋대로 머릿속에서 유우와 놀고 있는데, 에놋치가 말했다.

“상대의 얼굴도 몰랐어. 하지만, 가까이 있겠구나 하는 건 왠지 모르게 알고 있었어…….”

“어, 그래? 어떻게?”

"왜냐면, 히이의 인스타에 늘 찍혀 있으니까."

……내 인스타에 찍혀 있었어?

어. 뭐야. 어떻게 된 거야? 내 인스타는, 그 플라워 액세서리 홍보용 인스타 말하는 거잖아? 거기에 누가 찍혀 있었어?

설마 이거, 괴담이었던 거야? 무서워. 잠깐만. 나 이런 거 힘들어. 에놋치, 그런 걸 갑자기 들이대는 건 좀…….

(──아. 아니야.)

찍혀 있다. 늘 찍혀 있었다.

에놋치는 '상대 남성이 찍혀 있다'라고는 하지 않았다. 에놋치의 이야기에 따르면, 상대의 얼굴도 모르는 상태인걸.

하지만 상대의 상징은 알고 있다. **그 사람이 만든, 마음을 빼앗기는 무언가**다.

"저기, 에놋치? 왜 이 얘기를 한 거야? 그, 내가 싫다고 했었잖아. 학교에서도 날 피했었고……."

에놋치가 왼손을 들었다.

그 손목에 있는 것은 월하미인 팔찌.

하룻밤에 아름답게 피어나, 하룻밤에 사라지는 꽃.

꽃말은 '아리따운 미인', '덧없는 꿈'──'그저 한 번만, 만나고 싶어서'.

"……'you'는, 나츠메 군인 거지?"

에놋치의 말은, 질문이 아니었다. 단지 사실을 확인하는 작업. 내가 어떻게 대답하든 분명 그녀는 자신의 직감을 믿겠지.

나는 오만했었다.

유우의 좋은 점을 이해할 수 있는 건 나뿐이라고 생각했다.

나만을 위해 준비된, 나를 위한 '특등석'. 달리 대체할 수 없고, 유우에게도 똑같을 거라 의심치 않았다.

……유우와 나의 우정이야말로 지고하다고 믿던 가치관조차, 결국은 내 독선이었을 뿐인데도.

II "그저 한 번만, 만나고 싶어서"

흠뻑 젖었다.

도중에 빗발이 거세져서, 수영장에 뛰어든 듯한 꼴이 되어 버렸다. 이럴 거면 히마리 일행과 버스로 돌아갈걸 그랬다.

그래도 에노모토가 불펴했단 말이지. 나쁜 애가 아니라는 건 알겠는데, 위압감이 있다고 해야 되나, 너무 미인이라 위축된다고 해야 되나…….

……애초에 히마리 이외의 여자랑 이야기한 게 얼마 만이 더라? 그러고 보면 위원회 같은 일로 이야기한 적 은 있어 도, 잡담 같은 걸 한 적은 없네?

그런 생각을 하는 사이 집에 도착했다.

2층 구조의 독립 주택. 작은 도로를 기고 건너편에 부모 님이 경영하는 작은 개인 편의점이 있다.

집 옆에 자전거를 세워두고, 문을 열어 안으로 들어갔다. 욕실로 향하는데 거실에서 셋째 누나가 얼굴을 내밀었다.

나츠메 사쿠라. 세 누나들 중 유일하게 데려간 곳이 없는 대학 졸업 3년 차다.

머리부터 발끝까지 젖은 나를 보고, 사쿠 누나가 노골적 으로 싫어하는 표정을 지었다. '이 복도 누가 닦을 건데…….' 같은 생각이라도 하고 있겠지.

"……유우. 너 수건 가져올 때까지 못 기다려?"

"아니, 사쿠 누나가 있을 줄 몰랐어. 편의점 카운터는?"

"지금 알바 애가 보고 있어. 여기 닦아줄 테니까 얼른 씻고 나와."

죄송함다.

탈의실에 들어가자 옷 바구니 안에 하얀 털 뭉치가 들어차 있었다.

"……다이후쿠. 비켜주지 않을래?"

내 목소리에 반응해 하얀 털뭉치가 움직였다.

삼각형의 동물 귀를 세우며 흰 고양이가 나를 힐끗 노려봤다. 그리고 하품을 하더니 다시 둥근 모양으로 돌아가 버렸다.

이 녀석이…….

어쩔 수 없이 젖은 옷은 직접 세탁기에 던져 넣었다.

이미 욕조에는 물이 차 있었다. 사쿠 누나 나이스. 얼른 몸을 씻고 따듯한 욕조에 몸을 담갔다.

"극락이네……."

사쿠 누나의 입욕제 써버릴까나.

하지만 나중에 엄청 혼나겠지.

……응? 탈의실에서 다이후쿠가 고롱고롱 울고 있다. 말 그대로 쓰다듬어질 때 내는 이 소리는, 사쿠 누나가 들어왔다는 뜻인가.

"야. 갈아입을 옷 여기 둘게."

"예엡—……."

“뭔가 지쳐 있는 것 같은데?”

“살짝 옛날 액세서리 고치느라…….”

“그래? 히마리 거?”

“아니, 다른 여자.”

……어라?

뭔가 조용해졌는데…… 아니, 우왓! 갑자기 욕실 문 열지 말라고!

“너 설마 바람 피우려는 거 아니지?! 히마리 울리면 가만 안 둔다!!”

“아니라니깐! 애초에 히마리는 그냥 친구라고 말했잖아!”

“그냥 친구가 그렇게 바지런하게 플라워 액세서리 판매까지 도와줄 리가 없잖아!”

“그래도 사실인데 뭐 어쩌라고?!”

엄청 화내고 있다.

히마리 녀석, 붙임성은 좋으니까. 히마리 매직은 허풍이 아니다. 가족에게 소개하기에는 정말로 만점인 여자. 우리 누나들도 완전히 홀려 버린 상태다.

“뭔가 히마리랑 아는 사이?……인 여자애가 액세서리 망가졌다고 해서 그걸 고쳐준 것뿐이야.”

“넌 좀 평범한 것 좀 하면서 놀면 안 되니? 노래방이라든가 볼링이라든가.”

“참견도 심하네…… 슬슬 문 좀 닫아주면 안 돼?”

춥습니다만.

기껏 욕조에서 따듯해졌는데 의미 없어지잖아.

"흐음. 그래서, 어떻게 했는데?"

"아니, 문 닫는 건 좋은데 왜 들어오는 건데?"

"온 김에 다이후쿠도 씻겨주려고."

사쿠 누나의 가슴에 안긴 하얀 털뭉치가 폴짝 뛰었다. 하지만 꼬리를 붙잡혀 불쌍하게도 물이 찬 세면대에 처박힌다. 비통한 울음소리가 퍼졌다.

……저기, 어차피 안 들어줄 테니까 말은 안 하겠는데 말이야? 다이후쿠 씻기는 건 나 다 씻은 뒤에 해도 되는 거 아냐?

"그래서 엄청 정신적으로 지쳤어. 아, 사쿠 누나. 그거 나랑 아빠가 쓰는 샴푸인데……."

"일일이 쪼잔하게 따지지 마. 그리고 너 멘탈 너무 약한 거 아냐? 그러면서 자기 가게는 잘도 갖겠다고 하네."

"너무 정론이라 할 말이 없네……."

……정말 옳으신 말씀이다. 찍소리도 못 하겠다.

그냥 카운터 보기나 가게 앞에서 접객하는 건 아르바이트를 고용하면 된다. 뭐 액세서리는 예측하기 힘든 장사니, 항상 일정한 수입이 들어올 거라고 예상하는 건 낙관적인 생각이지만.

그래도 상품에 대한 의견이나 희망사항을 듣는 것은 내 일이다. 이건 남에게 맡겨도 되는 일이 아니다.

그렇게 되면 결국, 나도 사람 앞에 나가야만 한다.

욕실 거울에 자신의 얼굴이 비치고 있다. 변함없이 무뚝뚝한 얼굴이다.

시험 삼아 히마리처럼 싱긋 웃어 보니…… 아, 이건 안 되겠다. 이런 놈이 귀여운 플라워 액세서리를 만든다고는 아무도 생각 안 하겠지.

아예 오늘처럼 히마리가 옆에서 싱긋거리며 대응해 주면 좋을 텐데. 아니, 아무리 그래도 그때까지 신세를 질 수는 없지. 오늘은 히마리도 달리 할 일이 없었으니까 어울려 줬을 뿐이고, 그때가 되면 결혼이라도 한 상태 아닐까.

"그래도 좋은 경험이 된 거 아냐?"

사쿠 누나가 말했다.

쓸데없이 상쾌한 얼굴이었다. 손 쪽의 다이후쿠가 비참한 꼴이 된 상태라, 그 갭에 웃음이 나올 것 같았다.

"왜?"

"너 계속 히마리 상대로만 액세서리 만들었잖아. 작풍이 치우칠 만하다니까."

"작풍이 치우친다는 게 뭔데. 난 착실하게 다양성이 살도록 여러 액세서리를 만들고 있는데……."

……어라? 뭔가 빤히 쳐다본다. 그리고 사쿠 누나는 안타깝다는 듯 한숨을 쉬었다.

"……지금까진 신경 써서 얘기 안 했는데. 너 요즘 만들고 있는 거 죄다 비슷한 느낌이야."

"억!"

가슴에 콱 꽂혔다.

그런 말도 안 되는 일이. 사쿠 누나도 히마리의 인스타를 체크는 하는 것 같지만, 그렇게 말할 정도의 근거가 있을 리는…….

"무, 무슨 뜻인데. 귀걸이에, 팔찌에, 포스트잇이나 책갈피 같은 문구도 만들고 있는데……."

"용도가 아니고, 이미지 얘기야. 컨셉이나 분위기의 변화가 없어서 다 똑같아. 말 그대로 '정체된 모형 정원'…… 설마 몰랐어?"

"…………."

몰랐다.

그래도 잠깐만. 어찌어찌 돌이켜 보면 그런 것 같기도 했다.

애초에 당연하다. 내 작품은 히마리의 인스타를 통해 홍보된다. 그런 히마리에게 딱 맞는 액세서리여야…… 아니, 그렇게 된 거구나?!

"자기 가게를 차린다니 도중에 그만둘 게 뻔하니까 말 안 했는데. 히마리까지 끌어들이고 있으니까 슬슬 확실히 말하려고."

사쿠 누나는 목욕 타월을 가져오더니 다이후쿠를 거칠게 닦았다.

저항할 기력도 잃은 건지 하얀 털뭉치는 녹초가 되어 가만히 당하고 있다.

"더 정열적인 사랑이 보이는 물건이라든가, 깊은 실연의 절망이 보이는 물건이라든가. 너한테 부족한 건 그런 감정의 폭 아냐?”

“그, 그래도 매상은 순조로운데…….”

“정말로? 계속 우상향 중이야? 요새 조금 상승이 잠잠해지지 않았어? 재구매 비율은? 한 번만 사고 끝나버리는 건 아니고?”

“어, 어떻게 아는 건데?!”

“히마리 인스타로 홍보한다는 건, 히마리라는 모델의 가치가 추가된다는 거야. 그런 야생의 아이돌 같은 애가 몸에 달고 다니는 액세서리라면 다들 원할 만도 하지. 하지만 실제로 사도 ‘뭔가 느낌이 다른데?’라는 사람도 많을걸. 그런 게 어울리는 건 비슷한 수준의 외모를 가진 여자애뿐이야.”

“으윽?!”

사쿠 누나는 날카롭다.

구직 활동에 실패한 지금은 초라해진 상태지만, 이래 봬도 고등학생 시절에는 ‘10년에 한 번 나올 수재’ 같은 소리를 들으며 칭찬이 자자했다. 하는 말은 대체로 정론이고, 또 맞는 말이기에 확 꽂힌다.

실제로 지금 한 말도 그렇다. 나는 말한 적이 없을 텐데 마치 매출 데이터를 본 것처럼 정확했다.

내 플라워 액세서리는, 재구매 고객이 적다.

액세서리란 한 번의 만남. 평생을 해후하는 결혼 상대가 아니라, 짧은 시간을 빛나게 해주는 연인 같은 것이다. 한 번의 만남에 질질 끌지 말고 다음 만남을 향해 떠나는 것이 스마트하다. 그렇게 생각하고 있었지만, 달리 말하면 대책을 짜지 않기 위한 변명이기도 했다.

"너 나랑 한 약속 기억하고 있지? 30까지 가게 못 차리면 얌전히 편의점 물려받는 거야. 엄마 아빠가 바란 공무원은 포기했으니까, 하다못해 키워주신 은혜는 갚아."

"아, 알았어. 그때까진 사쿠 누나가 가게 봐주는 거지."

"그리고, 겸사겸사 말하는데 히마리한테 장가 가. 내 노후 자금은 너한테 뜯는다 쳐도, 돌봐주는 건 귀엽고 싹싹한 여자애가 좋으니까."

"그건 뭔 소린지 이해가 안 되는데, 사쿠 누나……."

다른 댁 따님에게 인생을 맡기려고 하지 마쇼.

남 말 할 처지는 아니지만, 우리 사쿠 누나는 정말 최악이다.

그다음 날의 방과 후.

집에 가려는데, 곧바로 히마리가 가방을 들고 따라왔다.

"헤이—, 유우! 오늘은 작업 안 해?"

"좀 졸려서 집에 가려고. 너도 오늘은 다른 사람이랑 놀지 그래?"

히마리가 교실 쪽을 뒤돌아봤다.

전에 같이 놀자고 했던 반 친구들이 남아 있겠지.

"으음~. 유우랑 같이 집에 갈까나."

"아, 그래. 근데 나 오늘은 정말 빨리 돌아가고 싶은데……."

"뒤에, 태워줘♡"

자전거 주차장에서 자전거를 가져온다.

교문을 나서자 곧바로 히마리가 가방을 바구니에 넣는다. 평범한 자전거의 뒷바퀴 축에 발을 걸고 서서, 내 어깨에 양손을 올렸다.

"자, 유우, 집에 가자!"

"……히마리. 그냥 걸어가면 안 돼?"

"엥— 싫어. 나 걷고 싶지 않아."

"자전거 위에서 직립 부동하는 게 더 힘들지 않아?"

"그럼 내가 안장에 앉을 테니까, 유우가 그걸 껴안는 느낌으로 팔을 두르면……."

"알겠어, 그냥 이대로 가자. 안 떨어지게 가만히 있어라."

너, 나한테 무슨 짓을 시키려는 거야? 아무리 그래도 너무 부끄럽잖아.

나는 자전거를 밀면서 걸어갔다. 히마리는 콧노래를 흥얼거리면서 내 어깨를 툭툭 두드려 댔다.

"히마리, 엄청 기분 좋아 보이네."

"우후후—. 이제야 유우랑 눈높이가 똑같아졌으니까."

"나 졸리거든. 너무 흔들지 마. 진짜 넘어진다."

평소라면 몰라도 오늘은 가능하면 히마리를 내버려 두고

얼른 돌아가고 싶은 기분이었다.

"그러고 보니 유우, 오늘은 하품만 하고 있었지."

"진짜로 졸렸거든……."

"늦게까지 안 잤어? 어젠 나랑 온라인 게임도 안 했잖아."

"만화를 좀 봤어."

"호오, 유우치고는 별난 일이네. 항상 내가 추천한 것밖에 안 읽으면서."

"살짝 다음 액세서리 테마를 좁혀 보려고. 참고 삼아 봤어."

"허—. 어떤 테마?"

"……'열정적인 사랑'이랑 '깊은 실연의 절망'."

예상대로 히마리가 폭소했다.

내 어깨를 뒤에서 가차 없이 두드려 댄다.

"푸핫—?! 뭐아뭐야? 유우, 연애에 흥미 생겼어?"

엄청 물고 늘어지네.

아니, 입장이 반대였다면 나도 그랬겠지.

"사, 사쿠 누나가……."

이래저래 여차저차.

어제 사쿠 누나와 나눈 대화를 설명하자, 히마리가 납득했다는 듯 끄덕였다.

"그렇구나—. 뭐, 일리 있네. 나도 유우의 액세서리에 좀 야한 느낌이 있었으면 좋겠는데— 하는 때가 있으니."

"야, 야한 느낌……?"

"감정의 폭발이라고 해야 되나, 좋은 의미의 **불순물**? 아니,

수준이 낮다는 말은 아니거든? 하지만 완성도가 너무 높아서 우등생처럼 보이는 것도 사실이야.”

“어어. 너도 그렇게 느끼냐…….”

“아하하. 사쿠라 씨도 트집 잡으려고 하는 말이 아닐 거야. 애초에 유우도 다음 단계로 나아갈 때라고 생각하고 있던 거 아냐?”

……과연 그럴까.

뭔가 그 사람은 나를 괴롭히는 걸 삶의 보람으로 삼고 있는 느낌이 있단 말이지. ……그런 부분이 히마리랑 맞는 거 겠지만.

“다음 단계라는 건 뭔데?”

“음―. 뭐라 해야 하지, 유우가 만들고 싶은 물건보다, 고객이 원하는 물건으로 눈을 돌리자는 느낌? 지금까지는 유우가 ‘좋아!’라고 생각하는 걸 만들어 왔잖아. 하지만, 그게 사쿠라 씨가 말하는 **정체**인 거지. 역시 장사를 할 거라면 고객의 시선이 필요해. 판매업인데 재구매 고객이 적은 건 그게 원인인 경우가 많으니까―.”

“허어. 그런 거구나.”

“우리 집은 땅이 있잖아? 한 해에 몇 번은 새로운 게 하고 싶다고 부동산 계약을 하러 오는 사람이 있거든. 그래도 역시 대부분은 실패해서 가게 접어버려. 요전에도 새로운 크로와상 가게가 생겼는데, 좀 위치가 안 좋았지.”

“위치?”

“그 주변이 중학교 통학로였거든. 그래서 하교 시간을 노려서 막 구운 빵을 준비했었는데…….”

“……그렇구나. 중학생 용돈을 노려서는, 가게가 유지될 만큼 벌 수가 없겠지.”

“그런 거야. 그 주변은 요양시설이나 병원도 많지만, 예쁜 빵은 수요가 적거든─. 길 건너편에는 대형 프랜차이즈 편의점도 있고.”

“……남 일 같지가 않네.”

우리 집 편의점도 지금은 적당히 잘 하고 있다. 하지만 근처에 그런 경쟁 가게가 있었다면 달랐을지도 모른다.

“그런 한 가지 한 가지를 신경 쓰는 게, 액세서리 만들기에도 필요한 거 아냐?”

“너는 정말 날 설득하는 게 능숙하네.”

“아하하. 그건 유우가 플라워 액세서리에 진심으로 마주하고 있다는 증거잖아? 보통은 이런 얘기를 들으면 오히려 화내는 사람도 많으니까─.”

……아마 이누즈카 집안에도 이런저런 일이 있었겠지.

히마리의 이런 나이에 맞지 않은 함축성 있는 말이, 엄청 의지가 된다. 인스타 같은 홍보만이 아니라 뒤쪽에서도 상당히 지원받고 있다는 거다.

“히마리 네가 봤을 때, 테마를 ‘연애’로 좁히는 건 어떤 것 같아?”

“합리적인 것 같은데? 유우의 플라워 액세서리는 메인 타깃이 여성이잖아. 여자애들은 연애를 좋아하니까—.”

뒤에서 어깨 너머로 내 얼굴을 들여다보는 히마리.

……어엇. 너무 움직이지 마. 자전거의 균형이 무너지잖아.

“그래서, 뭘 읽은 거야?”

“5, ‘5등분의 신부’. 지금 가장 잘 팔리는 연애 만화라길래…….”

“5등분이구나—. 근데 그건 연애가 아니라 러브코미디 아냐?”

“차이를 모르겠어.”

“음—. 연애물이란 건 더 인간 관계가 꼬이는 느낌이라고 해야 되나……. 뭐, 이건 해석에 따라 다르지만. 그래서, 누가 마음에 드는데?”

이 질문에는 바로 답이 떠올랐다.

“타케다 유스케.”

“어라, 진짜 모르겠는데?”

“있잖아, 가정교사 자리를 걸고, 후타로랑 시험 점수 대결하는 반 친구…….”

“그거 남자애 아냐?!”

“그치만 한결같잖아. 그렇게 후타로에게 인식도 안 되고 있는데, 계속 성적으로 넘어서는 걸 목표로 삼아왔잖아? 엄청 기특해…….”

“뭐, 그렇게 볼 수도 있으려나—……?”

“게다가 스토커도 아냐. 그 증거로 떠날 때도 시원시원하고. 나 개랑 친구가 되고 싶어…….”

히마리가 울컥해서, 뒤에서 내 등에 매달려 누르듯 통통 뛴다.

“저기―, 여기! 여기 있거든! 유우의 친구가 여기 있어요―!”

“알았어, 알았다니까! 그냥 작품 이야기야!”

하여튼 자전거 위에서 움직이지 말라니까! 진짜 위험하다고!

아닌 척 꾸미고 있지만, 히마리는 꽤나 독점욕이 강하다. ……이 녀석이 남자 친구와 오래 가지 않는 것도 아마 그게 원인이겠지.

“여기서 히로인의 이름이 안 나온다는 건, 별로 수확이 없었다는 거겠네―.”

“몇 가지 디자인 시안은 만들었는데…….”

가방에서 꺼낸 노트를 뒤에 있는 히마리에게 건넨다. 내가 수업 중에 휘갈겨 쓴 디자인 시안을 바라보며, 히마리가 솔직하게 말했다.

“나쁘지 않은 것 같아. 그치만 좋지도 않은 느낌이네―. 나는 히로인 다섯 명을 다 알고 있지만, 그중에 누가 이걸 달고 있을지는 잘 모르겠어.”

“딱 그런 느낌이야. 이건 단순하게 다섯 명의 히로인에게 어울릴 것 같은 액세서리일 뿐, 그 다섯 명의 개인적인 정열이나 절망 같은 게 표현되어 있지 않아.”

"무잔 님의 팝콘*이랑 같은 이치라는 거야?"

"무잔 님이 뭔데?"

"'귀멸의 칼날'의 최종 보스. 아, 지금은 안 읽어도 돼. 연애랑은 상관없거든. 그래도 재밌으니까 다음에 빌려줄게. 오빠가 전권 가지고 있어."

"진짜? 고맙다."

일단 알게 된 것은, 연애 만화로부터 캐릭터의 모티브를 가져와도, 그 감정에 공감할 수 없다면 의미가 없다는 사실이다.

이래서는 히마리에게 어울리는 액세서리를 만드는 것과 다를 게 없다. 내가 공감하기 위해선 체험이 동반되어야만 한다.

"애초에 사랑이란 뭐지?"

"우와. 귀찮은 소리 하네."

"내가 귀찮다는 건 처음부터 알고 있었잖아."

"아, 그건 그렇지―."

야. 싱글거리는 얼굴로 긍정하지 마.

내 뺨을 쿡쿡 찌르면서 '이런 귀찮은 유우랑 어울려 주는 거, 나뿐이라니깐~. 감사해라~. 공물을 더 바쳐라~'라는 어필을 하는 것도 그만둬. 거기 10번 국도 나오면 있는 맥도날드의 쉐이크로 봐주세요. ……마음이 완전히 패배했네.

―――――――――

* '귀멸의 칼날' 속 인물 키부츠지 무잔이 자신의 몸을 1,800개로 조각 내 도망친 장면을 패러디한 상품.

“애초에 너도 연애 감정은 잘 모르겠다고 했잖아.”

“이봐이봐 유우 군. 감정은 몰라도, 내가 엄청 인기 많다는 거 알잖아?”

“일주일도 못 가는 애가 뭘 허세 부리는 거야?”

“헷. 사랑 따위, 고백한 시점에서 결판이 난 거야. 요컨대 내가 최강.”

“호오. 그럼, 연애 최강인 히마리 씨 입장에서 사랑이란 뭔데?”

“그거야 키스한다든가, 섹스한다든가 하는 거?”

“그건 성욕이잖아…….”

알고는 있었지만, 내 친구가 너무 속물이라 깨는구나.

히마리는 검지를 세우더니 의기양양한 얼굴로 말을 이었다.

“아니야—. 왜냐면 키스하고 싶다는 마음은 좋아하기 전에는 생기지 않잖아? 즉, 키스하고 싶다고 생각한 순간엔, 이미 상대를 좋아하게 됐다는 뜻 아냐?”

“응? 잠깐만. 갑자기 얘기를 어렵게 하지 마.”

그리고 일단 미소녀인 애가 귓가에 키스 키스 하면서 속삭이지 말아줄래? 아무리 나라도 좀 부끄러워지는데.

히마리는 빙긋 웃으며 해설했다. 이 녀석은 나한테서 주도권을 뺏었을 때 무척 활기가 넘친다…….

“요컨대 키스하고 싶다는 마음과 연애 감정은 동시에 발생한다. 유우가 특정한 여자애와 키스하고 싶다고 생각했을 때, 그게 바로 연애 감정이라는 거야.”

“그럼 연애 감정은 성욕이라는 거야?”

“어쩌면 성욕 자체가 연애 감정의 안테나일지도 모르지? 유우는 그런 쪽 취향은 어떤데?”

“아니, 그걸 묻는 거야? 아무리 그래도 말하기 힘든데?”

“가슴은 큰 편이 좋아?”

“엄청 물고 늘어지네. 왜? ……음, 그야 큰 게 좋지?”

“흑발? 아니면 좀 붉은색이 들어간 편이 좋아? 아, 긴 머리라는 전제로.”

“머리색이 왜 나와? 게다가 선택지가 너무 구체적인 거 아냐?”

“아니, 에놋치 머리에도 붉은 기가 있으니까.”

“그게 왜. 갑자기 에노모토 양 이름이 나와서 쫄았잖아.”

“에놋치랑 키스하고 싶다는 생각 안 해?”

“그니까 왜 그러는데? 그 맥락 없는 에노모토 양 푸시는 어디서 나오는 거야?”

“뭔가 모델이 있는 편이 이미지를 떠올리기 쉬울 거라 생각했을 뿐이네요~. 이 주제를 이용해서 유우와 에놋치의 상성을 알아보자는 생각은 안 했어요~.”

그런 거에 태연하게 자기 친구 이름을 대는 건 너무 극악무도한 거 아냐?

야, ‘하아~. 이런이런. 이래서 동정은’ 같은 얼굴 그만해 줄래? 너도 사귄 횟수는 많지만 그런 경험 쪽은 나랑 별 차이 없잖아.

"속수무책이네. 일단 난 현실 여자를 보고 키스하고 싶다는 생각은 해본 적 없으니까."

"음~. 나도 내 쪽에서 하고 싶다고 생각한 적은 없는데―."

남녀가 모였는데 참 칙칙한 일이다.

하지만 이것만큼은 어쩔 수가 없다. 없는 건 없는 거니까. 애초에 다른 사람만큼 이성을 좋아할 만한 사람들이었다면, 이렇게 태평하게 친구 행세는 못 했지 않을까?

설마 우리의 관계에 이런 결점이 있을 줄이야…….

"해볼래?"

"허?"

히마리가 이상한 소리를 한 것 같았다.

무심코 돌아봤다. 그 마린블루색 눈동자가 나를 똑바로 응시하고 있다.

"나랑. 시험용 키스."

"뭐어어―?!"

나도 모르게 멈춰 서자 히마리가 기세 좋게 내 턱에 박치기를 먹였다. 깜빡 히마리와 같이 넘어질 뻔했지만, 어찌저찌 버텼다. 나 정말 장하네.

"아파라~……."

"유, 유우. 갑자기 멈춰 서지 말라구~……."

그 자리에 쭈그리고 앉아 둘이서 둔탁한 아픔을 견뎠다. 나는 눈물을 머금으면서도 히마리와 눈을 맞췄다.

"아니, 안 되지……."

"왜?"

"키스하고 싶다고 생각하는 건 연애 감정이라고 했잖아? 그건 즉…… 너 나를 그런 느낌으로 본 거야?"

"아니, 전혀. 그냥 베스트 프렌드인데."

????

?????????????

"무슨 소리야?"

"유우는 여자애랑 키스하고 싶다고 생각해 본 적 없다고 했지?"

"그건 그런데……."

"하지만 우린 애초에 '키스하고 싶다'라는 감각이 어떤 건지 모르지 않아?"

"그렇게 되네……."

"그럼 시험 삼아 해보면, 의외로 '아, 이거 알겠네'라고 할 가능성도 있는 거 아냐? 그것만 알면 나머지는 쉽단 말이지―."

"아, 그런 뜻이구나……."

그렇네.

듣고 보니 그런 것도 같다. 역시 히마리. 내가 생각하지 못한 좋은 아이디어를 떠올린다…… 아니, 멍청아. 뭘 납득하고 있는 거야. 말하긴 그렇지만 그 논리는 정말 최고로 멍청한 것 같다고.

"그렇다고 친구랑 키스해도 될 리가 없잖아. 이탈리아 사람이냐?"

히마리는 의미심장하게 웃었다. ……아, 안 좋은 생각 하고 있네.

갑자기 내 손을 잡는 히마리. 게다가 손가락을 끼우는 연인의 손깍지다.

그대로 내 손을 끌어서, 한쪽 팔로 자전거의 밸런스를 잡아야 하게 됐다. 옆에서 보면 엄청 꽁냥대는 느낌이겠지. 샛길이라 주위에 인기척이 없는 게 다행이었다.

……아니, 뭔데? 아까부터 히마리의 생각을 읽을 수가 없어서 좀 무서운데.

"하지만 감정이 동반되지 않는다면, 키스랑 이렇게 손을 잡는 거랑 뭐가 다른데? 똑같은 피부끼리의 접촉이잖아?"

"마치 내가 곧잘 여자랑 손을 잡고 싶어 하는 좀 아픈 녀석인 것처럼 말하지 말아줄래?"

"어라. 나는 곧잘 유우랑 손을 잡는데?"

"좀 아픈 건 너였구만…….."

"괜찮다니까. 유우랑만 하는 거니까ー."

"그런 걱정이 아닌데 말이지…….."

히마리는 자기 입술을 엄지로 가볍게 튕겼다.

선생님에게 걸리지 않을 정도의 연한 립글로즈. 그것이 히마리의 손가락에 묻어 살짝 빛난 듯했다.

"……할래?"

윽.

잠깐만잠깐만. 진정하자.

늘 하는 농담이다. 어차피 곧장 '푸핫—' 하는 웃음을 살 게 뻔하다. 이런 일에 현혹될 만큼 나와 히마리의 관계는 얕지 않다.

……뭐, 아무리 그래도 '키스해 볼래?'라는 소릴 들은 건 처음이지만.

어찌 됐든 질 나쁜 농담…… 야, 왜 살짝 볼을 붉히고 있는 거야? 눈도 촉촉해진 것 같고…… 아니아니, 넥타이 잡아당기지 마. 애초에 초근접 거리인데요? 이런 속눈썹이 닿을 법한…… 우와, 히마리의 숨이 코끝을 스쳤다.

그만해, 심장아. 두근거리지 마. 아무리 그래도 이건 그냥 못 넘어가. 히마리네 오빠한테 살해당할 안건이라고. 아니면 강제적으로 호적이 옮겨져서 진짜 매제가 되어버리든가…… 으아, 이 녀석 새삼 보니까 진짜 너무 예쁜 거 아냐?

무심코, 반사적으로 눈을 감았다.

"…………."

어라?

전혀 오질 않는다.

머뭇머뭇 눈을 뜨자 필사적으로 웃음을 참는 히마리가 보였다.

"푸하하하하하하하하하하하하하핫!!"

"…………."

자전거 안장을 팡팡 때리며 크게 웃고 있다. 머리도 엉망 진창이고, 상큼한 미소녀는 진짜 어디 갔냐고.

즉, 그거다.

……농락당한 거다.

샛길의 구석에서 무릎을 안고 웅크리고 있으니 히마리가 등을 탁탁 두드렸다.

"미안, 미안. 그치만 딱 봐도 이상하잖아?"

"아니, 알고 있었거든? 그래도 역시 상처야……."

여자랑 키스하고 싶다는 생각은 해본 적 없어도, 일단 순정 있는 남고생이라서.

히마리는 여전히 기 죽는 일 없이 깔깔 웃고 있었다. 뭐, 이런 점이 이 녀석의 매력이라면 매력이지.

"그리고 지금은 유우랑 그런 거 하면 위험하거든ㅡ."

"응? **지금은**이라는 건 무슨 뜻인데?"

싱긋 웃는 히마리.

나왔네. '그건 그렇고 시험 삼아 하자는 키스로 유혹하는 소악마 같은 나도 최고로 귀엽지 않아?'라는 느낌의 미소다. 네, 귀엽습니다만 두 번 다시 하지 마라?

"그럼 유우에게 방금 일에 대한 사과를 할까나ㅡ."

"아뇨, 진짜 괜찮습니다."

"요 녀석. 얼마나 신용이 없는 거야."

"오히려 신용의 결과잖아. 네가 사과 같은 소리 하는 건 처음이니까. 너무 수상하다고."

"자, 자. 어떤 일에도 처음 한 번은 있는 거야. 절대 후회하게 하지 않을게."

너무 멋진 남자 같은 대사다.

어쩔 수 없다. 이렇게 되면 내가 수긍할 때까지 물러서지 않으니까. 이 녀석, 진짜 남자로 태어나지 않아서 다행이라고. 남자였으면 지금쯤 히마리 피해자 모임 같은 게 생겨서 칼에 찔렸을 거다.

"그래서, 사과는?"

그러자 히마리가 싱긋 웃었다.

그걸 보고 '아, 역시 제대로 된 게 아니군' 하고 깨달은 내 직감은, 반은 맞고 반은 틀렸다.

다음 날, 토요일. 학교는 쉬는 날이다.

나는 오전 중에 우리 편의점에서 하는 아르바이트를 끝내고, 시내에 있는 이온으로 향하고 있었다.

……까만색 외제차로. 차 표면은 광택 넘치고, 좌석은 푹신푹신. 솔직히 말해 내 침대보다 편안하다.

그런 외제차의 운전석에는 검은 머리를 올백으로 넘긴 선글라스의 미청년이 앉아 있었다. 심플하지만 비싸 보이는 폴로셔츠에 똑같이 고급스러워 보이는 청바지를 입고 있다. 대학 시절에 럭비를 한 덕에 말랐지만 탄탄한 몸을 가지고 있었다.

이누즈카 히바리.

히마리의 둘째 오빠이자, 나를 매제라 부르는 이상한 괴짜다. 아르바이트가 끝난 시간에 갑자기 편의점 앞에 차를 대고 나를 데려간 것이다.

그는 기분이 좋은지 콧노래를 흥얼거리고 있다. 작년 니시노 카나가 홍백가합전에 나왔을 때 불렀던 것이다.

"안녕, 유우 군. 몸 건강히 지냈니?"

"안녕하세요, 히바리 씨. 잘 지내고 있습니다……."

"요새 우리 집에 얼굴을 안 비추게 됐네. 내 안의 유우 성분을 보급할 수가 없어져서, 이렇게 만나러 와 버렸다고."

"그래도 단란한 일가족 모임에 끼어들 수는 없어서……."

"전에 히마리랑은 스시로에 갔지? 이 형님은 쓸쓸하다고!"

"히바리 씨는 바로 고급 스시를 사 오시잖아요. 비싼 스시는 익숙하지도 않고, 맛도 잘 몰라서 죄송하다고요."

"핫핫하! 그런 솔직한 부분이 좋다고♪"

이럴 수가.

이 사람, 내가 무슨 말을 하든 호의적으로 해석해 주니까 오히려 무섭다.

"아니, 히바리 씨. 그래서 전 왜 끌려가는 거죠?"

"어라? 히마리한테 못 들었나?"

"뭔가 놀러 간다고만 했는데. 시간 같은 건 들은 적 없어요. 갑자기 편의점 주차장에 외제차가 서 있어서 저희 부모님이 겁먹으셨다고요."

"그건 미안해. 사죄의 의미로 오늘 밤은 애용하는 스시집에서 배달을 시켜줄게."

"진짜로 사양할게요. 저희 부모님은 속물이라 그런 짓을 했다간 정말로 이누즈카 집안에 사위로 넣을 거라고요."

"호오? 좋은 얘기를 들었네. 오늘부터 매일 오늘의 스시를 보내면 되나?"

"좀 더 여동생을 생각해 주시죠?!"

이 형님, 정말로 여동생을 나를 매제 삼기 위한 도구로만 보고 있는 듯한 느낌이 있다. 히마리도 그렇고, 내 어느 부분이 그렇게 마음에 든 거야…….

그리고 거리 중심에 위치한 이온에 도착했다. 이 지역 주민에겐 너무 친숙해서, 이젠 아무런 감흥도 안 솟는다. 내 집만큼 익숙하다는 느낌.

그 정면 출입구에 히바리 씨가 차를 세웠다.

"그럼, 내 역할은 여기까지야."

"어라? 오늘 히바리 씨는 같이 안 오시는 거예요?"

히바리 씨는 선글라스를 벗더니 히마리와는 다른 새까만 눈동자를 빛냈다.

"지금부터 직장 상층부에 서식하는 꼰대들을 때려눕히기 위한 자료를 만들 거야. 사실은 유우 군과 함께 애니 굿즈 탐방을 즐기고 싶지만…… 사축의 괴로운 점이지 ♪"

상큼하게 위험한 발언을 남기고 히바리 씨는 가 버렸다.

……히바리 씨, 진짜로 내 얼굴을 보려고만 온 건가. 농담인지 진심인지 알 수가 없는 부분이 히마리랑 똑 닮아서 무섭다.

"……그건 그렇고, 히마리는?"

일단 라인이라도 보내 볼까.

유리로 된 입구 앞에서 폰을 만지고 있자니, 누가 뒤에서 툭 하고 어깨를 때렸다. 돌아보니 나를 불러낸 장본인인 히마리였다.

"헤이―, 유우!"

뭔가 등 뒤에서 무서운 오라를 내면서 싱긋 웃고 있다.

왠지 '우후후―. 사복 차림도 완전 귀여운 나를 모시는 주제에, 그 아무리 봐도 편의점 아르바이트 끝나고 온 것 같은 복장은 장난하냐 죽인다?'라는 느낌. 넉넉한 사이즈의 오프숄더 봄 니트와 카고팬츠라는 중성적인 차림이었다. 분명 미소녀인 히마리에게 딱 어울려서 예쁘지만, 네 오빠가 재촉해서 옷을 못 갈아입었다고…….

"유우. 멋을 추구하는 사람은 자기 멋부터 챙겨야 한다고, 내가 늘 말했잖아!"

"그럼 좀 더 시간의 여유를 주면 안 될까? 갑자기 히바리 씨가 끌고 가서 점심도 못 먹었는데."

"정말―. 그래선 예쁜 여자애한테 미움받는다―?"

"네가 예쁜 건 알겠는데, 이제 와서 그걸 신경 쓰겠냐……."

어차피 내 바지 무늬까지 파악하고 있잖아. ……아, 아니.

이상한 의미가 아니고, 우리 집에 왔을 때 옷장 안 등 이곳 저곳을 휩쓸고 간 적이 있다고.

나 참. 어제 시험용 키스니 뭐니 하니까, 이상한 거에 반응해 버렸잖아.

"하아~. 이래서 이 남자는 인기가 없는 거라니깐―."

"아니, 뭐야? 오늘은 엄청 깐족거리네."

"오늘은 특별 게스트가 있거든. 우리만 있는 게 아니라구?"

"허……?"

그런 얘긴 못 들었다. 철석같이 평소처럼 히마리와 액세서리 관련으로 쇼핑을 하는 거라 생각했다.

히마리가 '헷' 하고 웃고는, 반대편을 향해 엄지를 세웠다. 나는 그쪽에 시선을 보내고 가슴이 덜컥했다.

"진짜야……?"

참으로 어른스러운 흑발 미인이 있구나 싶었는데, 에노모토였던 것이다. 그녀는 내 시선을 눈치채더니 부리나케 다가왔다.

"……안녕."

"으, 응."

어색한 인사를 나눴다.

이쪽으로 왔다는 건 우연히 여기 있었던 게 아니라는 거겠지? 그야 그렇다. 휴일 일정이 그렇게 딱 일치할 수는 없지.

히마리를 끌어당기며 허겁지겁 상황을 확인했다.

"아니, 뭐야? 왜 에노모토 양이 있는데?"

"당연히 있어야지—. 오늘은 에놋치와 함께하는 쇼핑이니까—."

"그런 얘긴 못 들었는데?!"

"말을 안 했으니까!"

내 친구는 정말 최악이다.

아마 사전에 말하면 내가 위축되어 안 오게 될 거라고 예상했겠지. 정말 완벽하게 정답인 점이 이 긴 인연의 폐해라고 할 수 있겠다.

이런. 에노모토가 빤히 이쪽을 노려보고 있다. 아니, 그냥 보고 있는 건가? 얘는 베이스부터 기분이 안 좋아 보이니까 잘 모르겠다고.

"에, 에노모토 양. 오늘, 마키시마는?"

"……시이 군은 부활동이야."

"그, 그래. 고생이네."

"……나랑은 상관없는데."

"그렇구나. 그건 그렇지."

……이상하다. 그저께는 좀 더 친해진 느낌이었는데. 얘는 하룻밤이 지나면 대사가 원래대로 돌아오는 게임 속 마을 사람인가?

히마리가 사이에 껴서 나와 에노모토를 번갈아 보았다.

"으응—? 둘이 좀 딱딱하지 않아?"

"갑자기 사전 정보 없이 만나면 곤란하지. 히마리는 알고 있었으니까 괜찮겠지만."

"어—. 하지만 에놋치는 알고 있었는데. 애초에 오늘 외출은 에놋치가 말을 꺼낸 거거든—."

"……그래?"

갑자기 에노모토가 뒤에서 히마리의 입을 틀어막았다.

에노모토는 양손으로 히마리를 억누르면서 으슥한 곳으로 질질 끌고 간다.

"히, 히이!"

"미안하다니까! 알겠으니까 옷 잡아당기지 마—!"

그래 놓고 소곤소곤 작전회의를 하고 있다. 너무 수상하잖아. 지금 당장 돌아가고 싶은 마음뿐이다.

잠시 후 두 사람이 돌아왔다.

히마리가 크흠, 헛기침을 한 뒤 점잔 빼며 말을 꺼냈다.

"유우. 다음 인스타 촬영, 뭔가 생각한 거 있어?"

"다음?"

인스타란 당연히 히마리의 계정으로 하고 있는 플라워 액세서리 홍보 인스타다. 듣고 보니 저번 업로드 후로 벌써 일주일이 지났다.

슬슬 다음 계획을 세워야 할 시기였다.

"그러고 보니 전혀 생각을 안 했네."

"우후후—. 안 되겠구만—. 좀 더 장사에 적극적으로 나서보자고—."

"하지만 겨울에 피는 꽃을 쓴 액세서리는 거의 끝났잖아? 지금은 봄에 피는 꽃을 기다리는 단계인데……."

"오히려 그런 시기니까 새로운 것에 도전할 수 있는 기회 아냐? 바빠진 뒤에는 그런 여유도 없으니까. 게다가 꽃이라면 꽃집에서 들여오면 되는 거고."

분명 일리가 있다. 사쿠 누나에게 들은 '연애'의 액세서리를 이 타이밍에 파고들어, 다음 액세서리의 출하에 반영하면 된다.

"그래서 새로운 거라니?"

"평소 하는 인스타 촬영회의 '번외편'은 어떨까 해서."

번외편?

히마리는 짝 손뼉을 치고 양손으로 에노모토를 딱 가리켰다.

"이럴 수가, 이번 한 번만! 에놋치가 액세서리 크리에이터 'you'의 임시 모델을 해준다는 모양입니다—!"

네엣?!

놀랄 수밖에 없었다. 너무 뜬금없었으니까.

"에노모토 양이? 왜? 아니, 내 얘기를 한 거야?"

"아—, 내가 했다기보단 에놋치가 간파했다고 해야 되나?"

진짜냐고…….

나와 눈이 맞자 에노모토가 미묘한 얼굴로 고개를 끄덕였다.

"……그렇게나 많이 액세서리 파츠를 상비하고 있는 건, 역시 이상하다고 생각해."

"아, 그러십까……."

찍소리도 못 하겠다. 평소에 히마리랑만 놀다보니 일반적인 감각이 완전히 사라져 버렸나 보다.

……뭐, 상관없으려나. 숨기고 있는 것도 아니고. 언젠가 가게를 열면, 내가 가게 앞에 서야 하니까.

"그런데 왜 에노모토 양이 모델을 하는 거야?"

"전에 수리해 준 답례로 뭔가 없을까 하고 상담하길래—. 그러면, 가끔은 나 말고 다른 사람에게도 액세서리를 만들어 보는 건 어떨까 해서. 유우도 참, 액세서리를 구실로 이런 미인과 꽁냥꽁냥할 수 있다니 베리 럭키잖아~."

이놈 이놈, 하면서 옆구리 찌르지 말라고. 럭키라기보단 정말로 너무 갑작스러워서 반응하기가 곤란한데.

히마리가 에노모토에게 동의를 구했다.

"에놋치? 그렇지—?"

"……웃!!"

에노모토가 끄덕끄덕 고개를 흔들었다.

……잘은 모르겠지만 마지못해 하는 건 아닌 듯하다. 뭐, 이야기가 너무 확 진행돼서 잘 모르겠지만 본인이 납득했다면야.

"요점은, 모델을 바꾸는 걸로 뭔가 자극이 생길지도 모른다는 거지?"

"그런 거야. 아, 참고로 이번 촬영회 장소는 정해졌어. 에놋치네 집에서 하는 양과자점을 빌려준대."

"진짜로?! 민폐 아냐?"

"에놋치네 어머님한테도 이미 허가 받아놨어. 2주 뒤의 골든위크라면 손님도 없으니까 괜찮다는데—."

히마리가 다시 에노모토 쪽을 봤다.

"그렇지~?"

"……?! 어, 어어…… 엄마한테 전화해서 물어볼게!"

당황하며 휴대폰을 꺼내더니…… 아, 떨어뜨렸다!

"에노모토 양! 괜찮아?!"

"괘, 괜찮아. 자주 있는 일이니까, 유리 필름 붙여 놨어. ……정말, 히이. 갑자기 그런 말 하면 어떡해."

중얼중얼 원망하면서 다시금 전화를 거는 에노모토.

"……야 히마리. 너 사실 허가 안 받았지?"

"우후후—. 에놋치네 어머님, 이런 이벤트 엄청 좋아하셔서 거절 안 한다니깐."

그런 문제가 아닌데요.

에노모토, 엄청 곤란해하잖아. ……아, 어머니한테 상담하던 에노모토가 오른손으로 작게 동그라미를 만들었다. 오케이인 모양이다.

아직 집안끼리 친분이 있다고는 해도, 너무 억지스럽잖아.

"……히마리. 평소보다 더 막 나가는 거 아냐?"

"아니—, 에놋치도 소극적이라서 말이지. 하나하나 동의를 받고 있으면 시간이 아무리 지나도 진행이 안 되거든—."

"허? 무슨 소리야?"

"우후후—. 유우한텐 비밀♡"

그 완벽한 미소에 입을 다물 수밖에 없었다.

뭔가 이상한 걸 꾸미고 있는 것 같은데, 내 돈으로라도 택시를 잡아서 돌아가고 싶다…….

이런 촌구석의 이온 몰에 영화관 같은 멋들어진 거 존재하지 않는다.

있는 건 식료품 코너와, 식당과, 2층을 점거한 의류 매장. 그리고 바보같이 비싼 건강보조 기구를 파는 특별 전시장 등.

그 2층의 구석, 엘리베이터 옆에 늘 가는 액세서리 샵이 있다. 기본적으로 여성용의 작은 물건을 늘어놓고 있고, 액세서리 파츠도 풍부하게 갖추어져 있다.

거기서 우리는 에노모토를 옷 입히기 인형 삼아 놀고 있었다.

"유우. 이 빨간 가넷은 어떨까—?"

"좋네. 역시 에노모토 양은 빨강이 어울리려나."

"난색 계열이면 이쪽 오렌지도 괜찮을 것 같아."

"아. 일리 있다…….”

히마리와 얘기하는 사이, 꾸며지고 있는 에노모토가 미묘한 얼굴로 말했다.

"나츠메 군. 뭔가 평소보다 활기가 넘쳐…….”

"어?! 아, 미안. 기, 기분 나빴어?"

“기분 나쁘진 않은데. 의외라고 해야 하나…… 뭐랄까…….”

아니, 무조건 기분 나빠 하는 것 같은데. 오히려 기분 나빴냐는 말 때문에 질색했을 수도 있다.

우리의 분위기를 살피고, 히마리가 밝은 목소리로 커버를…….

“그치―. 유우는 진짜 기분 나쁘네―.”

“야. 이럴 땐 ‘그렇지 않아’라고 말해주는 거 아냐?”

“하? 그치만 기분 나쁘잖아. 미안하지만 엄청 기분 나쁘거든? 늘 생각하지만 액세서리 샵에 들어갈 때 이상한 화이팅 포즈 하는 거 엄청 기분 나빠―.”

“진지하게 지적하지 말아줄래?! 그리고 그런 건 봤어도 말하는 거 아니라고!”

어쩔 수 없잖아. 텐션이 올라가는 걸 어떡해!

우리가 만담을 하는 사이 사이에 낀 에노모토가 어깨를 떨고 있었다.

“픕. 쿡, 후후…… 아.”

우리의 시선을 눈치챈 그녀가 당황하며 고개를 돌렸다.

히마리가 의기양양한 얼굴로 말했다.

“에놋치도 대체로, 웃음의 끓는 점이 낮단 말이지―.”

“야 히마리. 그런 건 진짜 말로 꺼내지 마.”

봐, 얼굴이 새빨개져 버렸잖아. 이 애 정말로 내성이 없는 모양이다. 이런데 잘도 히마리의 오랜 친구를 하고 있네.

“저기, 나츠메 군. 히이. ……이건?”

감정을 다잡은 에노모토가 말했다.

왜 옷 입히기 인형이 되어 있는지 묻는 모양이다.

뭐, 우리도 얘기를 제대로 안 했었다. 갑자기 액세서리 샵에 끌려가서 차례차례 몸에 돌을 대면 곤란하겠지.

"모델을 해줄 거라면, 에노모토 양에게 어울리는 액세서리 타입을 검토해야 할 것 같아서……."

"아, 그런 거구나……."

에노모토는 납득한 듯했다.

납득했을 뿐이지 부끄럽다는 마음은 사라지지 않은 것 같지만. 게다가 아까부터 점원분이 엄청난 기세로 신작 액세서리를 가져와 주고 있다.

……역시 밑바탕이 좋으면 액세서리를 다는 맛도 있단 말이지. 이해된다.

"아, 유우. 그쪽 목걸이 집어줘."

"네가 집어."

"난 지금 에놋치 머리 만지고 있어―."

"뭐야 그거. 헤어클립?"

"에놋치는 피부가 깨끗하니까 머리를 올려보면 어떨까나―해서."

"아―. 그렇구나."

그건 좋다. 구체적으로 말하자면, 여성의 목덜미는 포인트가 높다. 에노모토 같은 미인이라면 그것만으로 우승할 수 있다.

“지금 난 머리가 짧으니까, 이런 것도 신선할 것 같아.”

“그러게. ……에노모토 양, 기껏 이렇게 된 거 시험해 봐도 될까?”

에노모토가 고개를 끄덕였다.

본인의 동의도 얻었으니 당당히 시험해 보도록 하자.

전시 케이스에 늘어선 샘플 목걸이 중 하나를 집어, 에노모토에게 건네려고 했는데…….

“야, 히마리. 에노모토 양 손 막지 마.”

“그치만 에놋치는 머리가 길어서 나 혼자는 다 못 드는걸.”

장본인인 에노모토와 곤란하다는 느낌으로 시선이 맞는다. 그녀의 손에는 신작 액세서리가 무더기로 올라가 있었다.

에노모토의 어깨 너머로 히마리가 슬쩍 얼굴을 비춘다.

“유우가 걸어주면 되잖아.”

“어어…… 아니, 아무리 그래도 에노모토 양이 싫을 거 아냐?”

잘 알지도 못하는 남자가 액세서리를 달아준다니 기분이 좋을 리가 없다.

하지만 히마리가 히죽 웃었다. 그리고 에노모토의 귓가에 대고 말한다.

“에놋치는 괜찮지—?”

“어? 아, 그게…….”

슬쩍 나와 눈이 맞더니, 에노모토는 망설이며 고개를 끄덕였다.

"나는, 그래도 상관없는데……."

"히마리 때문에 그럴 필요 없어."

"히, 히이 때문이 아니야. 진짜로 괜찮은데……."

그런 건가…….

에노모토는 인기가 많아 보이니 역시 남자에도 익숙한 걸까. 별로 그런 이미지는 아니긴 한데. ……아니면 나를 남자로 인식하고 있지 않다는 걸지도.

여기선 나 혼자 머뭇거려도 "뭐야— 나츠메 군은 자의식 과잉이네. 기분 나빠나빠나빠—" 같은 소릴 들을 거다. 그건 그것대로 힘드니 얼른 해버리자.

"그럼 가만히 있어."

"으, 응."

에노모토의 등은 히마리에게 점거당해 있다.

어쩔 수 없이 나는 정면에서 그녀의 목에 손을 둘렀다. 목걸이의 연결 부분을 목 뒤로 가져간다.

화악, 달콤한 향기가 났다.

뭔가 향수라도 뿌린 걸까. 히마리는 그런 걸 뿌리지 않으니 상당히 신선하다.

히마리가 말한 대로 피부도 깨끗하고, 머리도 손질이 잘되어 매끈매끈했다. 언니가 모델이니 에노모토도 신경을 써서 꾸미는 거겠지. 이런 미인이 액세서리 모델을 해준다니, 앞으로 있을지 없을지 모르는 일이다. 방금은 갑작스러운 전개에 겁을 먹었지만, 히마리에게도 감사해야겠다.

그런 생각을 하며 목걸이를 채우려고 했다. 그때, 어깨 너머로 엿보는 히마리의 눈이 불쑥 가늘어졌다.

……이런. 이 녀석, 뭔가 이상한 생각을 하고 있다.

"있잖아, 유우. 나 오늘 계속 생각한 게 있는데 말야—."

"뭐, 뭔데?"

히마리가 히죽 웃더니, 오른손을 대고 어쩐지 달콤한 목소리로 속삭였다.

"에놋치의 사복, 상당히 야하지—."

"푸흡?!"

나와 에노모토가 동시에 움찔했다.

내 시선이 반사적으로 아래로 떨어졌다. 오늘 그녀의 복장은 가죽 재질의 재킷에 글리터가 들어간 늘씬한 느낌의 셔츠, 그리고 허벅지가 보일 것 같은 짧은 스커트다.

늘 교복을 헐렁하게 대강 입고 있기 때문에 인상이 안 남았지만, 새삼 보니 몸매가 엄청나다. 정말로 모델 같다.

그리고, 가슴 쪽이 엄청나다.

셔츠의 옷깃이 넓은 탓에 존재감이 강하다. 이건 뭐죠 그라비아인가요, 라는 느낌.

……문득 시선을 들었을 때, 눈물을 글썽이며 부르르 떨고 있는 에노모토와 시선이 마주쳤다. 당황하며 눈을 돌렸다.

"히, 히마리!!"

"푸핫—! 농담이야. 유우, 그렇게 노골적으로 반응하면 동정인 게 들켜버린다—."

"시끄러워! 쓸데없는 소리 하지 마…… 그리고, 에노모토 양한테 사과해!"

에노모토는 히마리의 등 뒤로 돌아가 목을 꽉 잡았다. 이보다 더 할 수 없을 만큼 얼굴을 새빨갛게 하고, 원망의 목소리를 높였다.

"히이~이이이이이이……!"

"아니아니, 에놋치 진정…… 아파아아아. 에놋치, 에놋치. 목 움켜쥐지 마. 그거 장난친 고양이 조용히 시킬 때 하는 거잖아. 난 고양이가 아니라구~."

완전히 천벌이다.

오히려 고양이의 장난이랑 동급이라고 생각했다는 게 가중처벌감이다.

……그건 그렇고. 뭔가 겉모습은 어른스러운 에노모토가 볼을 부풀리고 있는 모습은, 나도 모르게 귀엽게 느껴졌다.

"자, 에놋치. 사과의 의미로 유우가 점심 사준대."

"잠깐만. 아무리 봐도 네 책임이잖아."

"엥―. 이득 본 건 유우잖아?"

"억지도 정도가 있지. 네가 이상한 짓만 안 했으면……."

"아, 나 카레 먹고 싶어―. 늘 가는 1층 인도 요리점 가자."

"하나도 안 듣냐?!"

그런 짓을 하고 있자니 점원분이 빤히 노려봤다.

네, 다른 손님에게 민폐겠죠. 오늘은 이쯤에서 물러나겠습니다. 시험 제작용 액세서리 파츠를 사고, 우리는 가게를 뒤로했다.

♣ ♣ ♣

　늦은 점심 식사 후, 우리는 1층의 꽃집에 들렀다.

　시험 제작할 액세서리의 파츠도 샀으니 다음은 꽃 샘플을 입수하러 온 것이다. 학교에서 시험해 본 뒤, 골든 위크까지 촬영용 신작을 만들 계획이다.

　이 가게는 규모는 작지만 상품의 종류가 굉장히 많다. 손질도 잘 되어 있고, 언제 와도 싱싱한 향기로 가득 차 있다.

　가게 앞에는 화사한 프리저브드 플라워의 꽃다발이 전시되어 있었다. 작은 기념품이나 선물로도 딱 좋다. 핼러윈이나 크리스마스에는 호박이나 산타를 본뜬 용기에 담겨 판매되기도 한다.

　가게 안에 들어서자, 꽃들의 향기가 충만해 있었다.

　우선 눈길을 끄는 것은 벽 한 면을 차지한 커다란 진열장이다. 유리로 된 케이스 안엔 상온에선 금방 시들어 버리는 섬세한 생화가 전시되어 있다. 바닥 면에 파인 도랑으로 쪼록쪼록 물이 흘러, 그 소리가 시원한 BGM이 되고 있다.

　가게 안의 통로에는 우리 키만큼이나 큰 선반이 쭉 늘어서 있다. 거기에 직원이 준비한 꽃꽂이 화분이 나란히 있다. 가게 앞쪽에는 색채가 풍부한 것, 안쪽으로 갈수록 백합 등 단순한 것의 화분이 늘어선다. ……상당히 좁기에, 우리는 항상 몸을 돌려서 지나가곤 한다.

그리고 안쪽 벽은 온통 늘어져서 피는 꽃으로 장식되어 있었다. 등나무꽃이나 나팔꽃 같은 몇 겹이나 덩굴을 뻗는 꽃들이다.

"와아."

에노모토가 숨을 흘리며 올려다봤다.

그것은 마치 생화로 만들어진 풍부한 색채의 해일과도 같았다. 다른 꽃집은 이렇게 대량으로 설치하지 않는데, 이곳의 전시는 압권이다. 나도 처음 봤을 때는 압도당했다.

에노모토가 흥분한 듯 말했다.

"나, 나츠메 군! 이런 게 있는 줄은 몰랐어!"

"기뻐해 줘서 다행이다. 여기 전시는 묵직하거든."

"응, 응. 그때랑 비슷하네!"

"……**그때**?"

내가 되묻자 에노모토가 깜짝 놀랐다.

그리고 "아, 아무것도 아냐……"라며 건너편으로 도망쳐 버렸다. ……뭐지. 내가 뭔가 이상한 짓이라도 했나?

"……뭐, 상관없겠지."

살짝 상처받았지만 일단 시험 제작용 꽃을 골라야 한다. 가게 안을 어슬렁거리고 있는데, 곧바로 히마리가 다가왔다. 손에는 작은 선인장 화분이 들려 있었다. 할아버지께 드릴 선물이겠지. 그분은 분재 같은 걸 좋아하시니까.

"유우. 뭐 살지 정했어—?"

“음―. 일단 아까 난색 계열이 좋다고 했으니까 거기에 맞추려고 하는데.”

생화 진열장을 바라본다.

그 한쪽을 손가락으로 가리키고, 히마리가 말했다.

“패랭이꽃이나 마리골드는?”

“그건 지금 학교에서 기르고 있잖아. 들여올 거면 우리가 안 기르는 꽃이 좋을 것 같아.”

“그럼, 장미 같은 거?”

“뭐, 사랑을 상징하는 꽃의 대표격이긴 하지. 하지만 좀 내키지가 않아.”

히마리가 품 하고 뿜었다.

내가 말하지 않은 내용을 눈치챘나 보다.

“확실히, 에놋치는 반대지―.”

“가시가 있을 것 같으면서, 실은 엄청 솔직하잖아.”

“슬슬 이해됐나 봐? 에놋치, 귀엽지?”

“뭐, 귀엽긴 해.”

그래서 뭐 어쩌라는 거냐고 물으면 그게 끝이다.

에노모토는 귀엽지만 앞으로도 나와 관계를 유지하지는 않을 것이다. 액세서리를 수리해 준 답례로 모델 일을 받아 주었을 뿐이다.

그러자 히마리가 한숨을 쉬었다.

“유우는 감성이 메말랐네―. 그런 예쁜 플라워 액세서리를 만드는 사람 같지가 않아―.”

"하. 그것참 미안하게 됐네. 괜찮아. 난 히마리가 있으면 충분해."

"어―. 뭐야 그 말. 드디어 이누즈카가에 입적할 마음이 든 거야?"

"논리 비약도 정도가 있지……."

매일매일 즐겁다는 이야기를 하고 싶었을 뿐이다. ……나는 절대로 매제가 되지 않아!

그러자 건너편에서 꽃을 바라보던 에노모토가 가까이 왔다. 곧바로 히마리가 그녀의 손을 잡아 끌어당긴다.

"있지, 에놋치는 뭐가 좋을 것 같아―?"

"와아?! 히, 히이……."

여자들이 꽃 사이에서 꺅꺅대는 모습은 실로 그림이 된다.

게다가 출연진의 수준이 높기도 하고. 솔직히, 이 풍경만을 인스타에 올려도 정점에 오를 수 있을 것 같다.

"에놋치도 좋아하는 거 말해줘―. 에놋치를 위한 꽃이니까."

"어, 어어. 난, 잘 몰라서……."

"괜찮아, 괜찮아. 이런 건 이론보다 감각으로 고르는 거니까."

"그, 그래도……."

어쩐지 에노모토가 나를 빤히 보고 있다.

뭘까. 아까도 내게 살짝 태도가 딱딱했는데. 뭔가 이상한 짓이라도 했었나…… 아니, 그러고 보니 아까 목걸이 채울 때 있었던 일을 사과 안 했잖아?!

“히, 히마리. 그……”

“왜?”

“있잖아, 아까 그거. 제대로 사과를 안 해서……”

“……아—. 미안미안. 난 전혀 눈치 못 챘어—.”

역시 히마리. 이렇게만 말해도 내가 하고 싶은 말을 알아차려 줬다.

히마리를 중재자 삼아 잘 사과하고 싶다. 기껏 모델 일을 받아줬는데 기분 나쁜 일을 질질 끄는 건 좀 그러니까.

히마리가 에노모토에게 말했다.

“나 살짝 목 마르니까, 저쪽 털리스 커피에서 마실 거 사 올게—. 에놋치는 단거면 되지?”

“잠깐, 히마리?!”

히마리는 히죽 웃더니 나를 향해 엄지를 척 세웠다.

아니, 아무도 ‘잠시 에노모토 양이랑 단 둘이 있고 싶으니까 자리 비워줘’라고는 안 했다고. 뭘 큰 일 해낸 것처럼 만족스러운 얼굴인 거야. 이 녀석, 전혀 눈치 채준 게 아니었어. 아니면 눈치 챘으니까 하는 장난인 건가.

“히, 히마리! 너 이거 일부러 그러는 거지?!”

“이것도 시련이라니깐. 손님을 만족시킬 액세서리 장인이 목표잖아?”

“그, 그렇긴 한데……”

“게다가 목마른 건 진짜거든—. 그럼, 건투를 빈다!”

히마리는 떠나면서 에노모토의 어깨를 툭 두드렸다.

"에놋치도야."

"……?!"

뭔가 의미심장한 말을 남기고 히마리가 꽃집에서 나갔다.

……에노모토도라니, 무슨 뜻이지?

아, 아니지. 그것보다 에노모토가 중요하다. 분명 마음이 불안해져 있을 테니까.

"히마리도 참 난감한 애야."

"으, 응……."

"그러고 보니, 에노모토 양은 초등학교 때 히마리랑 친구였다며. 히마리는 아이 때도 이렇게 억지스러웠어?"

일단 공통된 화제로 분위기를 잡는다.

히마리 씨, 엄청 편리하구만. 에노모토한테만 쓸 수 있으니 범용성은 낮지만.

"내가 배달 갔을 땐, 히이는 더 얌전한 애였는데……."

"그, 그렇구나. 진짜 상상이 안 되네."

"계속 방 안에서 그림책 읽고 있었어. 히이네 어머님한테, 친구가 되어 달라고 얘기를 들어서……."

"허어. 뭔가 입장이 지금이랑 반대 같네?"

"그럴지도 몰라. 하지만 전혀 마음을 열어주질 않았어. 과자 같은 걸로 꼬셔봤지만, 그것만 집어서 멀리 가고……."

나도 모르게 풉, 하고 뿜었다.

마음의 준비를 안 하고 있었기에 상당히 꽂혔다. 내가 필사적으로 웃음을 참고 있으니, 에노모토가 불안한 듯이 말했다.

"왜, 왜 그래?"

"아니, 히마리 행동이 진짜 우리 집 다이후쿠랑 똑같구나 싶어서."

"다이후쿠?"

"고양이 이름이야. 우리 집은 고양이 기르거든. 원하는 것만 뺏어서 도망가는 게 초등학생 시절 히마리랑 똑같아."

"아, 좋겠다. 우리 집은 먹을 걸 파니까 엄마가 애완동물은 안 된다고 해서……."

"개 정도면 밖에서 기를 수 있지 않아?"

"엄마가 어릴 적에 개한테 물린 모양이라……."

"아― 그렇구나. 그 애들한텐 논다는 감각이겠지만, 발톱이나 송곳니는 꽤 무섭지."

"나 고양이 좋아하는데, 부러워."

"그럼 다음에 우리 집 올래? 누나들이 시집간 뒤로 다이후쿠도 놀 상대가 없어서 심심해 보이거든……."

사쿠 누나는 귀찮음이 많아서 요샌 다이후쿠랑 안 놀아준다고. 엄마랑 아빠는 일로 바쁘고.

그런데도, 어째서인지 나랑은 절대 놀려고 하지 않는다. '너에게 굴복할 바엔 죽음을 택하겠다' 같은 의지를 느끼는…… 응?

"…………."

에노모토가 화악 볼을 붉히고 있었다.

왜지? 내가 이상한 소릴 했나?

……했구나.

이런. 이래선 고양이를 구실로 여자를 집에 데려가는 헌팅남이잖아. 잠깐만, 잠깐만. 아무리 그래도 너무 진도가 빨라. 아니, 진도니 뭐니 할 게 아니고…… 커버를 해야지!

"물론, 히마리랑 같이!"

"으, 응. ……고마워."

좋아, 세이프.

전혀 세이프가 아니지만 일단 대화를 진행하자. 이대로 진열장 앞에 멀뚱멀뚱 서서 히마리를 기다릴 셈은 아니니까.

"솔직히 말해줘. 에노모토 양은 어떤 꽃이 좋아?"

"나는, 뭐든지……."

"실은 이번엔 모델의 희망에 맞추자고 방향성을 잡았거든. 내 사정이라 미안하지만, 가능하면 취향을 듣고 싶은데……."

"으음——……."

에노모토는 진지한 얼굴로 고민했다.

그리고 잠시 후, 불쑥 말했다.

"……큰 거."

"그거, 꽃 얘기지?"

"으, 응. 큰 꽃이 좋아."

알기 쉽다. 확실히 이런 희망을 듣는 건 중요하구나. 게다가 대응도 간단하고. 이런 걸로 만족도가 올라간다면 얼마든지 듣고 싶다.

"확실히 에노모토 양에게 딱인 것 같아."

"그래?"

"봐, 에노모토 양은 엄청 미인이잖아? 눈길을 끄는 타입이라고 해야 되나. 아마 큰 꽃을 쓴 액세서리라도 존재감이 묻히지는 않을 거야. 실제로 월하미인 액세서리도 컸지만 에노모토 양은 완벽히 자기 이미지로 물들였고…… 응?"

왠지 에노모토가 얼굴을 새빨갛게 하고 있었다. 손등으로 입가를 가리고, 나한테 얼굴을 보여주려 하지 않았다.

방금 설명에서 신경 쓰이는 말을 했나? 아니, 이 반응은 히마리에게 놀림당할 때랑 똑같은 느낌…… 나 엄청 꼬시고 있었구나. 평소에 히마리랑 얘기하는 느낌으로 해버렸다.

"저, 저기. 이상한 의미가 아닌데……."

"알고 있어. 일일이 말하지 마……."

"이래저래 미안……."

진짜로 대실패다.

아까부터 내 이성의 브레이크가 고장 나 있다. ……어째서지? 히마리가 아닌 여자랑 이런 느낌으로 대화할 수 있다니, 평소라면 절대로 있을 수 없는 일인데.

내가 내심 바들바들 떠는 사이 에노모토가 말했다.

"그, 그래서, 뭘로 할 거야?"

오오. 무사히 대화가 이어졌다.

감사합니다. 에노모토는 겉모습은 빡세 보이지만 정말로

상냥하다.

"꽃이 크고, 테마가 '연애'인 것. 그럼 아예 꽃말이 '사랑'이나 '배려'인 튤립이 좋을지도……."

"……튤립이란 게, 그 튤립이야?"

에노모토가 상당히 의아해하고 있었다.

뭐, 그럴 만도 하다. 튤립은 유명하지만, 그렇기에 진짜 모습이 알려지지 않은 꽃이기도 하니까.

"튤립은 동화 같은 곳에 소재로 쓰여서 앳된 이미지가 있지만, 실제로 보면 상당히 요염한 꽃이야. 봐, 여기 진열장에도 장식되어 있잖아? 이 와인레드색 튤립 같은 거, 에노모토 양에게도 딱 맞을 거라 생각해."

진열장 구석의 알록달록한 튤립 꽃다발을 가리켰다.

에노모토가 흥미 깊은 듯 들여다봤다. 그 꽃은 입을 오므린 것 같은 모양으로 피어 있었다. 커다란 꽃잎이 겹겹이 포개어진 모습은 어딘가 기하학적이면서 신비로운 인상을 주었다.

"정말이야. 뭔가 어른스러워……."

"꽃이 피는 방식을 들으면 인상이 더 바뀔 거야."

"꽃이 피는 방식? 다 똑같은 거 아니야?"

"튤립이란 기온에 따라 피는 방식이 바뀌는 꽃이거든. 진열장 안은 온도가 일정하니까 차이가 없지만, 밖에서 길러 보면 자주 바뀌어. 전에 히마리랑 하루 종일 쭉 관찰했을 때 남긴 동영상이 있으니까, 혹시 관심 있으면……."

그렇게 말하려다가, 관뒀다.

에노모토가 멍하니 나를 보고 있었기 때문이다. ……오랜만에 저질렀네.

"미안. 이런 얘기 해도 기분만 나쁘겠지……."

"어? 왜?"

"아니, 예전부터 자주 이랬거든. 야구나 드라마에도 별로 흥미 없었고, 그거랑은 상관없을지도 모르지만…… 예전부터 사교성이 나빠서 친구가 없었어. 네 이야기는 재미없다고 100만 번 들었고."

실제로 우리 집은 여자 넷·남자 둘인 여제 기질의 가정이었다. 별로 남자들의 놀이에 신경을 써줬던 적이 없다. 아버지도 어머니도 늘 바빴고. 그건 어쩔 수가 없었다.

하지만 그건 아이들의 사회에는 상관없다. 여자 같은 놀이는 배척당했고, 그렇다고 여자 사회에 녹아들기에는 누나들의 흉포한 이미지가 너무 강했다.

친구는…… 정말로 없었다. 계속 꽃만 만지작대고 있었다. 이런 취미를 인정해 준 건 히마리뿐이지 않을까?

"튤립 계산하고 올게. 에노모토 양은 가게 밖에서 히마리를 기다려 줘……."

카운터로 가려다가 붙잡혔다.

돌아보자 에노모토가 내 옷소매를 손가락으로 집고 있었다. 빤히 내 얼굴을 올려다보면서, 미약하게 떨리는 목소리를 냈다.

"어째서, 그렇게나 꽃을 좋아하는 거야?"

"…………."

엇.

거기를 찌를 줄은 생각 못 했다. 하지만 신경 쓰일 만도 하다. 지금까지도 농담 목적으로 물어보는 사람은 많았다.

"그거, 꼭 말해야 돼……?"

"응."

"저기, 모델을 해주는 건 고맙지만, 그래도 사적인 부분까지 알려주기는……."

"말해줘."

진심이야……?

에노모토는 그건가. 실은 딱히 분위기를 파악해 주지 않는 사람인 건가. 살짝 의외……는 아니네. 뭔가 유아독존 같은 느낌은 있었다.

나는 에노모토의 명령을 거부할 수 없다. ……아마 에노모토가 누나들과 닮아 있기 때문일 것이다.

저 진주 같은 아름다운 눈동자로 바라보면 왠지 긴장해 버린다. 심장이 뛰고 목이 마른다. 몸을 잘 움직일 수 없게 되어서, 실제로 저런 가느다란 손가락에 잡혔을 뿐인데 소매를 떨칠 수가 없었다.

그녀의 왼쪽 손목에 있는 내가 만든 플라워 액세서리가 눈에 들어왔다.

월하미인.

하룻밤밖에 피지 않는 아름다운 꽃.

그 꽃은 개화 직전이 되면 꽃봉오리가 위를 향하고, 향기를 피우며 꽃잎을 연다.

아리따운 겉모습과 달리 그 향기는 강렬하다. 너무나 독특한 탓에 좋아하지 않는다는 사람도 많다.

하지만 그 향기에 꽂히면 거기서 끝이다. 단 하룻밤, 그것도 몇 시간밖에 피지 않는 만남을 위해 심혈을 기울여 꽃을 돌보게 된다.

에노모토의 진지한 눈동자를 보고 그런 생각을 해버렸다.

나는 자백했다.

“……초등학생 때, 여행으로 옆 현의 식물원에 갔었어. 알아? 유후(由布)시랑 가까운 온천 거리에 있는 건데.”

“응. 알아. 지면이 따듯하다는 걸 이용해서 열대 식물을 전시하고 있지. 선인장이나, 아마존빅토리아수련이나…….”

상당히 대답이 빨랐다.

에노모토도 가본 적이 있는 걸까.

“거기서 누나들이랑 떨어졌거든. 계속 찾아서 돌아다녔지만 어딘가에 있는 비닐하우스에서 지쳐 버렸어. 그래서 쉬려고 했을 때, 귀여운 여자애랑 만난 거야.”

하얀 원피스를 입은, 흑발의 여자아이였다.

어디서 왔는지도 모른다. 그 애도 미아였다.

아무튼 귀엽고, 엄청 유약해 보이는 여자애였다. 비닐하우스 구석에서 웅크린 채 혼자서 훌쩍훌쩍 울고 있었다. 나도 가족이랑 떨어져서 큰일이었지만, 어쩔 수 없이 함께 그 애의 가족도 찾아줬다.

그 애는 계속 울었다. 내 수고가 배로 늘었을 정도다. 하지만 내 옷소매를 꾹 쥐고 놓지 않는 모습에…… 어쩐지 내버려 둘 수가 없었다.

가까이 있는 담당자한테 말하면 된다든가, 그런 생각은 없었다. 아무튼 닥치는 대로 찾아다녀서, 그 애의 가족을 찾아내서…… 그래서 우리는 이별한 것이다.

"그 애가 전시되어 있는 꽃을 갖고 싶다고 떼를 썼거든. 너무 울길래 내가 따줬어. 사실은 그러면 안 되지만 초등학생이었으니까. 그 애가 그걸 계속 가지고 있더라고. 오늘의 추억으로 가지고 돌아가겠다고. 하지만 가족을 찾았을 때는 시들어 버렸었지."

……돌이켜 보면, 그때부터였다.

나는 꽃에 흥미를 가지게 되었고, 어느샌가…… 그것을 오랫동안 보존하는 방법에 이르러 있었다.

"꽃을 기르는 것뿐만이 아니라, 잘 가공하면…… 어쩌면 언젠가 그 애에게 닿을 수도 있지 않을까 해서…… 앗."

거기까지 말하고 정신이 들었다.

너무 말이 길었다. 에노모토가 듣고 싶었던 건 내가 꽃을 좋아하는 이유다. 그 뒤에 액세서리를 만들게 된 경위는 말할 필요가 없다.

이 에피소드는 너무 남자답지 못하다. 히마리에게도 천만 번은 웃음을 샀다.

"……기, 기분 나쁘지? 이쯤에서 끝내줬으면 좋겠는데."

나는 에노모토의 손을 뿌리쳤다.

살짝 난폭한 느낌이었던 게 신경 쓰였다. 하지만 그런 걸 따질 때가 아니다. 이 이야기만큼은 다른 사람에게 하고 싶지 않았다. 정말로 히마리 외엔 이야기한 적 없다.

"나 튤립 계산하고 올…… 으엑?!"

또 뒤로 당겨졌다.

이번엔 옷깃을 붙잡힌 것이다. 아까보다 생명의 위기에 직결해 있다.

"뭐, 뭐야. 에노모토 양. 방금 얘기가 그렇게 이상했……."

고개를 돌린 순간, 나도 모르게 입을 다물게 됐다.

에노모토가 멍하니 열이 오른 표정이었기 때문이었다. 왼쪽 손등으로 입가를 가리고 시선만을 내게 향하고 있었다.

"히비스커스 꽃이었지? 그 애가 가지고 돌아가려 했던 꽃……."

"어?"

정신이 멍해졌다. 정답이었기 때문이다.

히비스커스.

남쪽 나라에서 피는 커다랗고 붉은 꽃. 하와이주의 꽃이다. 일본에서는 오키나와 등에서 볼 수 있다. 꽃말은 '섬세한 아름다움'…… '새로운 사랑'.

"어, 어떻게 아는 거야? 설마 히마리한테 들었어?"

에노모토는 고개를 좌우로 흔들었다.

그리고 내게서 시선을 돌리지 않은 채, 사라져 버릴 듯한 목소리로 말했다.

"엄청 아름다웠어. 비닐하우스 안에서, 한 면에 화악 새빨간 꽃을 피우고 있었어. 나츠메 군, 그 애의 붉은 기가 도는 흑발에 어울린다고 말했었지."

"……마, 말한 것, 같긴 한데."

그러자 에노모토의 입가가 살짝 누그러졌다. 그녀는 자신의 머리를 잡더니 손끝으로 빙글빙글 가지고 놀기 시작했다. ……그녀의 붉은 기가 도는 요염한 흑발이 흔들렸다.

"그 말이 기뻐서 가지고 돌아가려고 한 거야. 그 애는 그 붉은 기가 도는 머리를 싫어했었거든. 어릴 때부터 모두 이상한 색이라고 놀려서. 하지만 그때부터는 이것도 괜찮으려나, 하고 생각하게 됐어. 어, 뭐가 말하고 싶은 거냐면, 그게……."

그게, 하고 에노모토는 양손으로 얼굴을 덮어버렸다.

왼쪽 손목에 감긴 월하미인 액세서리. 그것이 어쩐지 우리를 히죽히죽 바라보는 것만 같았다.

"나츠메 군의 꽃. 그 애에게, 잘 전해졌어……."

"…………."

나도 모르게 고개를 돌려 버렸디.

아니, 이런 상황에 에노모토의 얼굴을 볼 수 있을 리가 없잖아. 나는 가까스로 이 말만을 전했다.

“가, 가르쳐 줘서, 고마워…….”

“응…….”

에노모토는 ‘에헷’ 하고 웃었다. 그것이 너무 귀여워서 심장이 터질 것만 같았다.

……나는 7년 만에, 첫사랑인 여자애와 재회한 모양이다.

가슴이 뛰었다. 몸이 떨렸다. 이때의 복잡한 감정을 굳이 표현한다면…… 죽을 만큼 어색하니까 히마리 씨 빨리 돌아오세요, 라는 느낌이다.

그저께 버스 정류장에서 에놋치가 말했다.

『2년 전 언니가 이 월하미인 액세서리를 가지고 왔을 때 한눈에 알았어. 어째서인지는 모르겠지만, 그때 그 남자애가 떠오른 거야. ……조금 몸집이 커져 있어서 깜짝 놀랐지만.』

그 이야기를 들으면서 나는 아연해 있었다.

왜냐면 그 이야기를, 유우에게 몇 번이나 들었기 때문이다. 식물원도, 원피스를 입은 여자애도── 그리고 새빨간 히비스커스도.

이런 일이 있을 수 있는 거야? 마치 만화 같아. 아니, 말도 안 돼. 어떤 확률이 작용해야 일이 이렇게 되는 거야?

이건 운명이라고 생각했다.

이게 운명이 아니라면 대체 뭐라는 거야?

(에놋치라면, 유우를 맡겨도 괜찮지 않을까……?)

오히려 그렇게 해야만 할 것 같은 기분이었다.

유우를 이해해 주는 상대가 아니면 유우를 맡길 수 없다고 생각해 왔지만, 이만한 사람이 나타날 거라고는 생각 못 했다.

오히려 나 같은 것보다 훨씬 유우에게 가까운 존재다.

나는 마음을 정했다.

이 사랑을 응원하겠다고.

주먹을 움켜쥐고, 하늘을 향해 맹세했다. 유우의 마음의 전우로서, 내가 확실히 사랑을 성취시켜 보이겠다고.

미안, 오라버니! 당신의 매제 군은 다른 집에 장가들게 되었습니다!

꽃집을 나선 후, 나는 털리스 커피에 마실 것을 사러 갔다.

"우선은 이거지—."

폭신폭신한 크림을 듬뿍 토핑으로 얹은 아이스 허니 밀크 라떼.

무엇을 숨기랴, 유우가 정말 좋아하는 음료다. 그 녀석, 얼굴은 그렇게 무뚝뚝한 주제에 단걸 엄청 좋아한단 말이지—. 에놋치네 집이 양과자점인 것도 운명적이다. 최고의 상성인가—?

나는 일부러 그걸 한 잔만 샀다.

그리고 빨대를 두 개 꽂았다.

이건 유우와 에놋치가 함께 마시게 하자.

어쩔 수 없잖아─. 내 팔은 두 개밖에 없는걸? 음료도 두 잔밖에 살 수 없어. 내 후르츠티를 포기할 수는 없으니, 유우와 에놋치가 둘이서 같이 마시려고 하겠지─. 둘 다 뼛속부터 성실하니까 말이야.

부끄러워하도록.

그리고 서로를 강렬하게 이성으로 의식하도록.

으음─. 그치만 유우는 둔감한 놈이란 말이지. 의외로 이 정도는 태연하게 해버릴지도 모르겠네─.

뭐, 그건 그것대로 괜찮지 않을까. 에놋치가 혼자 마구 수줍어하는 모습을 볼 수 있다면 만족이다. 오늘은 미소녀의 부끄러워하는 얼굴이 대량으로 입하되는구나─. 너무 눈호강이라 일주일은 이야깃거리가 떨어지질 않겠어!

(그럼, 꽃집으로 돌아왔는데…….)

유우와 에놋치의 모습이 보이지 않았다.

아직 사는 중일까나. 끝났으면 가게 앞에서 기다렸을 것 같은데.

불쑥 가게 안을 엿봤다. 둘이서 선 채 뭔가 들떠 있는 것이 보인다.

……호오. 의외네.

틀림없이 어색한 침묵에 감싸여 있을 거라 생각했는데. 유우도 의외로 꽤 하네─.

하지만, 일단 둘만의 시간은 끝내도록 할까. 크림이 녹아

버리니까. 유우와 에놋치가 나의 귀여운 스마일을 기다리고 있어!

"유우―! 얼른 계산 끝내고 가자…… 어라?"

두 사람의 긴장된 분위기에, 나는 무심코 진열장 옆으로 숨었다.
에놋치가 유우를 포획한 듯한 자세였다. 유우 녀석, 목덜미가 잡힌 상태로 뭘 얘기하고 있는 걸까.
(앗…….)
귀를 기울이자 에놋치의 말이 들려왔다.
"나츠메 군의 꽃. 그 애에게, 잘 전해졌어……."
열이 나 들뜬 듯 에놋치가 말했다.
그것은 마치, 그녀 나름의 사랑 고백이었다.
그 눈동자가 너무나도 필사적이라 나조차 멍하니 넋을 잃고 보았다. 몇 년이고, 몇 년이고 가슴에 담아온 마음을 토로하는 순간, 여자애는 저렇게 귀엽게 변하는 걸까. 저런 강한 감정을 정면에서 부딪히면 흔들리지 않을 남자는 없을 것이다.
그리고 유우는…… 무척이나 당황하고 있었다.
평소의 무뚝뚝한 얼굴이, 참으로 간단히 무너져 있었다. 그 얼굴은 부끄러운 듯하고, 혼란스러운 듯했으며…… 그러면서도 싫어 보이지는 않았다.

그야 그렇다.

첫사랑인 여자애가 이런 형태로 눈앞에 나타났으니까. 그것도 에놋치처럼 예뻐져서. 정말로 만화 같다.

나는 자신이 틀렸음을 깨달았다.

이 둘은, 내가 도와줄 필요조차 없었을지도 모른다.

왜냐하면 만날 운명으로 연결되어 있었기 때문이다.

정말 기뻐.

나의 소중한 친구와, 나의 소중한 오랜 친구가, 이렇게 기쁜 미래를 약속받았는걸. 축복하지 않을 리가 없지.

그런데, 어째서일까.

(유우가, 먼 곳으로 가버려…….)

그렇게 생각한 순간, 내 발이 도망치듯이 꽃집을 나간 것은…… 정말 어째서일까.

Ⅲ | "사랑의 고백"

아침. 나는 학교 자전거 주차장에 자전거를 세웠다.

그 토요일이 끝나 일요일이 지나고, 월요일이 되었다.

……심각하다.

요 이틀간 전혀 잠을 못 잤다. 덕분에 하품이 멈추지를 않는다.

……머릿속에서 정리가 될 리 없지. 내 인생에 무슨 일이 일어난 거지? 이온에선 너무 깜짝 놀라는 바람에 그 뒤로 에노모토와 별로 이야기를 나누지 못했다. 둘이서 택시로 돌아가는 도중엔 정말로 어색해서 죽을 뻔했다.

교사로 향하는데 뒤에서 히마리의 목소리가 날아들었다.

"유우. 좋은 아치————임!!"

머리가 꽝꽝 울렸다. 진짜 기운찬 녀석이다.

이온에 있을 때도 마실 걸 사러 간다더니 혼자서 먼저 돌아가 버렸지. 몇 번이나 라인을 보내도 읽씹이었다.

……뭐, 지금은 이게 고맙다. 조금이라도 정신을 딴 데 쓸 수 있으면 좋겠는데.

"안녕, 히마리. 좋은…… 아침?"

히마리가 평소 같은 미소로 손을 흔들고 있있다.

……3미터 이상 떨어진 곳에서.

아니, 뭐야? 엄청 먼데. 왜 그런 미묘한 거리에 있는 거야? 이쪽으로 오지도 않고, 가만히 선 채 손을 계속 흔들고 있다. 이온에 있는 의류 매장 코너의 마네킹 같다.

"히마리. 왜 그래?"

"어. 무슨 소리야?"

"아니, 이쪽으로 오라고."

"…………."

히마리는 미소를 유지한 채 그 자리에서 하이파이브를 했다.

……아무것도 없는 공기에 대고.

"헤─이, 유우. 뭔가 기운이 없는데?"

아무 일도 아니라는 듯이 혼자 얘기를 계속하고 있다.

뭔데? 핑이 튀는 온라인 게임처럼 됐다. 진짜 무섭다. 토요일엔 평범했었잖아?

"무, 무슨 일 있었어?"

"어? 무슨 소리지─?"

"아니, 억지 부리지 마. 내가 잘못한 게 있으면……."

히마리 쪽으로 다가가자, 즉시 그녀가 거리를 벌렸다. 내가 다가가는 만큼 히마리는 뒤로 물러난다. 내가 돌아가면, 히마리도 돌아온다.

확실하게 3미터 거리를 유지하면서, 서로를 빤히 마주 봤다.

"아니, 진짜 뭔데?! 너 이상하잖아!"

"꺄아─! 유우, 다가오지 마! 그 이상 다가오지 맛─!"

"그니까 뭐냐고?!"

됐으니까 정말 학생들 앞에서는 이러지 말아줬으면 좋겠다. 괜히 히마리가 예쁜 탓에 엄청 눈에 띄어버리잖아.

"내가 뭐 잘못했어? 뭔가 기분 나쁠 만한 짓이라도 한 거면……."

"아아~. 그런 게 아닌데 말이지─. 어쩐지 유우랑은 3미터 정도 떨어져 있고 싶은 기분이구나~ 해서……."

그게 무슨 기분인데. 위성처럼 주위를 빙빙 도는 걸 보는 사람 입장도 알아줬으면 한다.

그러자 뒤에서 누군가가 말을 걸었다.

"유 군. 좋은 아침."

돌아보고, 흠칫했다.

에노모토였다. 평소 같은 차가운 표정으로 나를 아래에서 빤히 노려보고 있다.

"…………."

마음의 준비가 안 됐는데.

내가 입을 뻐끔뻐끔거리는 사이, 그녀는 토라진 듯 눈썹을 모았다. 그리고 내 교복 소매를 잡고 꾹꾹 당기며, 다시 한번 제대로 인사를 했다.

"좋·은·아·침."

"……조, 좋은 아침."

저항할 수 없는 박력에 나도 인사를 건넸다.

그러자 에노모토는 수줍은 듯 시선을 돌리고 '에헤' 하며 웃었다. 그 귀여운 동작이 가슴에 푹 꽂혔다.

……어, 뭐죠. 이 애, 단숨에 친밀해진 거 아냐? 토요일에 이온에서 인사했을 때랑 너무 다른데요. 하룻밤 지나면 대사가 원래대로 돌아오는 게임 속 마을 사람이 아니었던 거야?

그런 내 동요 따윈 모르는 듯 에노모토가 고개를 갸웃했다.

"유 군. 뭐 하고 있어?"

……유 군. 내 별명이구나.

왠지 모르게 토요일에 헤어질 때 다음부턴 이렇게 부르자고 정해진 모양이다. 덤으로 라인 아이디도 교환했다. 거기까지가 한계였지만.

"아니, 히마리가……."

"히이?"

에노모토가 시선을 옮겼다.

3미터 떨어져 있는 히마리가 움찔 몸을 떤다.

"…………."

"…………."

영문 모를 침묵.

히마리가 긴장한 듯한 표정으로 한 발 한 발 물러난다. 아마도 이대로 뒤쪽으로 도망칠 생각이겠지. ……아니, 수업은 어떡할 건데?

"유 군. 내가 할게."

그러자 에노모토가 움직였다.

어깨에 건 가방에 오른손을 집어넣더니, 예쁘게 포장된 쿠키를 꺼냈다.

"히이. 쿠키 가져왔어."

"어, 정말?! 아싸!"

히마리가 다가왔다.

그리고 쿠키를 받기 직전에── 목뒤를 꽉 붙잡혔다.

"갸악─?! 에놋치, 속였구나─!"

"히이. 어떻게 된 거야?"

"목덜미 잡은 채로 태연하게 말 걸지 마─! 나, 고양이가 아니라 사람이거든?!"

"비슷한 거잖아. 자, 이런 데서 놀지 말고 교실로 가자."

"알았어! 알았으니까 놓아줘─!"

……대단해.

그 히마리가 완전히 농락당하고 있다. 분명 이것이 초등학생 때 이것저것 갈고닦은 기술이겠지.

신발장에서 신발을 갈아신고, 셋이서 교실로 향했다.

히마리의 거리는 돌아왔지만 아까부터 불평이 가득하다.

"에놋치, 늘 억지스럽다니까─."

"히이가 잘못한 거야. 항상 사람을 곤란하게 만드는 일만 하고."

"내가 곤란하게 만드는 건 유우뿐인데요오."

"하아. 왜 유 군의 친구가 하필이면 히이인 걸까……."

에노모토, 이건 살짝 진심으로 귀찮아하는 반응이네. 이

둘의 거리감은 꽤 파악하기 어려운 부분이 있어서 난감하다.

계단을 올라가는데 에노모토가 가방에서 다른 쿠키가 든 작은 봉투를 내밀었다.

“유 군도…….”

“진짜로? 고, 고마워…….”

나도 모르게 정중하게 받아버렸다.

어어……? 쿠키 주는 거에, 그렇게 부끄러운 듯이 볼을 붉히는 거야? 너무 귀여워…… 아, 아니, 너무 얼굴을 뚫어져라 쳐다보는 건 안 좋겠지.

그거다. 우유와 코코아를 베이스로, 모양이 그려진 쿠키. 나는 네모난 체크무늬 쿠키밖에 몰랐지만 여기엔 코믹한 고양이 그림이 그려져 있다.

……정말 세심한 작업이었겠구나.

“이거, 에노모토 양네 가게 거야?”

아파랏. 왠지 모르지만 히마리에게 엉덩이를 꼬집혔다.

너 내가 깜빡 큰 소리 냈으면 어쩌려고 그랬는데?

“유우, 실은 바보였던 거야? 이 상황에서 그런 눈치 없는 말을 왜 할까—?”

“어. 그럼, 에노모토 양의 수제……라는 건가?”

에노모토가 끄덕끄덕 필사적으로 고개를 끄덕였다.

잘 보니 가게 라벨 같은 게 붙어 있지도 않네.

“나, 이런 것밖에 잘하는 게 없어서…….”

겸손하구나.

이런 예쁜 쿠키, TV에 소개되는 도쿄의 양과자점 같은 데서나 보던 거다. 나중에 혼자서 먹어야지. 히마리가 무조건 빼앗으려 하겠지만, 절대 안 줄 거다.

"그럼, 유 군. 학교 끝나고 봐."

"아, 응."

계단을 다 올라갔을 때, 에노모토가 손을 흔들며 가버렸다.

……떠날 때는 쿨한 게 귀엽다.

"유우. 엄청 헤벌쭉한데—?"

"……?!"

손바닥으로 코를 덮었다.

히마리가 히죽히죽 하면서 내 얼굴을 들여다봤다. 젠장. 이럴 거면 3미터 떨어졌을 때가 더 좋았다.

"헤벌쭉 아닌데."

"거짓말—. 완전히 에놋치한테 해롱해롱이잖아."

"해롱해롱은…….."

너, 쇼와 시대 사람이냐? 요즘 시대엔 이자카야에 모여 있는 아저씨도 안 할 소리잖아.

히마리가 입가를 누르며 쿡쿡 팔꿈치로 찔러댄다.

"유 군 같은 별명이나 받고—. 내 앞에서 너무 꽁냥거리지 말라구—."

"아니, 꽁냥거린 적 없는데."

"아, 아니면 내가 방해였던 걸까나—? 우후후. 오늘 방과 후엔 분위기를 파악해서 둘만 남겨 줄까? 있지, 어떡할래?"

“대신 뭘 가져갈 셈인데?”

“신용이 없네―. 친애하는 친구의 행복을 빌어주고 있는 거잖아.”

“우와. 수상하네…….”

마음을 놓은 순간 집안 기둥까지 빼 갈 것만 같다.

나는 한숨을 쉬었다.

“그리고 딱히 사귀는 것도 아니야.”

“에엥?! 왜!”

“왜, 왜냐니…….”

“그치만 토요일에, 고백받았잖아!”

“푸학?!”

이 녀석, 복도에서 뭘 큰 소리로 말하는 거야.

주위 학생들의 시선이 단숨에 우리에게 쏠린다.

“히마리, 이쪽으로 와!”

“우, 우왓! 유우, 나 넘어져 넘어져!”

히마리의 가방을 잡고 인기척이 없는 안쪽으로 끌고 갔다. 벽에 등을 댄 히마리에게 나는 사정을 설명했다.

“착각하지 마. 고백받은 거 아니니까.”

“에엥……. 그치만 꽃집에서 첫사랑의 소녀라는 선언도 받았는데?”

“아! 너, 역시 우리 얘기 몰래 듣고 있었구만?!”

아, 이런…… 하는 느낌으로 히마리가 고개를 돌렸다. 휘파람을 불며 옆쪽으로 도망치려는 걸 양팔로 막고 억눌렀다.

“도망치지 마.”

“우웃…….”

도주 경로를 잃고, 히마리는 포기한 듯 움직임을 멈췄다.

진짜 머리가 아파지네…….

“그래서 아무 말도 없이 돌아간 거구만. 이상한 배려나 하고 있고. 돌이켜 보면…… 에노모토 양의 액세서리를 수리한 뒤로 계속 이상했지. 뭔가 에노모토 양의 이름을 꺼낸다든가, 이상한 짓을 하려고 한다든가…….”

내 말에 히마리가 움찔거리며 반응한다.

“이, 이상한 짓……?”

“시험 삼아 키스하자느니 했잖아? 그건…… 으응?”

히마리의 상태가 이상했다.

내 양팔 사이에서 몸을 굽히고, 김이 나오기라도 할 듯 얼굴을 새빨갛게 물들이고 있었다. 가느다란 양팔을 얼굴 앞으로 들며 내 시선에서 벗어나려는 것처럼 떨고 있었다.

“……허?”

뭐지, 이 반응은.

왜 귀까지 새빨개져 계신 건가요? 피자 광고인가요? 크리스피 도우에 귀까지 치즈를 듬뿍 얹는 건가요?

넌 피자가 아니라 그걸 먹는 쪽이잖아?

“뭔데? 당황스럽잖아…….”

“아, 아니, 그치만, 유우가 이상한 소릴 하니까…….”

“이상한 소리 한 적 없잖아. 네가 말한 걸 말한 것뿐이야!”

“그게 이상한 거라고 말하는 거야!”

“네가 네 입으로 말한 건데도?!”

진짜 명예훼손도 정도가 있다.

이게 재판이었다면 내가 압승한 뒤에 덤으로 감자튀김과 콜라가 세트로 나오는 쿠폰이 발행될 수준…… 아니, 피자 얘긴 됐다니까!

“아무튼, 에노모토 양이랑은 아무것도 없어. 물론 그때 그 여자애였다는 건 놀라웠지만, 그렇다고 어떻게 하자는 이야기는 없었어. 저쪽도 좋은 추억이네, 하는 느낌이겠지.”

왜 히마리를 상대로 이렇게 바람피운 걸 변명하는 듯한 소릴 해야 하는 거지? 이런 걸 누구한테 보였다가 이상한 소문이 퍼지면 어쩌려고?

“애초에 나한테는 첫사랑이지만, 에노모토 양에게도 그럴 거란 보장은 없잖아. 오히려 이상한 억측을 당하는 게 민폐라니까. 알았으면 히마리도 찔러대는 거 그만하지 않을래?”

“…………”

히마리가 가방에서 요구르트를 꺼냈다. 그리고 그걸 쪼옥 빨아 마시면서 나를 빤히 쳐다봤다.

뭐, 뭐지. 뭔가를 심사하고 있는 듯한 느낌이다. 분위기가 갑자기 변해서 엄청나게 쿨한 얼굴이었다.

쪼그라든 종이팩을 정성스럽게 접어서 가방에 넣는 히마리. 단숨에 마신 탓에 힉 하고 딸꾹질을 했다. 그리고 그녀는 다시 내 얼굴을 빤히 둘러보기 시작했다.

“흐—응……?”

“아니, 뭐야? 너 오늘 뭔가 정서불안 같은데?”

“그렇지 않아. 유우는 바보 아냐?”

“뭔데?! 이 일련의 대화가 전부 네 탓이잖…… 으읍?!”

히마리는 추가로 요구르피를 꺼내더니, 평소처럼 빨대를 내 입에 쑤셔 넣었다. 그리고 내가 움츠러든 사이 슬쩍 내 팔에서 도망쳐 나왔다.

“유우. 그거 마시고 진정되면 교실로 와—.”

“앗?! 너 내 말 이해한 거 맞냐고!”

히마리는 획획 손을 흔들고는 돌아보지도 않고 떠나버렸다.

남겨진 나는 요구르피를 쭈욱 끝까지 마셨다.

“쟤 뭐 한 거야……?”

명백히 이상하다.

놀리는 건 평소 그대로지만 내 반격에 그런, 그런, 그런…… 아니, 떠올리지 말자.

요구르피 종이팩이 쪼옥 하는 소리를 낸다. 진정 완료. 역시 유산균은 최고네.

“안 그래도 졸린데 아침부터 힘 빠지게 하지 말라고…….”

진짜, 방금 그건 좀 아니지.

……나도 모르게, 히마리를 조금 귀엽다고 생각해 버렸다.

방과 후, 우리는 과학실에서 신작 액세서리의 시험 제작 모임을 가지고 있었다.

일요일 사이 준비를 마친 꽃을 히마리와 에노모토 앞에 늘어놓았다. 용액 안에 튤립의 실루엣이 보였다.

이것저것 배합한 에탄올 용액에 하룻밤 담근 튤립 꽃. 그걸 밀폐용기에서 신중하게 꺼냈다.

그걸 본 에노모토가 눈을 동그랗게 떴다.

"와, 하얘……."

색색의 튤립에서 완전히 색이 빠져 있었다. 나는 그것을 기재 위에 늘어놓으며 설명했다.

"꽃은 색소 안에 있는 성분의 영향으로 시드는 거라고 해. 그래서 그걸 에탄올 용액으로 빼내는 거야. 그렇게 하면 색소도 함께 빠져버리니까, 지금처럼 새하얗게 되는 거야."

"그럼, 색은 어떡해?"

"이제부터 착색하는 거지."

"그럼 한 번 색을 뺀 다음, 다시 색을 칠한다는 거야?"

"뭐, 두 번 고생하는 것처럼 보이겠지. 하지만 이렇게 안 하면 플라워 액세서리로 가공해도 금방 시들어 버리거든."

프리저브드 플라워란 쉽게 말하면 꽃을 가사 상태로 만들어 오랜 기간 보존하는 기술이다. 여기서 일을 날림으로 하면 아무리 예쁜 색을 넣어도 의미가 없다.

기재 위에 늘어놓은 튤립은 신중히 다뤄야 한다. 에탄올로 빼낸 성분에는 꽃의 싱싱함을 유지하는 역할도 있다. 지금은 그게 없는 상태이므로 굉장히 망가지기 쉽다.

습도 유지를 위한 글리세린 용액에, 착색을 위한 잉크를 섞는다. 작업이 끝나면 꽃의 줄기를 꽂아 스스로 잉크를 빨아올릴 때까지 기다리는 건데…….

"히마리. 등 밀지 마라?"

내가 웃으며 돌아보자 히마리가 히죽 미소 지었다.

뭔가 '귀여운 내가 그렇게 유우에게 관심받고 싶어서 쩔쩔맬 거라 생각해? 자의식 과잉 기분 나빠—'라는 느낌이다. 귀엽긴 하지만, 그럼 그 손을 쥐었다 폈다 하면서 내 등 뒤를 잡으려는 건 뭔데?!

"에노모토 양. 잘 부탁해."

"……알겠어."

에노모토에게 즉시 목덜미를 잡히는 히마리.

"히이. 방해하면 안 돼."

"갸악—! 유우, 에놋치한테 의지하는 건 치사한 거 아냐?!"

아니, 안 치사한데.

에노모토가 히마리를 억눌러 주는 사이에 재빨리 기재를 세팅했다. 몇 종류의 난색으로 물들인 글리세린 용액에, 잘린 튤립 줄기를 각각 담갔다.

"내일 이맘때 쯤 되면 색이 들어가 있을 거야."

"꽤 길게 보는 작업이구나……."

에노모토가 감탄한 듯 중얼거렸다.

실제로 꽃의 가공에는 시간이 걸린다. 이것도 시험 제작이라 상당히 절차를 생략한 거다. 실제로 상품으로 보낼 물건은 더 세세한 공정을 거쳐서 완성된다.

"뭐, 늘 히마리가 방해하니까 시간이 더 걸리는데……."

아까처럼 말이야, 하고 히마리를 빤히 노려봤다.

에노모토 가드에 가로막힌 히마리가 저쪽 테이블에서 추욱 몸을 늘어뜨렸다. 하아, 하고 한숨을 쉬더니 요구르피를 쪼옥 마셨다.

"하아. 유우는 변해버렸구나─. 옛날엔 '30살이 되면 히마리 누나랑 결혼할래!'라고 귀엽게 말해줬었는데……."

"네가 언제 내 누나였는데."

"둘만 있을 때는 그렇게 꽁냥꽁냥 해줬었는데……."

"아니, 진짜인 것처럼 말하지 말아 줄래? 여기 에노모토 양도 있거든?"

"흐─응……?"

히마리의 종이팩이 쪼옥 소리를 냈다. 히마리가 힐끔 에노모토를 본다. 에노모토는 영문을 모르겠다는 듯 고개를 갸웃하고 있었다.

히마리의 입가가 싱긋 일그러졌다. ……안 좋은 예감이 든다.

"에놋치가 없으면, 지난주처럼 시험 삼아 하는 키스놀이 해도 좋다는 거네?"

싸악, 핏기가 가셨다.

무심코 그녀의 옷깃을 잡고 덤벼들었다.

"너, 무슨 소릴 하는 거야?!"

히마리가 '푸핫―!' 하고 뿜었다.

"엥―. 그치만 유우가 이상한 것도 아니라고 말했잖아."

"교묘하게 의미를 바꾸지 마! 나는, 네가 시험 삼아 키스하자고 했던 얘기를 하니까 그걸 이상하다길래……."

"아, 지금 인정한 거지? 지난주 나랑 시험 삼아 키스 놀이하고 놀았던 걸 인정해 버린 거네?"

"듣고 싶은 것만 듣지 마아아아아아아아아아아아앗!!"

아차, 했다.

등 뒤에 차가운…… 마치 날카로운 창과 같은 시선이 꽂혔다. 삐걱삐걱 돌아보자, 에노모토가 빠아아아아아아아안히 이쪽을 보고 있었다.

무표정.

전혀 감정을 읽을 수 없는 눈동자였다. 내가 뭍에 올라온 물고기처럼 입을 뻐끔뻐끔 하는 사이, 그녀는 천천히 일어섰다.

가방을 어깨에 걸고 귓가의 머리칼을 슥 넘겼다.

"아, 나, 악기 조율 시간이다. 부활동, 가야지. ……그럼."

"에노모토 양?! 뭔가 엄청 딱딱한 말투로…… 우왓?!"

콰앙, 하고 과학실 문이 난폭하게 닫힌다. 타닥타닥타닥…… 바닥을 때리는 듯한 슬리퍼 소리가 멀어져 갔다.

아, 가버렸다…….

뭔가 변명을 해야 하나? 아니, 왜냐고. 딱히 바람피우는 현장을 발각당한 것도 아니잖아. 애초에 그런 관계도 아니고. 그렇다면 왜 화가 난 거지? 아니, 그건 히마리가 장난을 쳐서…… 앗.

"아니, 히마리이이이?!"

"푸핫――!! 유우, 진짜 웃겨―!"

히마리는 6인용의 큰 테이블 위에 뒹굴며 폭소하고 있었다. 양다리를 버둥거린 탓에 슬리퍼가 날아가 철제 선반에 부딪혔다.

"너, 이거 아침 일로 복수하는 거지!"

"그렇습니다만, 문제라도?"

"뻔뻔하게 나오지 마!"

"아하하. 그치만 정말 이렇게나 예상대로 될 줄은 몰랐어―. 내 역사상 최고 걸작. 아, 동영상 찍어둘 걸 그랬어―…… 푸핫!"

찍혀주겠냐고.

그런 게 남겨졌다간 두 번 다시 에노모토 앞에 얼굴을 내밀 수 없게…… 아니, 히마리가 배를 붙잡고 괴로운 듯이 떨고 있다.

"히마리, 언제까지 웃고 있을 거야?"

"큰일이야. 제대로 꽂혔나 봐. 진짜 위험해. 배가 뒤틀리겠어……."

"얼만큼? 저기, 얼만큼인데?"

"이거 길게 갈 거 같아. 유우, 손 빌려줘. 아―, 진짜 안
돼…….."

"……나 참."

테이블 위에서 끌어내기 위해 팔을 잡았다.

그리고, 무심코 굳었다.

테이블 위에 반듯이 누운 히마리가 내 팔을 잡고 있었다.
그 모양 좋은 입술에서, 아까와는 다른 느낌의 열이 담긴 한
숨이 새어 나온다.

히마리의 숨이 가빠지고, 하얀 피부가 발그레 홍조를 띠
었다. 크게 벌어진 교복 옷깃 사이로 완만하지만 확실한 언
덕이 보였다. ……덤으로, 그걸 감싼 섬세한 프릴이 달린
천도.

"할래?"

"어, 어……?"

히마리의 얼굴을 나도 모르게 빤히 봤다.

아몬드처럼 크고 보석처럼 아름다운 마린블루색 눈동자
가 희미하게 젖어 있었다. 그렇게나 웃었으니 이해는 된다.

히마리가 문득 숨을 불었다. 내 앞머리가 살짝 흔들렸다.
아까 마시던 요구르피의 달콤한 향기가 풍겼다.

"어차피, 에놋치한테는 **했다**고 인식되고 있잖아? 그럼 진
짜 하는 게 이득 아냐?"

"이, 이득이니 뭐니 하는 문제가 아니잖아."

"왜? 우리 30이 되면 어차피 **할** 거잖아. 아니면 정말로 맞

선에 대한 방패막이만 해줄 거야? 유우는 그걸로 괜찮아?”

“그, 그니까, 그건 농담이고…….”

“유우는 그렇게 생각하는구나? ……다른 사람한텐, 그런 소리 농담이라도 안 하는데.”

“어…….”

히마리가 가만히 눈을 감았다.

무방비했다. 모든 판단을 내게 맡긴다는 것만 같았다. 그리고 마무리라도 짓는 것인지, 사라져 버릴 듯한 목소리로 속삭였다.

“‘사랑’의 액세서리, 만들 거잖아? 나로 체험해 볼래?”

“……윽?!”

내 팔을 붙잡는 손에, 꼬옥 힘이 실렸다.

그걸 뿌리치지 못하고, 나는 문득 허리를 구부린다.

……아니아니, 나 뭐 하고 있는 거야? 왜 히마리를 덮듯이 몸을 내리고 있는 거야? 이러면, 진짜 하는 것 같잖아.

물론 에노모토랑 사귀고 있는 것도 아니고, 해도 문제는 없지만.

아무도 눈치채지 못한다. 이 방에는 우리 둘뿐. 이쪽 교사 자체가 이 시간에는 별로 사람이 없다. 내가 마음만 먹으면, 그다음조차도…… 그다음? 그다음이란 게 뭔데? 아니, 알고 있다. 하지만 상대는 히마리여선 안 되잖아.

우리, **친구**잖아?

지금까지도 그래왔잖아. 이런 형편 좋을 때만 경험치 감삼다, 라니. 친구가 아니고 섹파잖아.

나는 히마리를 그런 조잡한 상대라고 생각하지는…… 아아, 젠장! 얘 예쁘다고! 왜 이렇게 얼굴이 좋은 거야?! 이러니까 인기가 많을 수밖에 없지! 오히려 나는, 어떻게 지금까지 히마리를 평범한 남자인 친구처럼 대한…….

──부웅, 하고 진동음이 울렸다.

아마 휴대폰이다. 라인인가 뭔가가 온 거겠지.

그건 좋다. 이 학교는 휴대폰 소지도 가능하고. 이 조용한 과학실에선 그 소리가 무척 크게 들려도 이상하지 않다.

문제는 그 소리가, 히마리와 테이블 사이에서 들렸다는 사실이다.

히마리의 왼손. 내 팔을 붙잡은 오른손과 달리, 그것은 히마리의 치마에 감추어져 있었다. ……그리고 아까부터 히마리가 '아차' 하는 느낌으로 볼을 실룩거리고 있고.

"야, 히마리. 눈 떠."

"응─? 왜─?"

"거기 숨긴 왼손. 좀 보여줄래?"

"내, 내 양손을 못 움직이게 하려는 걸까나─? 유우는 그런 취향이었구나─. 너무해─."

히마리가 싱긋 미소 지었다.

……그 순간, 방금까지 있던 찌는 듯한 뜨거운 분위기가

사라졌다.

"하압!"

"앗?!"

히마리의 왼손을 붙잡아 들어 올렸다.

스마트폰이 쥐어져 있다. 카메라가 확실히 작동하면서, 내 얼빠진 얼굴을 비추고 있었다. 과학실에 오늘 몇 번째인지 모를 절규가 울려 퍼진다.

"히마리이이이이이이이이이이이이이이이이이이이이잇!!"

"푸하아아아아아아아아아아아아아아아아아앗!!"

뭐 하는 거야?!

너, 진짜로 동영상 찍으려고 하지 말라고!

"히마리, 뭘 하고 싶은 거야?! 내 약점을 잡아서 어쩌려는 건데?!"

"아니―. 에놋치를 놀리는 게 생각보다 재밌길래. 유우는 단순하니까, 좋은 소재를 잔뜩 준단 말이지―."

"나는 어찌 됐든 에노모토 양으로 놀지 마!"

"유우는 에놋치한테 무르단 말이지―. 역시 남자는 첫사랑을 잊지 못하는 생물이라는 건가?"

"시끄러워! 그 자리의 분위기만 중시하는 여자한테 듣고 싶지 않아!"

히마리의 팔을 잡고 테이블 위에서 끌어내 일으켰다.

히마리는 '아―, 진짜 유우는 최고야……' 같은 소리를 하며, 파닥파닥 옷깃을 부쳤다. 문득 슬리퍼가 없는 걸 눈치

채고, 주변을 보더니 선반 앞에 떨어진 것을 눈치챘다.

"웃차, 헛."

히마리가 한쪽 발로 점프하면서 슬리퍼를 가지러 간다.

나는 심장이 두근두근한 상태로 건너편 테이블에 어질러진 기재를 정리했다. 착색 가공된 튤립을 그대로 철제 선반에 수납했다. 지진이 나거나 학생이 부딪혀도 흔들리지 않도록, 확실하게 고정했다.

"……괜찮다고 했으면 잽싸게 하라구. 바―보."

깜짝 놀라서 기재를 떨어뜨릴 뻔했다.

돌아봤지만 히마리는 떨어진 슬리퍼를 발에 걸고 놀고 있었다. 이쪽을 보고 있지도 않다.

"……히마리, 뭐라고 했어?"

"뭐가―?"

"아, 아니, 방금 너……."

"응―? 유우, 에놋치를 너무 신경 써서 뭔가 이상한 게 들리는 거 아냐?"

싱긋 웃는 히마리.

거기에 묘한 압력이 느껴져서, 나는 무심코 입을 다물었다. 뭐, 환청일지도 모른다. 왜냐면 방금 그게 잘못 들은 게 아니라면…….

"겁쟁이. 근성 없어. 꽃 바보."

"히마리, 뭔가 욕하고 있지?!"

"꺄아―. 남자의 히스테리 기분 나빠―."

히마리는 가방을 끌어안더니 과학실을 나갔다.

"너 뭘로 가려고!"

"오늘은 버스로 갈게—."

붕붕 손을 흔들며 그대로 신발장 쪽으로 사라지는 히마리. 혼자 남겨진 나는 테이블 위에 앉아 힘이 쭉 빠진 채 머리를 감싸 쥐었다.

……쟤, 진짜 뭐가 하고 싶은 거야?

며칠 후. 금요일 점심시간이 되었다.

나는 혼자서 자전거 주차장 뒤편의 안뜰에 있었다. 여기엔 나와 히마리가 꽃을 기르는 화단이 있다. 창고 옆에 쌓아둔 비료 봉투 위에 걸터앉아, 나는 고개를 떨구고 있었다.

집에서 가져온 편의점 빵이 퍼석퍼석해져 있었다. 뭐, 폐기된 물건이니 당연한가.

자판기에서 뽑은 요구르피를 쪼옥 마셨다. ……혼자라는 건 멋지구나. 나는 지금, 의심의 여지 없이 댄디했다.

그 댄디한 정숙도 금세 깨져버렸지만.

"나하하하! 나츠, 요새 꽤나 인기가 많은 모양이구만?"

"……바키시마냐."

경박한 미남이 찾아왔다. 후배 여자를 거느리고 있다.

……그 후배 여자와 '이 남자가 나츠야', '아, 그?'라고 하는

데…… 야. 내가 모르는 곳에서 이야깃거리로 삼지 말라고. 게다가 후배 여자애한테서 '선배, 응원하고 있을게요!' 같은 영문 모를 응원까지 받아버렸다. 잘은 모르겠지만, 뭔가 좋은 애 같다…….

마키시마는 그 애한테 손을 흔들고 헤어지더니 이쪽으로 와 버렸다.

"저 애랑 안 있어도 돼?"

"음, 문제없어. 어차피 놀이 상대야."

"아, 그렇습까……."

역시 경박 스타일이다.

마키시마는 매점의 야키소바 빵과 크로켓 빵을 양손에 들고 있었다. 점심을 사고 이제부터 꽁냥거릴 장소로 돌아가는 중이었겠지.

야키소바 빵의 랩을 벗기면서 마키시마가 물었다.

"이런 시원찮은 데서 뭐 하고 있지?"

"좀 혼자 있고 싶어서……."

"린네랑 같이 꽁냥꽁냥 안 해도 되는 거냐?"

"꽁냥거리는 건 히마리랑 에노모토 양이야. 요새 둘이서 계속 우당탕탕해서 작업에 집중이 안돼……."

"우당탕탕?"

"뭔가 히마리가 도발하면, 에노모토 양이 넘어가서 그걸 막으려다가 나까지 말려들어. ……진짜로 다른 데서 해줬으면 좋겠는데."

마키시마가 켁 하고 사레들렸다.

그리고 입에 든 빵을 서둘러 목구멍으로 넣더니, 큰 소리로 웃었다.

"린은 기본적으로 히마리를 싫어하잖아."

"어라. 오랜 친구 아니었어?"

"으~음. 덮어놓고 싫어한다고 하기는 그런가. 좋아한 만큼 미움도 크다고 해야 하나. ……아, 그렇지. 히마리는 린네 언니랑 닮아 있거든."

"에노모토 양의 언니? 그 모델이라는?"

중학생 때 나도 신세를 진 그 사람이다.

지금은 도쿄에 가서 정식으로 모델 일에 전념하고 있다고 히마리가 말했었나.

"이거 참, 그 누나도 자유분방한 사람이거든. 린은 계속 그 누나의 뒤치따꺼리를 하면서 자라왔어. 그래서 똑같이 자유로운 히마리를 싫어하면서도, 내버려 둘 수는 없는 거지. 나츠도 비슷한 느낌 아냐?"

"아―…… 알 것도 같네."

"뭐, 내가 보기엔 충분히 사이좋은 것 같은데. 그건 둘 나름의 장난이야. 적절한 타이밍에 히마리가 제재당해서 끝나니까 무시하면 돼."

어른의 의견이구만.

……뭐, 마키시마는 이래 봬도 상당히 머리가 좋다. 이 녀석이 두 다리 세 다리를 당연한 듯이 걸치는 데도 칼에 찔리

지 않은 것은, 객관적으로 분위기를 읽는 능력이 뛰어나기 때문이다. ……정말 재능 낭비라고.

내가 요구르피를 쪽 마시는 순간, 마키시마는 만면의 미소를 지으며 말했다.

"그래서, 린이랑은 어디까지 갔냐?"

"우읍?!"

내가 요구르피를 뿜을 뻔하자 마키시마가 즐거운 듯이 웃었다.

……이 녀석, 무조건 일부러 했다.

"설마 아직 수수방관하는 건가. 고백받았잖아?"

"고?! ……백? 고백, 이었나?"

내가 딴청을 피우자, 마키시마는 훗 하고 살짝 얕보는 듯한 느낌으로 웃었다.

"그렇구만. 나츠는 확실히 이런 유형의 동정이었지."

"시끄러워. 동정인 건 상관없잖아."

부정은 안 하겠지만…… 부정은 안 하겠지만 말이지! 그래도 자존심이 상처를 입는 민감한 나이라고.

"애초에 에노모토 양한테 명확히 고백을 받은 건……."

"린의 그 태도를 보고도 진심으로 하는 소리냐? 도쿄 아카사카의 유서 깊은 고급 음식점이 만든 10단 찬합의 초호화 음식상이, 쿠키까지 간식으로 준비해서 놀러 온 수준인데?"

"말을 왜 그렇게 해. 너 잘도 소꿉친구를 그런 식으로 말하는구나……."

아무리 그래도 정색할 수밖에 없었다.

하다못해 히마리 좀 더 말을 잘 감싸서…… 아니, 비슷한가? 그 녀석도 음담패설 좋아하니까.

"마키시마가 말하고 싶은 건 알겠지만, 초등학생 때의 첫사랑을 질질 끌고 있을 리가 없잖아……."

"아니지. 린은 러브코미디 만화에서 튀어나온 듯한 히로인 무빙을 하고 있잖아. 이런 나조차도 그 순애는 지켜볼 수밖에 없을 정도라고."

"……그렇게 어른스러운 미인인데."

"진짜 그렇다니까. 린은 그런 순수한 성격이라 100% 손해 보고 있어."

다음으로 크로켓 빵의 랩을 벗기면서, 마키시마는 나를 빤히 둘러봤다.

"이제야 백마 탄 왕자님을 만났는데…… 이런 겁쟁이라는 게 참."

"너 진짜 짜증 나네."

"그래도 린 입장에선 이런 겁쟁이가 오히려 좋은가 봐. 나 참, 내 소꿉친구는 남자 취향이 최악이야."

"시끄럽다니까?! 날 욕하고 싶은 건지 에노모토 양을 욕하고 싶은 건지 확실히 해."

마키시마는 크로켓 빵을 다 먹어치운 다음, 내 어깨를 두드리며 일어섰다. ……이 녀석 먹는 게 너무 빠른 거 아닌가?

연기 같은 동작으로 손을 흔든 그는 내게 등을 돌렸다.

“린이 싫은 게 아니면 후딱 들러붙어 버려. 안 그러면 널 린의 신랑으로 만들어서 내 매제 삼는 계획이 시작을 못 하잖냐.”

“히바리 씨면 몰라도, 너랑 에노모토 양은 그냥 소꿉친구일 뿐이잖아…….”

왜 내 주위에 있는 남자들은 나를 매제로 만들고 싶어 하는 거야? 무슨 페티시가 작동하는 건지, 진짜 알 수가 없어서 공포에 몸이 떨린다.

“쓸데없는 짓은 하지 말라고. ……요새 히마리도 좀 이상해서 벅찬데 말이야.”

마키시마가 움찔하며 반응했다.

그리고 확 돌아보더니, 왠지 모르게 진지한 표정으로 물었다.

“어떻게 이상한데?”

“뭐, 뭐야. 내가 뭐 신경 쓰일 말이라도 했나?”

“됐으니까, 빨리 대답해 줘.”

“……뭔가 옛날보다 거리감이 가까운 것 같다고 해야 되나. 아니, 찰딱 달라붙는 건 그대로인데, 묘하게 무리하고 있는 느낌이 든다고 할까…….”

“히마리가……?”

마키시마는 흠, 하고 턱에 손을 댄 채 생각에 잠겼다.

……이 녀석, 항상 이런 진지한 얼굴만 하면 미남인데 말이야. 그런 생각을 하는 사이 문득 마키시마가 히죽 웃었다.

"……재밌구만. 기회를 봐서 좀 찔러볼까."

"허?"

불온한 발언이었다.

"너 이상한 짓 하지 마라?!"

"나하하하. 나츠를 위한 일이야. 감사해 달라고."

"안 하거든?!"

……가 버렸다.

저 녀석, 뭘 할 생각이지?

그날 방과 후였다.

나와 히마리, 그리고 에노모토는 과학실에서 시험 제작품의 촬영회를 진행하고 있었다.

"이쪽이 착색을 끝내고 이틀간 건조한 튤립 프리저브드 플라워입니다."

나는 공손하게 그것을 테이블에 늘어놓았다.

이 난색의 그러데이션을 한마디로 표현하기는 어렵다. 대강 말하자면, 적, 황, 핑크의 삼색이라고 해야 할까. 살짝 점잖은 느낌이 있는 진한 색부터, 엷고 산뜻한 색조인 것까지 있다.

그것들을 내려다보며 에노모토가 멍하니 중얼거렸다.

"진짜 꽃 같아……."

“뭐, 진짜 꽃이긴 하니까.”

내가 쓴웃음을 짓자, 에노모토의 볼이 빨간색으로 물들었
다. 그리고 원망스러운 듯 나를 빤히 바라봤다.

“유 군. 못됐어…….”

“미, 미안.”

나도 모르게 히마리를 상대하던 느낌으로 태클을 걸어버
렸다.

우리가 미묘한 분위기에 감싸여 있는 사이, 뒤에서 히마
리가 턱을 괸 채로 쿡쿡 내 등을 찔렀다.

“흐―음?”

“뭐, 뭔데.”

“뭔가 꽤나 꽁냥꽁냥이 숙달됐구나― 해서.”

“꽁냥꽁냥이 숙달되는 게 뭔데…….”

딱히 꽁냥꽁냥하려는 것도 아닌데요?

아, 이거 봐. 에노모토의 얼굴이 완전히 새빨개져 있잖아.
사사건건 대화의 흐름을 끊지 말라고.

“아무튼. 오늘은 이걸 써서 액세서리의 형태를 정하려고 해.”

“액세서리의 형태?”

“이번엔 튤립이라는 소재부터 시작했으니까, 어떤 액세
서리를 만들지 정하질 않았어. 에노모토 양을 모델로 쓰는
것도 처음이니까, 괜찮으면 협력해 줬으면 좋겠는데…….”

“구체적으로는?”

“이 시험 제작된 튤립을 써서, 몇 장이든 사진을 찍는 거야.

에노모토 양의 몸 어느 부분에 꽃을 두어야 느낌이 사는지, 혹은 어떤 구도에서 찍어야 사용자에게 임팩트를 줄 수 있는지…….”

사진을 찍는다는 말에 에노모토가 ‘웃’ 하고 주저한다.

뭐, 어쩔 수 없다. 셀카를 찍는 것과 동급생에게 찍히는 건 감각이 다르다. 에노모토는 자신을 드러내는 데 별로 적극적인 타입이 아닌 듯하고.

보다 못한 히마리가 구조선을 보내줬다.

“에놋치. 인스타 모델을 하는 이상, 찍히는 데도 익숙해져야 해. 안 그러면 힘들다?”

“그래도, 막상 한다고 생각하니 긴장되는데…….”

“흐—음? 그렇구나. 그럼 어쩔 수 없네—.”

히마리가 일어서더니 튤립 하나를 손에 들었다.

그리고 그걸 자기 어깨 부근에 대고, 카메라를 향하는 듯 자연스러운 포즈를 취했다. 역시 여러 번 해온 경험이 있어 순식간에 최적의 정답이라 할만한 구도를 이끌어 냈다.

“에놋치가 못 하겠으면, 이번에도 모델은 내가 할까나—.”

“……?!”

에노모토가 흠칫했다.

그 반응에 히마리가 힐쭉 웃었다. 능청스러운 느낌으로, 가볍게 튤립에 입맞춤했다.

“유우가 처음으로 ‘사랑’을 테마로 만드는 플라워 액세서리라—. 틀림없이 귀엽고, 정열적인 작품이 되겠지—. 이건

유우가 모델을 향한 사랑을 표현할 물건이니까─. 이 액세서리의 모델이 될 사람은, 유우에게 정말로 특별한 상대가 되겠지─?"

"~~~~웃?!"

에노모토가 덜컹 일어섰다.

가방에서 화장 파우치를 꺼내서, 히마리를 날카롭게 노려봤다.

"하, 할게! 내가 할 테니까, 히이는 조용히 해!"

에노모토는 '잠깐 화장 고치고 올게!'라며 과학실을 나갔다.

"아니, 그. 그래 봐야 시험작이니까 그렇게 열심히 하지 않아도…… 아, 가버렸다."

히마리를 보니 히죽히죽 하면서 손을 흔들어 배웅하고 있었다.

"아하하. 에놋치, 정말 귀엽네─."

"히마리. 너무 도발하지 마……."

"이런 말이라도 안 하면, 모델을 그만둘지도 모르잖아?"

"그때는 네가 하면 될 일이잖아?"

"헤에─……?"

그 눈동자가 스윽 가늘어졌다.

그녀는 내 쪽으로 몸을 내밀더니, 살짝 어깨에 손을 얹었다. 그리고 뭔가 시험하는 듯한 표정으로 내 귓가에 속삭였다.

"이번엔, '사랑'이 테마인 액세서리인데?"

"그, 그렇지. 그것 때문에 튤립을 골랐으니까, 평소처럼 하면 되잖아."

"그걸로 된 거야?"

"안 될 게 있어?"

"사랑이 꽃말인 꽃은 지금까지 몇 번이나 다뤄왔잖아? 하지만 그걸로 안 됐었지? 유우가 원하는 건, 더욱 사용자의 마음을 울리는…… 보는 사람을 모두 사랑에 빠지게 할 만한, 그런 **특별함** 아냐?"

"……그렇지."

히마리의 말은 옳다.

하지만 그게 간단히 될 거면 고생도 안 한다.

"나 있지. 유우의 플라워 액세서리를 향한 정열을 정말 좋아하거든? 그러니까 에놋치에게 모델 일을 부탁한 거잖아? 초등학생 때의 일이라고 해도, 사랑은 사랑이야. 유우가 가지고 있는 유일무이한 사랑. 그걸 이 인스타의 네모난 틀에 담을 수 있는 건, 에놋치 밖에 없어."

히마리가 지근거리에서 웃었다.

"아니면, 나한테 사랑을…… 품을 수 있는 거야?"

"……!"

그 손이, 내 손을 움켜쥐었다. 잡아당겨진 내 몸이 히마리에게 다가간다. 안 돼. 내 몸이, 아무런 저항 없이 히마리에게 닿으려던 순간——.

과학실 문이 열렸다.

그 너머에서 에노모토가 눈을 둥그렇게 뜨고 있었다. 그 차분한 표정에 여러 가지 감정이 지나가는 것이 보였다.

그녀가 무언가 말하려고, 입을 움직였다.

하지만 휴우 하며 공기가 빠져나갈 뿐. 보였다. 변명할 여지가 없다. 에노모토의 왼쪽 다리가 뒤로 한 걸음 물러섰다.

──삐빅, 카메라의 셔터음이 울렸다.

히마리가 스마트폰을 들고 에노모토의 놀란 얼굴을 찍은 화면을 보여줬다.

"제목은 '순정과 쓰레기 같은 바람기'. 여기에 튤립을 달았으면 감동적이지 않을까?"

"전혀 감동적이지 않거든?!"

기각이다.

애초에 이번에 쓰는 건 난색 튤립이다. 사랑은 사랑이라도 실연이 꽃말인 건 아니다.

에노모토가 우리의 대화를 보고 한숨을 쉬었다. 가슴에 손을 대고, 멍한 느낌으로 말했다.

"깜……짝 놀랐어……."

"미, 미안. 정말로 미안. 나도 너무 갑작스러워서 엄청 놀랐어……."

범인인 히마리를 날카롭게 노려봤다.

"히마리. 요새 도촬을 좋아하네……."

“우후후―. 엄청 즐거워♡”

쓸데없는 취미를 만들기는…….

어차피 말려도 안 들을 테니 어쩔 수가 없다.

“그럼, 시작할까. 에노모토 양도 준비됐어?”

“으, 응. 괜찮아.”

드디어 오늘의 본제로 들어갔다.

에노모토에게는 취주악부의 조율 일정도 있다. 즉, 앞으로 30분 정도 만에 끝내야 한다는 뜻이다.

실전에서는 디지털카메라를 쓰겠지만 지금은 스마트폰으로도 충분하다.

히마리를 모델로 쓰면서 익숙해졌기에 작업 순서는 알고 있다. 그 부분은 매끄럽게 진행됐다. 에노모토에게 포즈 지시를 내리면서, 거기에 튤립을 대 보았다.

지금은 아무튼 양과 번뜩임이 중요하다. 하나의 구도에 집착하는 건 좋지 않다. 일단 잔뜩 사진을 찍는다. 자세히 파고드는 건 나중 일이다.

스마트폰으로 이것저것 설정을 조절하면서, 한 장 한 장을 재빨리 찍어 나갔다.

“에노모토 양. 오른손을 들어줘.”

“이, 이렇게?”

“살짝 경례처럼 된 것 같아. 소금 너 햇빛을 의식하는 느낌으로…….”

“……어려워.”

그렇게 말하면서도 에노모토는 습득이 빨랐다.

이제 표정만 자연스러운 느낌으로 해주면…… 아니, 아까부터 히마리가 등 뒤에서 쿡쿡 찔러대서 성가시다.

"히마리. 왜 그래?"

"심심해. 심심해마리야."

"조용히 해. 지금 중요한 부분이니까."

"네—에……."

촬영으로 돌아간다.

앞으로 15분 남았나. 슬슬 최종 단계로 넘어가고자 한다. 처음에 생각했던 구도는 전부 찍었다. 이제부터는, 더 강한 번뜩임이 필요한데…… 에잇, 히마리가 또 찌르잖아!

"히마리, 이번엔 뭐야?"

히마리가 엄지를 척 세웠다.

"슬슬 야한 거 한 장 가자구!"

"절대 안 가. 너, 진짜 조용히 해……."

히마리는 부우— 하고 입술을 삐쭉였다.

"실은 찍고 싶으면서."

"안 찍고 싶거든?!"

"인스타 촬영이라는 명목으로 야한 컬렉션에 추가해 주겠다고 생각하고 있으면서."

"너 진짜 쫓아낸다?!"

에노모토가 사삭 거리를 벌린다.

그 눈은 깊은 의혹을 품고 있었다.

"설마, 유 군. 지금까지 히이랑……."

"안 했어, 안 했어, 안 했어! 에노모토 양, 히마리가 하는 말을 진지하게 받지 말아줘……."

이 촬영회는 지극히 건전하다. 방금 그건 히마리의 질 나쁜 농담!

……마키시마가 이상한 소릴 한 탓에, 뭔가 괜히 변명처럼 되어 버렸다.

"일단 사진 개수는 충분한데……."

하지만 아직까지 전혀 팍 오는 게 없다. 이것도 저것도 기시감이 느껴진다. 솔직히 말하자면, 뭔가 **히마리 같다.** 사쿠 누나가 말했던 '정체된 모형 정원'이 느껴진다.

그럴 만도 하다. 지금까지의 구도는 전부 히마리와 찍어 왔던 구도를 따라 했을 뿐이니까. 거칠게 말하자면, **에노모토일 필요가 없는 사진뿐이다.**

그럼, '에노모토다움'이란 뭐지?

에노모토와 히마리의 차이는 뭐지?

머리 길이? 눈동자 색? 키? 가, 가, 가슴 크기, 라든가……?

아니, 그렇지 않다. 그건 보편적이고 객관적인 차이다. 단순한 데이터라는 것이다. 에노모토의 개성을 나타내는 건 뭐지? 과자? 때때로 발휘되는 위압감? 쿨한 듯 보이면서 실은 그냥 낯가림이 심하다는 점?

……월하미인.

문득, 그것이 떠올랐다. 왼쪽 손목의 플라워 액세서리.

그것이 내게 있어, 에노모토의 모든 것이다. 겨우 몇 시간, 한밤중에 피는 하얀 꽃. 단 한 순간의 만남을 위해, 잠도 아껴가며 바라보는 꽃.

그것을 사진에 담으려면 어떻게 해야 하지?

나만이 알고 있는 것도 안 된다. 모델에게 전해야만 한다. 어떻게? 아니, 말로 지시할 수밖에 없겠지…….

"에노모토 양. 월하미인을 찍고 싶어."

"월하미인?"

에노모토가 왼쪽 손목의 액세서리를 보여줬다.

……응. 뭐 그렇게 되겠지.

"그게 아니고, 음, 에노모토 양을 월하미인처럼 찍고 싶다고 해야 하나…… 아아, 아니, 포즈 얘기가 아니라……."

"……? ……??"

에노모토가 완전히 혼란에 빠졌다. '얘 무슨 소리 하는 거야?'라는 느낌. 응, 그렇겠지. 내가 봐도 그러니까. 오히려 곧장 월하미인 같은 포즈를 취해주는 에노모토는 너무 상냥하다.

"아냐, 방금 한 말은 잊어줘. ……이제 시간이 없네. 토요일에 좀 생각해서 올게. 괜찮으면, 월요일에 똑같이 촬영회를……."

이번 토요일에 본격적인 작업에 들어갈 예정이었지만 어쩔 수 없다. 인스타 촬영회의 실전은 골든위크의 첫날이니까, 제작 기간의 여유는…….

내가 머릿속으로 일정을 계산하고 있는데, 갑자기 히마리가 말했다.

“……확실하지가 않아서, 뭔가 짜증 나네—.”

어?

나와 에노모토가 동시에 돌아본다. 히마리는 싱긋 웃고 있었다. 마치 방금 한 거친 말이 환청이었나 생각될 만큼 아름다운 미소였다.

“유우. 그대로 폰 들고 가만히 있어.”

“아, 알았어.”

히마리가 에노모토에게 다가가더니 그녀의 귓가에 무언가를 속삭였다.

그 순간.

에노모토가 눈을 크게 뜨고 내 쪽을 돌아봤다.

“———!!”

갑자기 손가락이 움직인다. 나는 셔터 버튼을 누르고 있었다. 삐빅 하는 셔터음이 울리고, 그 모습이 담겼다.

정말로, 눈 깜짝할 순간이었다. 정적이 찾아왔다. 세 명이서 누구도 움직이려 하지 않았다. 그리고 누구도 입을 열지 않았다.

나는 냉하니 ㄱ 사진을 바라보고 있었다.

기적적이게도 흔들리지 않았다. 그것은 마치 영화의 필름을 잘라낸 듯한 것이었다. 그 표정을, 뭐라고 말해야 좋을까.

이것은 **사랑의 표정이 아니다.**

굳이 말하자면, **필사적인 표정이다.**

눈을 크게 뜨고 무언가에 매달리는 듯한 분위기.

무언가를 계속 쫓아가다가, 이제 곧 닿을 것 같다는 기대도 엿보인다.

하지만 입가는 그 기대를 부정하는 듯이 불안한 마음으로 입술을 깨물고 있었다.

복잡한 감정이 보인다.

하지만 그것은 확실히 '월하미인'이라고 생각했다.

월하미인의 꽃말은 '아리따운 미인' '덧없는 꿈'—— '그저 한 번만, 만나고 싶어서'.

생애 단 한 번 있는 만남을 앞두었을 때, 사람은 이런 표정을 짓는 것일까. 혹은 일 년에 한 번 칠석의 밤에 만남을 허락받는 견우와 직녀도 이런 얼굴로 손을 맞잡을지도 모른다.

완벽했다.

이것은 확실히 '사랑'이다.

"대단해. 에노모토 양, 이거, 장난 아니……네?"

나는 눈썹을 찌푸렸다.

그 여배우 같은 연기를 선보인 에노모토가, 어째선지 이번엔 울 것 같은 얼굴로 나를 빤히 보고 있었기 때문이다.

뭐야? 내 리액션이 불만인가? 아니, 어쩔 수 없잖아. 사람은 정말로 압도당했을 때, 어휘력이 저하되는 법이다.

“에노모토 양, 왜 그래?”

“그, 그치만, 유 군. 히, 히이랑…….”

히마리랑?

히마리에게 시선을 보낸다. 왠지 당사자인 히마리는 에노모토에게 차가운 시선을 보내고 있었다. 내가 보고 있는 걸 눈치채고는, 곧바로 ‘헷’ 하고 농담이라는 듯 어깨를 으쓱였다.

그리고 히마리는 얼 것 같은 에노모토의 어깨를 톡 두드렸다.

“에놋치. 농담이야—♪”

“………….”

에노모토가, 그 싱글싱글한 얼굴을 빤히 바라본다.

잠깐 사이, 엄청난 양의 감정이 그 위를 스쳐 지나갔다. 그것이 진정되자 에노모토는 관자놀이 근처를 움찔움찔 경련시켰다.

그리고, 과학실을 떨리게 할 커다란 절규를 내뱉었다.

“에에에에에에에에에에엑?!”

“아하하. 에놋치, 진짜 솔직하네—.”

놀림당했다는 걸 깨달은 에노모토가, 곧바로 의자를 들어 올렸다.

“히이! 진짜 정말 싫어!!”

“우왓?! 에놋치, 아무리 그래도 그건 여자애가 하면 안 되는 짓이야!”

"히이가 잘못한 거잖아! 지금까지의 원한, 전부 갚아줄 거야!!"

"그치만, 그 덕에 유우도 엄청 만족한 것 같으니 잘됐잖아."

에노모토가 우뚝 멈춘다.

들어올린 의자를, 느릿느릿 내렸다. 그리고 불안한 듯이 내 쪽을 쳐다봤다.

"유, 유 군. 사진은……?"

"정말 완벽해. 최고로 귀여워. 실전도 이렇게 부탁드립니다."

엄지를 척 세워 보였다.

이 대답에 히마리의 목숨이 걸려 있기에, 나도 모르게 오버해 버렸다. 하지만 틀림없이 본심에서 나온 말이었다. 이 이상 가는 '사랑'의 모델은 없다.

그러자 에노모토의 볼이 떡국의 떡처럼 풀어졌다.

"그, 그렇구나…… 에헤헤."

우와, 쉽네.

괜찮은 거야? 그렇게 얼굴이 예쁜데, 그렇게 쉬워도 괜찮은 거야? 나중에 이상한 남자한테 속을 것 같은데? 그럴 입장이 아니지만, 엄청 걱정되기 시작했다.

에노모토는 헛 하고 시계를 봤다.

"아, 조율 시작됐어! 나, 가볼게!"

"어어, 고마워."

에노모토는 가방을 잡더니 붕붕 손을 흔들며 과학실을 나갔다.

그걸 배웅한 뒤 히마리가 다가왔다.

"사진, 나한테도 보여줘."

스마트폰을 보여주자 그녀는 만족스러운 듯이 고개를 끄덕였다.

"우후후―. 에놋치, 귀엽네."

"솔직히 장난 아니야."

여기에 플라워 액세서리 사진을 합성해서 올리고 싶을 정도다.

그래도 그건 규칙 위반이지. ……게다가, 이걸 다른 사람에게 보여주고 싶지 않다는 마음도 조금 있다.

나도 모르게 그런 독점욕을 솟아오르게 하는 사진이었다.

"히마리. 너, 뭐라고 한 거야?"

"음―. 비밀♡"

분명 쓸데없는 소리였을 것이다.

히마리의 눈부신 미소를 보면서 그렇게 생각했다.

"이제 플라워 액세서리를 완성해서, 에놋치네 집에 실례하면 되는 거네―."

"그러게. 히마리 덕분이야."

"그치―. 유우는 좀 더 내 노고를 치하해야 해."

히마리에겐 정말로 많은 도움을 받고 있다.

……뭐, 그만큼 고생도 늘고 있지만.

"어떤 액세서리로 할지 정했어?"

“헤어핀으로 할 거야.”

“헤에―. 즉답이네.”

“이 사진을 대입해 보면, 표정을 끌어올리는 액세서리가 좋아. 귀걸이냐 헤어핀이냐인데, 에노모토 양은 머리카락이 예쁘니까 헤어핀이 좋겠지.”

“그럼 튤립은 빨간 게 좋겠네―. 에놋치한테도 어울리고.”

빨간 튤립.

꽃말은 ‘사랑의 고백’.

꽃말은 색에 따라 달라지는데, 확실히 이 표정에는 빨강이 딱이다.

내일부터 본격적인 작업에 들어가야겠다.

실전용 튤립을 들여와서, 기재를 준비하고, 판매용 액세서리를 제작한다. 그 준비에 들어간 사이 히마리가 툭 말했다.

“있잖아, 유우.”

“응~?”

“나한테도 만들어 줘.”

“뭘?”

뒤를 돌아봤다.

히마리가 나를 빤히 바라보고 잇었다. 귓가의 머리칼을 빙글빙글 손가락으로 돌리고 있었다.

“‘사랑’의 플라워 액세시리. 니기 쓸 기.”

“네가 쓸 거?”

“응. 언젠가 내가 사랑을 했을 때를 위해서⋯⋯ 안 돼?”

"…………."

그 말에 나는 무심코 시선을 돌렸다. 히마리의 목에 있는 남바람꽃의 초커가 희미하게 빛난 것만 같았다.

레진에 기포가 들어간 실패작.

도저히 상품으로 판매할 만한 물건이 아니다.

히마리는 그것을, 깨끗이 손질해서 아직도 몸에 달고 있다.

……그 초커 안에는 우리가 만났던 2년 전의 공기가 남아 있다.

히마리의 우정에 감명받아, 함께 같은 꿈을 보고, 그리고── 그 친구를 평생 소중히 하겠다고 맹세한 마음까지 전부 담겨 있다.

그것은 내게 있어 이 세상 그 무엇보다도 소중한 물건이다.

침범할 수 없고, 부술 수 없으며, 대체할 수 없다. 그럴 가능성이 있는 행위는 내게는 무엇보다도 허락하기 어려운 일이었다.

그렇기에, 나는 이렇게 대답했다.

"……그건 안 돼. 넌 내 **절친**이니까."

잠시 동안 차가운 정적이 내려앉았다. 하지만 그것도 기분 탓인가 싶을 만큼 눈 깜빡할 사이에, 히마리가 애매하게 웃었다.

"그치─."

"됐고, 너도 도와주지 않을래?"

"우우. 아까 에놋치한테 당한 상처가 쑤셔……."

"변명이 너무 대충 아냐? 너 전혀 안 다쳤는데."

……말할 수 없다.

한순간, '사랑'의 액세서리를 원한다고 말한 히마리를 찍고 싶었다는 것은.

넌 알고 있는 거야? 평소처럼 농담인 척하면서도, 그 볼이 선명한 빨강으로 물들어 있었다는 걸.

그녀는 짧은 머리를 잡아당겨서 빨개진 볼을 무의식 중에 감추려고 했다. 아름다운 마린블루색 눈동자가 촉촉해진 채로, 무언가를 기대하는 듯 나를 보고 있었다.

액세서리 따위 관계 없이, 그저 그 표정을 독점하고 싶어졌다.

말할 수 없다. 말할 수 있을 리 없다.

왜냐면, 그것은 **절친**에게 향할 감정이 아니니까.

나만의 것으로 하고 싶다니, 그건 우정이 아닌 **다른 무언가다**.

나와 히마리 사이에 사랑은 없다. ──이것은 그 중학교 2학년 때부터 이어져 온 약속이니까.

요새 내 친구가 귀여워서…… 조금 곤란하다.

"……그건 안 돼. 넌 내 **절친**이니까."

유우가 그렇게 말했다.

쌀쌀맞은 태도였다. 나를 보려고도 하지 않았다. 별상관 없는 기재 정리를 하고 있었다. 그런 것보다, 그 순간엔 나를 봐줬으면 했다.

하지만 유우는 튤립의 시험 제작품을 보고 있었다.

아까까지 에놋치가 몸에 달고 있었던 것이다. 그 애의 온기가 남은, 첫사랑의 향기가 나는 물건이다.

나는 생각했다.

아, 차였구나.

농담 삼아 말하려던 건데.

평소처럼 '너한텐 안 어울린다고' 같은 소리를 해줬으면 했다. 그랬다면, '유우한텐 듣고 싶지 않거든' 같은 대답을 할 수 있었을 거다.

『그치―.』

무심코 그런 말이 흘러나왔다.

그렇겠지.

나는 **절친**이니까.

요 일주일간, 유우는 계속 그 선을 넘으려 하지 않았지.

……나는 한참 전부터 평범한 친구라고는 생각 안 하는데.

그 꽃집에서 있었던 일이 문제였다. 유우의 **사랑을 하는**

표정을 보고 말았다.

그런 표정, 나한테 향했던 적은 한 번도 없다. 내가 모르는 유우가 있다는 사실이, 어째선지 괴로웠다.

유우는 내 것이라고 생각해 왔는데, 그렇지 않다는 사실을 깨닫게 되었다. 유우의 전부를 알고 있다고 생각해 왔는데, 나의 자만이었다는 사실을 선고받았다.

그 표정을 가까이서 보고 싶었다.

그 진지한 눈빛을 내게 향해주기를 바랐다.

유우가 플라워 액세서리를 만들 때 짓는 표정을 좋아했던 게 아니라는 사실을 깨달아 버렸다. 정열을 모조리 지펴 타오르는 유리구슬 같은 그 눈동자에, 나를 비추어 주길 원했을 뿐이었다.

그렇기에 유우의 액세서리 모델을 하고 있었던 걸지도 모른다. 유우의 액세서리를 맨 처음 몸에 달면, 그 정열적인 눈동자를 내게 향해 주니까.

하지만 그것은 나 자신을 향한 것이 아니었다.

우리가 만든 우정이, 우리의 관계가 나아가는 것을 방해하려고 한다.

그것이 무엇보다도 견디기 힘들다.

하지만, 버릴 수 없다.

그것은 우리가 2년간 쌓은 모든 것이다. 즐거움도 괴로움도 모두 담긴 가방 같은 것이다.

하지만 이 앞으로 나아가기 위해선, 그것을 버릴 수밖에 없었다.

그것을 버릴 수 없었던 것이 모든 패인이다. 요 일주일간, 항상 도망칠 길을 마련해 왔다. 실패했을 때도 친구로 잘 돌아갈 수 있도록 계산하고 있었다.

그래서 졌다.

이길 마음이 없었다고 말하는 게 옳다.

애초에 나는 질지도 모르는 승부에 모든 것을 걸 수 있는 사람이 아니다.

분명 그것은 앞으로도 변하지 않겠지. 이 가슴에 꽂힌 패배자 근성이라는 이름의 독이, 분명 내 미래를 부드럽게 죽여나갈 것이다.

그렇기에, 잘해나가야만 한다.

이 이상 무언가를 얻을 수 없다면, 하다못해 이 이상 잃지 않도록. 우리 둘의 우정을 담은 가방만큼은 누구에게도 뺏기지 않도록.

유우의 **절친**으로서 있기 위해, 내가 조금 참기만 하면 된다.

……그것이 이미 패배자의 발상이라는 사실을 뼈저리게 느끼게 된 것은, 이 시험작 촬영회로부터 일주일이 지난 뒤였다.

IV | Turning Point.

♣♣♣

어서 옵쇼—.

아부리* 하나 들어갑니다—.

가게 안에는 그런 기운찬 고함이 울려 퍼지고 있었다.

우리는 10번 국도와 가까운 스시집에 있었다.

칸다가와.

지역 주민에게 사랑받는 지역 밀착형의 스시점. 스시부터 향토요리까지 고루 갖춘 풍부한 메뉴가 강점이다.

현지에서 잡은 생선은 신선하고, 토종닭 철판구이도 최고다. 조금 비싸기 때문에 우리 집에선 생일이나 부모님의 결혼기념일에 이용된다. 오봉이나 신정에는 미리 예약을 잡지 않으면 가게 문이 닫힐 때까지 대기석에 줄을 서 있게 된다.

오늘은 평일이기에 바로 들어갈 수 있었다. 애초에 히마리가 여기서 일하는 졸업생과 아는 사이라, 바쁜 때만 아니면 살짝 **졸라서** 편의를 받고는 한다.

좌식 테이블을 둘러싸고, 히마리가 찻잔을 들었다.

"그럼, 유우의 신작 액세서리 완성 뒤풀이를 시작하겠습

---

* 표면만 불에 살짝 그을리는 조리법, 또는 그렇게 그을린 것. 주로 스시, 고기 등에 사용된다.

니다―!”

“예이―.”

나는 맥 빠지는 대답을 하고 찻잔을 딴 쳤다.

뜨거운 차를 홀짝이니 단숨에 ‘좋아, 스시 먹자!’라는 기분이 됐다. 초생강을 작은 접시에 덜다가, 맞은편에 있는 두 사람이 멍하니 있는 걸 눈치챘다.

“에노모토 양, 마키시마. 둘은 안 먹어?”

“그럴 때가 아니잖아?!”

격하게 태클을 건 것은 마키시마.

에노모토는 주위를 둘러보면서 움츠러들어 있다.

“나츠! 다 같이 밥 먹자고는 들었는데, 왜 이런 본격적인 스시집인 거야?!”

“……히이. 여기 꽤 비싸지?”

주문용 태블릿을 톡톡 터치했다.

확실히 주위엔 가족 단위 손님이나 사회인 커플뿐이다. 고등학교 교복을 입은 집단은 우리밖에 없겠지.

히마리가 ‘헷’ 하고 코웃음을 쳤다.

“마키시마 군. 싫으면 안 와도 됐는데 말이지―? 유우가 꼭 데려오자고 해서 기껏 초대한 건데.”

“큭?! 나츠를 엮다니 비겁하다! 그런 점이 싫은 거야!”

“둘 다 밥 먹을 때라도 사이좋게 좀 있어라…….”

뭐, 상관없긴 하다. 나는 신경 쓰지 않고 주문을 넣었다.

일단은 구운 고등어 봉초밥부터. 막 불에 데친 고등어 스시는 최고다. 입안에서 살살 무너지며 기름기가 녹아내린다. 슈퍼의 반찬 코너에선 절대로 맛볼 수 없다.

그리고 히마리는 꼭 토마토와 모차렐라 치즈가 든 샐러드를 주문한다. 여러 명이 먹는 거라 큰 접시에 제공되지만, 히마리는 혼자서 다 비우는 점이 놀랍다.

마키시마와 에노모토에게 태블릿을 돌리자, 지친 듯한 느낌으로 받아들었다.

"너네 아무리 봐도 금전 감각이 이상해져 있다고……."

"난, 생일 때 말곤 와본 적 없어……."

그러면서도 빈틈없이 주문하잖아.

마키시마는 일단 모둠 스시와 토종닭 철판구이. 이곳 주민에겐 기본적인 메뉴다.

에노모토는 계절 특선 튀김 같은 걸 주문했다. 이 시기엔 매실을 섞은 죽순튀김이 매년 흔하다. 그거 맛있지.

조금씩 도착하기 시작한 요리에 젓가락을 대면서, 마키시마가 물었다.

"보통 뒤풀이는 촬영회가 끝난 뒤에 하는 거 아닌가?"

내가 막 고등어 스시를 입에 넣은 참이라 히마리가 대답해 줬다.

"인스타에 사진을 올리고 나면 한동안은 주문에 대응하느라 여유가 없어지거든―. 유우는 제작에 집중하고, 나도 포장 같은 걸 돕고. 대체로 한 달 정도는 지나야 진정되니까 말이지―."

그쯤 지나고 나면 '이제 와서 뒤풀이?' 같은 느낌이 된다. 오히려 집에 가서 자는 걸 우선하고 싶어질 정도다.

"그렇구만. 잘 팔리는 것도 큰일이라는 건가?"

"아냐, 너무 띄우지 마. 개인이 하게 되면 아무리 해도 이 정도는 걸려."

좀 더 설비가 제대로 되어 있었으면 효율도 올랐겠지.

하지만 고등학교에 다니는 동안엔 어렵다. 무엇보다 자유롭게 있을 수 있는 시간이 적다. 어서 졸업해서 공방 같은 방을 빌려서 제작에 전념하고 싶다…….

마키시마가 씨익 웃었다.

"그래서? 그 신작이란 것도 보여주는 거겠지?"

"그래. 그럼, 좀 이르지만 발표할까."

가방에서 직사각형의 종이상자를 꺼냈다.

이번 건 '사랑'이라는 테마다. 섬세한 느낌에, 액세서리 케이스도 분위기를 중시해 봤다. 빨간 화지(和紙)를 썼는데, 이것은 예전에 인스타 촬영에 협력해 준 공예용품점에서 들여온 것이다.

뚜껑을 열면 강렬한 선홍색 물이 든 튤립이 나온다. 프리저브드 플라워다. 장갑을 끼고 그것을 신중하게 들어 올렸다.

"이번엔 헤어핀으로 했어. 에노모토 양의 붉은 기가 도는 흑발에 액세서리가 녹아들도록 한 거야. 에노모토 양에겐 말한 적이 있지만, 튤립은 하루 동안의 기온에 따라 꽃잎의 개화 방식이 달라지는 꽃이야. 이번에는 기온이 20도 이상…… 꽃잎이 가장 크게 열린 상태에서 가공했어.”

“나츠, 이거 대단한데. 튤립이 이렇게 꽃잎이 열리는 줄은 몰랐어.”

장갑을 건네어 마키시마에게도 들어보게 했다.

“이 헤어핀 부분은? 금속제는 아니지?”

“그건 옻칠을 한 목제야. 액세서리 케이스를 들여온 가게에 주문한 거야. 양산품이 아니라서 조금 비용이 오르는 바람에 금액도 올라버렸지만…….”

“아니아니, 무척 좋은 것 같은데. 린도 그렇게 생각하지?”

“으, 응. 엄청 예뻐…….”

이번엔 에노모토에게 건네려던 참에 갑자기 히마리가 끼어들었다.

“그렇지─!”

“우왓, 깜짝이야!”

깜빡 헤어핀을 떨어뜨릴 뻔했다. 즉시 손을 뻗어 아슬아슬한 타이밍에 붙잡았다. ……자칫하면 간장맛이 될 뻔했네.

“히마리! 위험하잖아!”

“앗?! ……미, 미안미안. 나도 모르게 신나 버려서─.”

히마리가 아하하, 하고 면목 없다는 듯이 웃는다.

몇 개를 한꺼번에 만들었으니 일단 여분은 있다.

하지만 이게 제일 색이 예쁘게 나온 거라고. 가능하다면 이걸 촬영에 쓰고 싶다.

“그리고 촬영이 끝나면, 이건 에노모토 양에게 줄 예정이야.”

“그런 거야?!”

“우왓, 깜짝이야?!”

이번엔 에노모토가 테이블 너머로 몸을 내밀었다.

하마터면 헤어핀을 쥐어서 망가뜨릴 뻔했다. 뭔데? 오늘
은 몰래카메라 데이야? 어제 TV에서 그런 방송이라도 했
었나?

“에노모토 양까지 어쩐 일이야?”

“아, 아니, 그치만, 유 군이⋯⋯.”

그녀의 시선이 헤어핀에 쏠려 있었다.

“지금까지 촬영에 쓴 액세서리는 전부 히마리가 가지고
있어. 그러니까, 이것도 에노모토 양에게 줄 생각이야.”

“저, 정말 괜찮아?”

“기껏 도와주는 거잖아. 아, 혹시 다른 게 좋은 거면⋯⋯.”

“이거면 됐어! ⋯⋯아, 이게 좋아!”

“그, 그래. 마음에 들었으면, 다행인데.”

“응. 이거 엄청 예뻐.”

그리고 히마리가 헤어핀을 폰 카메라로 찍으면서 응응 하
고 끄덕였다.

“정말, 유우의 최고 걸작이란 느낌이네―. 나도 엄청 예
쁘다고 생각해. 분명 매출도 최고 기록을 달성할 거야!”

“어, 어. 그거 고맙다⋯⋯.”

“나 벌써 판매 캐치프레이즈도 정했어. ‘소중한 사람을 매

어두는, 운명의 붉은 꽃'. 유우랑 에놋치한테 딱이잖아.”

……마지막 한마디가 아무리 봐도 쓸데없었다.

요즘 계속 히마리는 이런 말만 입에 담는다. 나와 에노모토를 묘하게 서로 의식시키려고 한달까.

이런 짓은 에노모토에게 민폐잖아.

“아니, 히마리. 너 뭔가 착각을…….”

갑자기 마키시마가 큰 소리를 냈다.

“그래, 나츠! 기껏 이렇게 된 거 린에게 달아줘 버려!”

“너까지 갑자기 무슨 소리 하는 거야…….”

이상한 곳에서 히마리랑 경쟁하는 거 멈춰 주지 않을래?

“그, 그럼, ……부탁할게요.”

진짜냐고.

에노모토는 의외로…… 아니, 상당히 분위기에 휩쓸리기 쉽다. 정말로 장래에 이상한 남자에게 붙잡히지 않기를 바란다.

“해―라, 해―라.”

“나츠, 남자다운 모습을 보여봐!”

시끄럽다고, 방해꾼들아. 이럴 때만 사이좋아지지 말라고.

둘이 스마트폰 카메라를 내게 향했다. 나는 헤어핀을 손에 들었다. 에노모토가 뜨거운 시선을 내게 똑바로 보냈다.

……뭐지.

엄청 두근두근거린다고 해야 하나…… 아니, 히마리랑 마키시마는 왜 갑자기 입 다물고 빤히 보고 있는 건데? 더 안 놀리면 뭔가 장난이 아닌 것 같아서 부끄러운데.

에노모토의 앞머리를 모아서, 귀 쪽에 헤어핀을 꽂았다. 그녀는 간지러운 듯 몸을 움직였다.

예상대로, 튤립의 선명한 선홍색이 아름다운 흑발에 잘 어울렸다.

“이러면, 됐나……?”

“고, 고마워…….”

그녀가 또 ‘에헷’ 하고 수줍게 웃는다.

……얘는 참 기쁜 걸 티 낸단 말이지. 나까지 조금 이상한 기분이 들 것 같다.

문득 히마리와 마키시마를 보자 어째선지 자기들도 부끄러운 듯 얼굴을 돌리고 있었다.

“이거 참—. 유우, 이건 좀 너무 야한데…….”

“음. 내가 말을 꺼냈지만, 공공장소에서 할 짓은 아니었을지도 모르겠어…….”

무슨 뜻인데?!

내 액세서리가 미풍양속에 어긋난다는 소리냐!

“뭐, 뭐! 메인이벤트도 끝났으니, 다음 주문 넣어 볼까!”

“야 히마리. 제일 비싼 스시 주문해. 참치랑 게살로 최대한 많이.”

“엑—?! 유우, 이거 오빠한테 영수증 보여줘야 되는데!”

“시끄러워. 사람을 부끄럽게 해놓고 그냥은 못 넘어가지.”

히마리는 나중에 히바리 씨에게 단단히 혼나도록 만들어

야겠다.

♣♣♣

시계를 보자, 20시가 가까워져 있었다.

기분 좋게 먹었으니 슬슬 끝내도 좋을 타이밍이다.

"에노모토 양, 집은 어떻게 가?"

"아, 시이 군네 오빠가 마중 나온대서, 거기에 얻어 타려고."

역시 소꿉친구. 그렇다면 안심이다.

마키시마는 마지막으로 드링크바에 가 있었다. 그쪽에서 멜론소다가 든 유리잔을 흔들면서 돌아온다.

그 표정이 아무래도 묘했다. 미간에 험악하게 주름을 짓고, 빤히 히마리를 노려보고 있다.

"……슬슬 때가 됐나."

…………?

마키시마는 분명 그렇게 중얼거렸다.

그리고 자리에 앉더니 갑자기 말했다.

"그러고 보니, 나츠는 앞으로 어떻게 할 거야?"

"앞으로 어떻게 할 거냐니?"

마키시마가 씩 웃었다.

단숨에 멜론소다로 목을 죽이너니, 유리간을 쿵 테이블에 놓았다.

"솔직히 말한다. 린을 전속 모델로 삼아."

“……허?”

그 한마디에 분위기가 싸해졌다.

히마리도…… 아니 에노모토도 처음 듣는 듯 마키시마에게 시선을 보내고 있다. 그런 와중에, 마키시마는 무척이나 연설 같은 동작으로 말을 이었다.

“나츠도 이번 촬영으로 린이 엄청 마음에 든 것 같던데. 이 액세서리도 반해버릴 것만 같은 완성도야. 내가 보기에 상성이 딱 좋아. 나쁜 얘긴 아니지 않나?”

“에노모토 양은 미인이니까, 그야 나는 고맙긴 한데.”

“그렇지! 잘 알고 있잖아! 린은 아름다워. 이만한 인재는 쉽게 찾을 수 없어. 나츠의 전속 모델을 계속하면 더 예뻐질 거라고. 린과 손을 마주 잡고, 더욱 높은 곳을 노려봐.”

“뭔가 얘기가 너무 빠른데. 애초에 에노모토 양의 의사를 무시하고 있잖아.”

마키시마가 떠올린 얘기 같으니까.

내 액세서리로 에노모토가 이득을 보는 것도 아닌데, 그렇게까지 민폐를 끼칠 수는 없지.

“나는, 유 군만 괜찮다면…….”

“어. 정말?”

에노모토의, 설마 했던 승낙이 나왔다.

또 분위기에 휩쓸렸나…… 아니, 그런 느낌은 아니다. 그 표정에선 그녀의 본심이 엿보였다. 오히려 마키시마의 말 참견으로 기회를 얻었다는 듯한 느낌이었다.

……그렇다면 내게 거절할 이유는 없다.

"뭐, 내 액세서리 모델이 즐겁다고 해준다면……."

내가 그걸 받아들이려고 한 순간…….

"——그건 안 돼!!"

……히마리가 끼어들었다.

굉장히 큰 소리였다. 큰 소리를 넘어서…… 어쩐지 비명 처럼도 들렸다.

거기에 놀란 것은 나나 에노모토만이 아니다. 주변 테이 블석에 있던 가족 단위 손님도 놀란 듯 이쪽을 보고 있었다.

마키시마만이 뜻대로 되었다는 듯 입꼬리를 비틀고 있었다.

히마리가 제정신을 차린 듯 당황하며 말했다.

"미, 미안! 소리가 좀, 컸지—."

아하하, 하고 밝은 웃음을 띠며 마키시마의 제안에 대해 말하는 히마리.

"물론 마키시마 군의 제안은 좋다고 생각해. 나도 에놋치 라면 대환영이야. 그치만, 에놋치를 위한 일은 아니지 않을 까— 해서."

"……어째서지?"

마키시마가 조금 욱하면서 되묻는다.

"유우는 알고 있겠지만, 그 홍보용 계정은 요 1년 사이 갑 자기 팔로워가 늘었잖아?"

"뭐, 그렇지."

늘었다기보단 활동을 시작한 게 1년 정도 된 거지만.

"그러다 보니 험담 같은 것도 듣게 되거든. '예쁘다고 나대지 마'라든가, '디저트 사진 한가운데 찍혀 있는 여자ㅋㅋ'라든가. 나는 괜찮지만, 익명으로 오는 험담은 익숙하지 않으면 힘들어. 그런 걸 에놋치가 받을 필요는 없지 않아?"

마키시마가 곧바로 반론한다.

"이미 이번 인스타 모델을 하게 된 이상 그 논리는 안 맞는 것 아닌가?"

"한 번뿐인 게스트랑 계속 일을 하는 전속이 되는 건 의미가 다르잖아? 노출되는 횟수가 많을수록, 안티들의 눈에 들 가능성도 높아지는 거고……."

"그런 멘탈 케어는 선배인 히마리의 역할 아닌가? 설마 자기 일이 늘어나는 걸 귀찮아하는 건 아니겠지?"

"나는 애초에 에놋치에게 맞는지 안 맞는지를 얘기하고 있는 건데—?"

"진짜 그렇게 생각하는 건가? 린이 그렇게 약한 여자가 아니라는 건 이미 알고 있을 텐데? 지금도 **너를 위협하고 있을 정도야.**"

"……무슨 말이 하고 싶은 건데?"

"……무슨 말이 하고 싶은 거라 생각하지?"

왠지 분위기가 묘해지기 시작했다.

의논이 과열을 넘어 싸우는 분위기가 되어간다. 평소에도 날 끼고 말다툼은 하지만, 아무래도 그거랑은 성질이 다르다. 대체 뭐가 마음에 안 드는 거지?

"둘 다 좀 진정하고……."

"유우랑은 상관없으니까 조용히 해!"

"그래. 나츠는 안 불렀다!"

내 액세서리 모델 얘기잖아?!

히마리가 추가로 부정적인 요소를 꺼내든다.

"애초에 집에서 일을 돕던 건 어쩔 건데? 취주악부도 있어. 안 그래도 요 몇 주간 계속 이쪽에 왔잖아. 양립할 수 없는 일이야, 절대로 못 해."

"나하하하! 이번 건으로 이미 너희 제작 로테이션은 파악했다. 아까도 한번 인스타에 사진을 올리면 그 뒤 한 달은 판매에 전념한다고 했잖아. 거기에 신작 테마를 정하고, 꽃을 기르고…… 적어도 모델 일만 하는 거라면 3달에 2주 정도겠지. 계속 시간을 뺏기는 건 아니야."

"그래도 하게 되면 문화제 같은 때는 이쪽으로 나와야 해. 게다가 꽃에 관한 레포트 제출도 상당히 힘들고……."

"무슨 소릴 하는 거지? 이건 나츠의 전속 모델 얘기고, 린을 원예부에 넣는다는 얘기는 아니지 않나. 논점이 어긋났다고."

마키시마가 신난 듯이 히마리를 노려봤다.

"히마리. **뭘 그렇게 초조해져 있지?**"

"초, 초조하지 않은데? 나는 에놋치를 생각해서……."

히마리가, 나를 봤다.

히마리치고는 보기 드문 표정이었다. 늘 유유자적하던 태도와는 정반대…… 마치 가녀린 여자애 같았다.

소중히 여기는 장난감이나 인형을 부모님에게 뺏기려 해 울고 싶어진 아이 같다. ……그것을 필사적으로 붙잡고, 누군가 도와주기를 간절히 바라고 있는 듯한 표정이었다.

"그치, 유우도 그렇게 생각하지?"

"으─음……."

나는 생각했다.

히마리의 말은 타당하다. 실제로 그런 악성 댓글은 있다. 계정의 인기가 오를수록 그런 놈들은 더욱 얼굴을 내민다.

하지만, 그것은 결국 질투일 뿐이다. 히마리가 예뻐서 거기에 질투하는 것뿐이다. 마키시마의 말대로 우리가 착실히 멘탈 케어를 하면 해결될 일이다.

그리고 무엇보다, 에노모토의 마음은 어떻게 되는데?

애초에 내 사정으로 끌어들였다. 용건은 끝났으니 안녕이라는 건 그야말로 불성실이다. 히마리에게는 주문 처리 같은 실무 작업도 맡기고 있으니, 모델 쪽의 부담을 덜어주는 것도 메리트가 있겠지. 우리에게는 이익은 있어도 거절할 이유는 없다.

"본인이 하고 싶다고 하니까, 괜찮지 않나?"

"……윽?!"

히마리의 얼굴이 일그러졌다.

“유, 유우? 그거, 진심이야?”

“진심이라기보단, 오히려 왜 네가 거부하고 있는 건지 모르겠는데…….”

“그, 그래도! 우리 둘이서 열심히 해왔잖아!”

“딱히 무조건 둘이서만 달성하자고 약속한 건 아니잖아. 애초에 제삼자의 영감을 받기 위해 에노모토 양을 끌어들인 거 아냐? 그게 성공했고, 또 계속 해준다고 하는데 거부하는 건 이상하잖아.”

“그, 그래도…….”

히마리가 입을 다물었다.

불편한 듯이 칼피스 빨대에 입을 댄다.

“아니, 히마리. 요새 좀 이상하지 않아?”

“이, 이상하다니……?”

“뭔가 ‘사랑’을 되게 강조하는 데, 아무리 봐도 너무 지나쳐. 분명 여성을 타깃으로 장사하는 거니까 중요한 요소라고는 생각해. 하지만 그걸 히마리가 무리해서 표현할 필요는 없잖아. ……너, 항상 연애 감정은 모르겠다고 하면서.”

애초에 히마리는 산뜻하고 중성적인 이미지다.

지금까지처럼 계절이나 자연을 나타낼 때, 모델로서의 가치가 발휘된다는 것이다. 괜히 익숙지 않은 분야의 모델을 고심할 필요는 없나. 그런 역힐 분담도 에노모토기 들어와 줬을 때의 이점이 될 것이다.

……이건 뭐, **표면상의 이유**다.

내게는 그것보다 더 신경 쓰이는 점이 있다. 그쪽이야말로 내 **진심**이 담긴 부분이다.

"게다가, 앞으로도 이렇게 테마마다 액세서리를 만든다 치고 하는 말인데. 네가 장난으로라도 **그런 짓 하는 거**…… 조금 성가셔."

"……?!"

히마리의 얼굴이 화악, 붉게 물들었다.

넌지시 저번 과학실에서 있었던 **그 일**을 언급했는데, 잘 전해진 모양이다.

솔직히 나는 히마리가 그렇게 내 심장에 안 좋은 방식으로 접근하지 말아주기를 바란다.

그런 게 계속되다간…… 좋아하게 될 테니까.

애초에 연애는 없다는 약속이었으니 그런 리스크를 피하는 건 당연하지. 지금까지는 찰싹 달라붙거나 야한 얘기를 하는 일은 있어도, 그런 남녀의 분위기를 느끼는 일은 없었다.

앞으로도 '사랑'의 액세서리를 만들 때, 히마리가 '경험해 볼래?'라며 또 키스를 조른다면…… 솔직히 내 의지로 멈출 자신이 없다. 그래서 에노모토 같은 히마리를 말려줄 사람을 원하게 된다.

애초에 이런 걸 생각하고 있는 것부터 이미 성가시다.

"그러니까 미안하지만, 오늘은 히마리 편은 못 들어주겠어."

"…………."

히마리는 입을 다물고 있었다.

화나게 한 걸까? 아니, 그래도 히마리가 잘못한 거다. 에노모토를 꼬신 게 자기였으니 방금 한 주장은 완전히 억지잖아.

……그러다 히마리의 손이 조급하게 움직이는 걸 눈치챘다. 자기 가방을 뒤지면서 무언가를 중얼거리고 있었다.

"쿨 다운, 쿨 다운, 쿨 다운. 괜찮아, 히마리, 너는 할 수 있어……."

"히, 히마리. 왜 그래?"

"후, 후후. 별거 아닌데? 아무것도 아니라고? 잠깐 요구르피를 찾는 것뿐이야……."

"아니, 좀 전에 오늘치 마지막 하나를 마셨잖아……."

뚝, 하고 히마리가 굳었다.

그녀의 표정에서 온도가 슥 빠져나갔다.

"……미안. 쿨 다운, 못 하겠어."

"어?"

고개를 돌린 히마리는 미소를 짓고 있었다.

그리고 환한 미소를 지은 채로…… 내 머리 위에서, 칼피스가 담긴 유리잔을 뒤집었다. 그것은 당연하게도 나를 머리부터 흠뻑 적셔 나갔다.

"…………."

"…………."

에노모토가 멍한 얼굴로 바라보고 있다.

마키시마조차 예상 밖이라는 듯 입을 떡 벌리고 있다.

히마리는 빨대를 잘근잘근 깨물면서, 미소를 지은 채 말했다.

"절교하자."

"…………."

어?

방금, 뭐라고 했지?

내가 멍하니 있으니 히마리가 한 번 더 확실히 말했다.

"절교."

"……허?"

절교?

절교라는 건, 그거 말인가? 이제 너랑은 말 안 해―, 같은 거. 초등학생 때 가끔 그걸로 남자애들이 시끄럽게 굴었었다. 참고로 나는 그런 경험이 없다. ……친구가 없었으니까.

"히, 히마리. 농담, 이지……?"

"……농담?"

곧바로 히마리의 미소가 악귀처럼 일그러졌다.

그리고 입에 물고 있던 빨대가, 뚝 하고 씹혀서 끊어졌다!

"유우 같은 건, 진짜로 절교야아아아아아아아아아아아아아아아아아아아아아아아아아아아앗!!"

"어어어어어어어어어어어어어어어어어어어어?!"

나와 히마리의 절규가, 칸다가와 안에서 폭발했다.

V | "불멸의 사랑"

다음 날 학교. 아침 HR시간 전.

학생들은 다음 주부터 시작되는 골든위크*를 앞두고 들떠 있었다.

오늘이 금요일이니, 주말을 보내고 월요일·화요일만 등교하면 그 뒤로 5일 연휴. 운동부 학생들은 원정 경기 등의 이야기를 나누고, 다른 사람들은 휴일 일정 이야기로 시끌벅적해졌다.

그에 비해 내 마음속은 평온하지 못했다.

히마리에게 절교를 선고받고 하룻밤이 지났다. 그 뒤, 히마리는 히바리 씨를 불러서 곧장 차로 돌아가 버렸다. 내 이야기 따윈 일절 듣지 않고.

덕분에 나는 사쿠 누나한테 전화해서 밥값을 들고 오도록 부탁하는 처지가 됐다.

누나가 틀림없이 화낼 거라고 생각했는데, 히마리 때문에 칼피스 범벅이 된 나를 보고는 폭소하더니 오히려 엄청 기분 좋아졌었다. ……당연하지만 시집간 두 누나에게도 라인으로 보고됐다.

라인 얘기를 하자면, 히마리는 어젯밤부터 전부 읽씹을

---

* 4월 말에서 5월 초에 걸친 일본의 황금 연휴.

하고 있다.

학교에 와서도 전혀 말을 걸지 않는다. 자리가 옆이라는 것이 오히려 불편함에 박차를 가하고 있었다.

……정말로 절교인 듯하다.

모르겠다. 어째서지. 이래저래 이해가 안 된다.

뭐가 불만인 걸까. 흐름상 에노모토의 전속 모델화겠지. 하지만 그렇게까지 싫어할 필요가 있나? 작업 중에도 호흡이 맞았고, 실제로도 사이좋잖아.

애초에 절교라니. 네가 초등학생이냐고.

그렇게 생각하다 보니 뭔가 화나기 시작했다. 왜 내가 일방적으로 나쁜 놈 취급을 받아야 하는 거지. 맞잖아? 내가 나쁜 짓 했어?

"…………"

나는 요구르피를 쪽 빨아 마셨다. 오늘 아침 자판기에서 뽑은 것이다.

문득 옆을 봤다가, 히마리와 눈이 맞았다. 그쪽도 요구르피를 쪽 마시고 있었다.

"…………"

"…………"

히마리가 히죽 웃었다.

왠지 '우후후~. 절교 소리를 늘어노 귀여운 내가 너무 신경 쓰이나~? 유우도 참, 정말 나를 좋아하는구나~?' 같은 느낌이다. 확실히 귀여운 건 맞지만, 너 그거 네 뒤통수에도 꽂힐 수 있는 거 알지?

"…………."

핫.

저쪽이 그렇게 나오면, 나도 방법이 있다. 구체적으로 말하자면 요 몇 주 동안 에노모토에게서 배운 방법이다.

가방에서 과자가 든 작은 봉지를 꺼냈다. 우리 집 편의점의 신제품. 무척이나 매운 하바네로 계열 스낵이다. 그걸 하나 바삭하게 씹었다.

톡 쏘는 매콤함.

거기에 요구르피를 넣으니, 유산균의 달콤함이 더욱 부각되었다.

"아―, 진짜 맛있네―."

"……?!"

"그래도 혼자서는 다 못 먹겠는걸. 누가 안 먹어주려나~."

"~~~~?!"

훗. 동요하고 있구만.

평소에 실컷 당하고 있는 만큼, 이럴 때 확실히 정신적인 우위를 보여줘야 한다.

왜냐하면 난 잘못하지 않았으니까. 에노모토가 모델을 해주는 건 그녀의 의사이며, 내가 제안한 게 아니다. 내게 분노의 창끝을 향하는 것은 말도 안 되는 화풀이다.

애초에 절교한 상대의 라인을 반드시 3초 안에 읽어버리는 것부터 히마리의 미묘한 마음의 틈이 드러난다. 그런 상태로 잘도 절교 같은 소리를 했구나 싶다.

저쪽에서 반 남자들이 떠드는 소리가 들렸다. '쟤네 둘 웬일로 싸우는 거 같은데?' '아니, 아무리 봐도 꽁냥대는 거잖아' '너무 보지 마라. 새로운 플레이의 소재가 된다'……. 아니, 그만해. 너네 아무리 봐도 들리라고 말하는 거잖아.

커흠, 헛기침을 했다.

"히마리, 뭐가 마음에 안 드는 거야?"

"…………."

아, 이 녀석 진짜로 무시할 속셈이다.

유치하구만. 나는 과자 봉지를 책상에 던졌다. 요구르피의 종이팩이 쪼옥 하는 소리를 냈다. 안이 텅 빈 종이팩을 와지끈 쥐어서 뭉갰다.

"그럼 됐어. 둘이서 전문 샵 차린다는 관계도 끝이네."

"……?!"

잠시 히마리의 안색이 변했다.

히마리는 뭔가 말하려고 입을 열려 했지만, 결국은 아무 말도 없었다. 그리고 묘하게 슬퍼 보이는 얼굴로 책상에 엎드려 버렸다.

주변 학생들의 시선이 꽂힌다.

……안다고. 옆에서 보면 아무리 봐도 내가 괴롭히는 느낌이겠지. 이럴 때 히마리 매직은 편하다. 아무도 히마리가 히스테리를 일으켜서 고생 중이라고는 생각 안 하겠지.

(……뭐, 금방 원래대로 돌아오겠지. 친구끼리도 싸움은

하니까.)

창밖을 봤다. 수평선에는 휴가나다의 푸른 바다가 펼쳐져 있었다.

오늘도 날씨가 좋다. 꽃놀이하기에는 최고의 날이다. 학교 같은 건 빠지고, 꽃집에서 구근과 화분을 사 오고 싶다. 밖에서 땀을 흘리며 불편한 마음 따위 잊어버리고 싶다.

──우웅, 하고 진동이 울렸다.

내 폰이다. 착신인가?

휴대폰을 체크하자 히마리가 보낸 메시지였다. 아무래도 포기한 모양이다. 내 하바네로 군량 작전이 통했나.

어찌 됐든, 이제야 이야기를 할 수 있겠다.

어라? 라인이 아니라 메일이다. 웬일이지. 그것도 몹시 문장이 길었다. 뭔가 문장도 딱딱한 것 같고…… 으응?

"……히마리한테 보내는 메일?"

이누즈카 히마리 님께. 연락 감사드립니다.

예능 프로덕션……의……라고 합니다.

호의적인 대답에 진심으로 감사드립니다. 저희 입장에선 지금 바로…… 구체적인 방침은 이후 추가적인 연락을…… 상황에 따라서는…… 5월 말에는 이쪽에 있는 고등학교로의 전학 수속도 시야에 넣고…….

(뭐야, 이거……?)

설마, 히마리가 전에 거절했다던 기획사의 스카우트 메일? 호의적인 대답이라니…… 이거 언제 온 거지?

……어젯밤이다. 마침 내가 절교 선언을 들은 뒤.

"잠깐, 히마리?! 이거 어떻게 된 거야?!"

나도 모르게 자리에서 일어섰다.

너무 기세가 붙은 탓에 의자가 뒤에 있는 책상과 부딪혔다. 그 커다란 소리 때문에 교실이 확 조용해졌다.

히마리의 머리가 이쪽으로 움직였다. 팔 위로 마린블루색 눈동자가 이쪽을 엿본다.

"……푸핫."

히마리가, 빙긋~~~~ 하고 웃었다.

마치 '딱 봐도 내가 금방 용서해 줄 거라 생각한 거지? 사과할 거면 지금뿐인데~?'라는 느낌이다.

"~~~~?!"

아, 젠장!

이 자식 진짜로 열받아!

"히마리, 너……."

그 타이밍에 담임 선생님이 들어왔다.

담임이 교실 분위기를 보고 입을 'ㅅ' 자로 구부린다.

"나츠메. 왜 그러냐?"

"……아, 아무것도 아니에요."

딱 맞게 아침 HR시간을 알리는 종이 울렸다. 내가 의자를 들어서 앉자, 반 애들도 자기 자리로 돌아갔다.

그 뒤로, 히마리는 정말로 전혀 말을 하지 않았다.

♣♣♣

점심 시간을 시작하는 종이 울렸다.

"……윽!!"

"……윽?!"

히마리가 자리에서 일어서더니 질풍 같은 속도로 교실을 나갔다. 나는 가방에서 점심에 먹을 편의점 빵을 꺼내고 있던 탓에 움직임이 늦었다.

복도로 나가봤지만, 이미 히마리는 없었다.

……또 도망쳤다.

"젠장!"

벽을 때렸다.

뭔가 진지한 척하고 있지만, 결론은 히마리가 전혀 이야기를 안 들어준다는 것이다.

라인은 역시 읽씹이고, 무엇보다 교실에서 나 혼자 일방적으로 말을 거는 구도가 부끄러워서 참을 수가 없다. ……오늘만 3번 정도 반 애들한테 사진 찍혔고.

저쪽에서 타닥 타닥 하는 슬리퍼 소리가 들렸다.

"유, 유 군!"

"에노모토 양……."

뭔가 초조해 보인다. 어제 절교 선언부터 계속 걱정해 줬으니, 우리 상태를 보러 와준 걸까. 정말로 상냥…… 아니 잠깐만. 뛰어오지 말아 봐. 구체적으로 말하자면, 에노모토의 가슴 언저리가 남자에겐 위험하니까 진정하고 걸어오지 않을래?

에노모토가 필사적으로 숨을 가다듬으며 말했다.

"아까, 히이한테서 라인이 와서……."

"진짜로?!"

이 녀석, 나한텐 답장 안 했으면서!

읽어보니 뭔가 '나 도쿄 갈 테니까, 유우랑 사이좋게 지내―'라는 쓸데없는 참견이 쓰여 있었다. 정말로 히마리답다. 장래엔 젊은이들의 연애에 참견하다가 짜증을 사는 어른이 될 것 같다. ……어라? 그거 우리 집 사쿠 누나 아닌가?

"히마리는 장래에 그거처럼 되는 건가. 싫네……."

"유 군?! 잘 모르겠지만 지금은 히이를 어떻게든 해야 해……!"

아차, 그랬지.

사쿠 누나가 늘어나는 걸 걱정하고 있을 때가 아니다.

"미안! 내, 내가 모델을 하고 싶다고 해서……."

"아냐, 에노모토 양 탓이 아냐. 히마리가 떼쓰는 게 잘못이지."

"그, 그래도……."

에노모토가 미안한 듯이 구니 내 마음이 아프다.

"일단은 히마리를 찾아야지……."

"아, 나 좋은 거 갖고 있어."

쿠키가 든 작은 봉지였다.

가게 라벨이 붙어 있지 않은 걸 보니 에노모토의 수제겠지. 정말로 신부 삼고 싶은 미소녀다.

"유 군. 이거 쓸모 있을 거라 생각해."

"그런 수단이 있었구나. 그러고 보니 나도 아침에 먹던 과자가 남아 있어."

"그럼, 그것도 같이……."

우리는 안뜰로 이동했다.

나와 히마리가 꽃을 심은, 색채가 가득한 화단이 있다. 그 주위에 잘게 부순 쿠키나 과자 부스러기를 뿌려 나갔다.

우리는 그늘에 숨어서 가만히 사냥감이 모습을 나타내기를 기다렸다.

"……안 오네."

"으―음. 히이, 배가 안 고픈 걸까나."

참새가 날아와 지면을 톡톡 쪼아댔다.

엄청 평화롭다. 하지만 야생 새에게 먹이를 주면 눌어붙어 버려서 배설물 등의 문제가…… 아아! 참새들이 한 번에 하늘로 날아올랐다!

"너희 둘, 나를 야생동물인가 뭔가로 착각하고 있는 거 아니야―?!"

히마리였다.

안뜰 저편에서 우리를 향해 척, 손가락질을 하고 있었다.

"그래도 덕분에 나타났잖아."

"……윽?! 이럴 수가!"

바보인가.

같은 수준에서 놀고 있는 우리도 바보구나. ……그건 그렇고, 설마 지금까지 우리가 보이는 위치에서 보고 있었던 건가?

"히마리! 일단 얘기를 좀 들어!"

"시, 시끄러워! 유우랑 할 얘기는 없어!"

"거짓말하지 마! 그럼 그 관심종자 같은 태도를 멈춰!"

"관심종자라고 하지 마—앗!!"

나는 즉시 히마리를 쫓아갔다.

안타깝지만 보폭은 내가 압도적으로 길다. 운동신경도 내가 위다. 내가 히마리에게 이길 수 있는 몇 안 되는 점 중 하나다.

과학실로 가는 계단의 층계참에서 따라잡았다. 히마리의 팔을 붙잡고 멈춰 세운다.

히마리는 내게서 얼굴을 돌리고, 크게 숨을 헐떡이고 있었다. 나도 숨이 거칠다. ……이거 다른 학생들한테 보였다간 반드시 이슈가 될 거다.

"히마리, 왜 그렇게 화나 있는 건데? 그렇게 에노모토 양이 모델을 하는 게 싫은 거야……?"

"……윽!!"

히마리의 팔이 움직였다.

그녀의 오른손이 내 왼뺨을 날카롭게 때렸다.

"에놋치 때문이 아냐! 유우의 그런 부분이 화나서 이러는 거잖아!!”

“……뭐, 뭔데!”

아파. 진심으로 때렸잖아……!

방금 그건 정말로 짜증 났다. 완전히 히마리 잘못이잖아. 왜 내가 얻어맞고, 칼피스 범벅이 되고, 반 애들한테 안 좋은 시선을 받아야 하는 건데?

내가 뭐라도 했어? 처음부터 네가 쓸데없는 짓을 한 탓이잖아.

에노모토를 이온에 데리고 와서, 모델을 시키겠다고 말을 꺼내고, 끝나고 나니 계속하는 건 싫다고 떼를 쓰고.

거기에, 멋대로 도쿄에 간다느니 하고……!

최소한 그런 건 이야기하라고. 난 그 정도였어? 지금까지 친구라고 했던 건 거짓말이었어? 너에게 있어서, 나는 고작 놀리면서 노는 장난감이었냐고.

“너의 그런 제멋대로인 부분이, 나도 싫다고!”

나도 모르게 손이 나가 있었다.

히마리의 옷깃을 잡으려 했던 게 살짝 엇나갔다. 히마리의 목 쪽으로. ……나는, 남바람꽃의 초커를 잡고 있었다.

그걸 온 힘으로 당기려다가…… 앗, 하고 생각한 순간 잠금쇠가 뜯겨나가 있었다.

……100엔 샵에서 산 파츠다. 세월에 의한 열화로 약해져 있을 만하다. 오히려 지금까지 망가지지 않았던 게 기적적이다.

하지만 문제는, 그게 발밑에 떨어져서…… 내가 밟아버렸
다는 사실이다. 그 감촉에서 무척 좋지 않은 예감이 들었다.

발을 들자 남바람꽃을 감싼 마름모꼴의 레진 부분에 커다
란 금이 가 있었다.

레진은 플라스틱 수지…… 강한 압력이 가해지면 당연히
깨지기도 한다. 게다가 이것은 기포가 대량으로 들어간 실
패작. 내구성에 커다란 문제가 있었다.

"히마리. 이건……."

"발, 치워!!"

"우왁?!"

통렬한 박치기가 있는 힘껏 내 턱에 명중했다. 머리가 핑
돈 후 그 자리에 쪼그려 앉으니, 히마리가 망가진 초커를 주
워서 새파란 얼굴로 떨고 있었다.

"거, 거짓말. 이럴 수가……."

"…………."

비통한 표정이었다. 세상의 종말이라도 되는 듯한 그 모
습에, 나는…… **오히려 말로 다 표현할 수 없는 분노가 솟
아오르고 있었다.**

……뭐냐고.

너, 진짜 뭘 하고 싶은 건데.

사람을 버린다느니 하고, 액세시리기 망가진 정도로 그런
얼굴이 되고.

……아아, 그런 건가?

어차피 네게 소중했던 건 액세서리 쪽이었다는 거지? 그래, 그렇겠지. 처음부터 그렇게 말했었으니까. 나와의 우정 같은 건 아무래도 상관없는 거였어.

그러니까 그렇게 간단히 버리려고 할 수 있는 거잖아? 액세서리 정도는 인터넷 쇼핑으로 구할 수 있으니까. 그게 아니더라도…… 어떻게든 대체는 되는 거잖아?

……나 혼자 히마리를 소중히 하고 있었다니, 진짜로 바보 같다.

"이제 됐어. 멋대로 도쿄든 어디든 가라고. 너한테 나는 **뭐든 말하는 대로 들어주는 액세서리 크리에이터일 뿐**이잖아?"

"……?!"

히마리의 표정이 일그러졌다. 마치 믿을 수 없는 것을 본 듯 눈을 크게 뜨고, 입술이 떨리고 있었다.

그리고 그녀의 볼에 한 줄기의 눈물이 흘렀다.

"……**그건 유우 얘기잖아.**"

"뭐?"

예상치 못한 반론에 무심코 입을 다물었다.

내가? 뭔가 했었나?

히마리는 난폭하게 눈가를 닦았다.

"유우야말로, 나를 **뭐든 말하는 대로 들어주는 편리한 도우미** 정도로밖에 안 보고 있잖아?"

"그, 그렇지……."

"그렇지 않다고? 그럼 왜 에놋치를 전속 모델로 한 거야?

유우의 액세서리를 처음 몸에 달 권리를, 왜 한 사람에게 더 주는 거야? ……**그건 내 거라고 약속했잖아!**"

말이 나오지 않았다.

부정하고 싶다. 나는 히마리를 그런 별거 아닌 상대라고 생각하지 않는다.

……하지만 이 상황을 봤을 때, **히마리의 말은 무엇 하나 틀리지 않았다.**

그 중학교 2학년 때의 문화제. 모스 버거에서의 뒤풀이. 히마리는 확실히 말했다.

『그러니까, 그 정열적인 눈을 나한테만 보여줄래? 독점시켜 줄래? 그렇게 하면, 나는 네 액세서리를 얼마든지 팔아줄게. ──그런 운명공동체가 되자. 응?』

먼저 약속을 깬 것은…… 나다.

내 침묵을 오해한 건지, 히마리가 자조했다.

"에놋치, 좋아하잖아? 그래서 첫 번째로 삼고 싶은 거잖아? 알아. 나도, 사랑은 아는걸. 알아버렸는걸. 나도 유우를 응원하고 싶어. 에놋치도 축복해 주고 싶어. 그래도, 그래도 있잖아……."

히마리가 남바람꽃의 초커를 움켜쥔다.

"두 번째 정도로 만족할 수 있을 리가 없잖아!!"

히마리가 외쳤다.

평소의 히마리와 달리 감정적이었다. ……아니면 내가 보려고 하지 않았을 뿐, 처음부터 이랬던 걸지도 모르고.

"유우는 지금까지 나를 첫 번째로 생각해 줬어. 하지만, 이젠 아니잖아. 내 마음을 제대로 보려고도 하지 않는데, 그런 걸 웃으면서 용납할 수 있을 리가 없잖아……!!"

"…………."

아무 말도 할 수 없었다.

히마리에게도 잘못은 있다든가, 그렇다고 얘기도 안 하고 화내는 건 이상하다든가, 하고 싶은 말은 있었다. 잔뜩 있었다.

하지만, 입이 움직이지 않았다.

내게 히마리에게 무슨 말을 할 자격은 없다는 것만은 알았다.

"나는, 나를 필요로 해주는 사람에게 갈 거야!!"

"……?!"

히마리가 손을 치켜들었다.

망가진 남바람꽃 초커가 내 왼쪽 가슴에 부딪혀 떨어진다.

나는 멀어져 가는 그 등을, 지켜볼 수밖에 없었다.

……인생 리셋 버튼이 있으면 좋을 텐데.

나는 그런 생각을 하면서 안뜰에서 고개를 떨구고 있었다. 구석에 쌓여 있는 비료 봉지에 걸터앉아, 편의점 빵을 야금야금 먹는다. 아까 뿌려둔 과자 부스러기에 또 참새들이 몰려 있었다.

그 참새들이, 일제히 날아올랐다.

히마리인가…… 아, 마키시마구나.

"나하하하! 그렇게까지 노골적으로 싫은 표정을 지으면 나는 기쁠 따름이구나!"

마키시마는 매점에서 사 온 듯한 야키소바 빵과 크로켓 빵을 양손에 들고 과장스럽게 양팔을 뻗었다. ……이 자식, 늘 저 두 개만 먹네.

"네가 칸다가와에서 이상한 소리만 안 했으면 이렇게는 안 됐잖아……."

"그건 억지라는 거다. 빠르든 늦든 이렇게 될 건 보이고 있었지 않나?"

"…………."

정곡이다. 그래. 방금 그건 단순한 화풀이라고.

내가 히마리에 대해 착각하고 있는 한, 그 상처는 수면 아래서 계속 커졌을 것이다.

"무슨 볼일이야?"

"내 성과를 보러 왔을 뿐이다. 불만 있나?"

"불만밖에 없는데. 혼자 있게 해주지 않을래?"

"그건 안 되지. 린에게 상태를 봐달라는 부탁을 받았으니까 말이야!"

마키시마는 옆에 앉더니 야키소바 빵을 덥석 물었다.

그러면서 내밀어지는 요구르피. ……솔직하게 받아두기

로 한다. 입안이 바짝 말랐으니까. 역시 폐기 빵은 점심으로는 최악이다.

"너, 왜 에노모토 양을 전속 모델로 만들려고 부추긴 거야?"

"그렇게라도 안 하면, 린에게 승산이 안 보였으니까. 뭐, 아마노이와토 신화*처럼 되기 전에 도망칠 길을 막아두고 싶었어."

"왜. 네가 에노모토 양을 응원하는 건 알겠지만, 히마리에게서 모델 자리를 뺏는 거랑은 상관없잖아."

"정말로 그렇게 생각하나? 역시 나츠는 미숙하구만."

마키시마가 훗 하고 웃었다.

"만약 린이 나츠와 연인이 되었다고 해보자. 하지만 연인이 된다 해도, 린의 퀘스트는 클리어되지 않아."

"어째서?"

"나츠도 잘 알고 있잖아?"

마키시마는 의미심장하게 말하고 남은 야키소바 빵을 베어 먹었다.

"목표라는 건 달성하는 것보다 유지하는 게 어려워. 연애도 똑같은 거야. 나츠를 손에 넣었다고 해도 도중에 파탄 나면 의미가 없어."

"네가 말하니까 설득력이 엄청나구만……."

"찍소리도 못하겠군. ……이래 봬도 잘 해보고 싶다고는

---

* 일본 신화의 하나. 태양신 아마테라스가 동굴에 숨자 세상이 어둠에 잠겨서, 신들이 모여 그녀를 동굴 밖으로 유인해 빛을 되찾는 이야기이다.

생각은 하는데, 좀처럼 생각대로 안 된단 말이지.”

“어어. 너, 그거 진심으로 하는 소리야?”

“당연하지. 칼에 찔리고 싶은 사람은 없잖아?”

“……그건 그렇네.”

그 말에는 알 수 없는 무게가 실려 있었다. ……그러고 보면 이 녀석은 늘 수라장이니까.

마키시마가 작게 한숨을 쉬었다.

“린의 입장이 되어 봐라. 기껏 나츠를 손에 넣어도, 옆에서 히마리랑 사이좋게 구는 꼴을 구경하게 되는 건 불쌍하잖아. 그렇다면 나츠를 손에 넣기 전에 어느 쪽이 위인지를 확실히 구분 지을 필요가 있지.”

“하지만 나랑 히마리는 친구고…….”

마키시마가 크게 웃었다.

“이상한데. 그럼, 왜 그렇게 마음이 어지러워져 있는 거지?”

그 말이 쿡 박혔다.

내 태도에 만족한 마키시마는 확 내 쪽으로 몸을 내민다. 그리고 평소처럼 가슴 쪽을 쿡쿡 찔러댔다.

“알겠나. ‘라이크’와 ‘러브’란 결국, 뿌리는 하나의 **호의**야. 그걸 자기에게 형편 좋게 ‘우정’이나 ‘연애’라는 껍질을 씌워서 돌려쓰고 있을 뿐이지. 그렇기에, 그건 사소한 일에도 쉽게 형태가 바뀌어. 요새 나츠가 히마리에게 **이성**임을 느끼고 있는 것처럼 말이지?”

“윽…….”

나는 편의점 빵을 떨어뜨렸다. ……완전히 정곡을 찔렸다.

“어, 어떻게 알고 있는 거야…….”

“그게 아니었으면, 린을 연인으로 삼지 않을 변명을 장황하게 늘어놓지 않았겠지? 나츠가 신경 쓰고 있는 건 **린의 마음이 아니라, 히마리에게 끌리고 있다는 사실에 대한 죄책감**이야. 그 정도를 연애 마스터인 내가 못 꿰뚫어 볼 리가 없잖아?”

“쓰레기 걸레 자식을 잘못 말한 거겠지…….”

“나하하. 칭찬으로서 받아들이지.”

마키시마는 남은 크로켓 빵을 내게 건넸다. 떨어뜨린 편의점 빵 대신 주는 듯하다.

“이번엔, 연애니 우정이니 그런 애매모호한 건 전부 잊어버려. 제일 중요한 건 **누가 가장 소중한가야.**”

“다음은 나를 부추기는 거야? 너 에노모토 양 편 아니었어?”

“당연히 나는 린의 편이지. 미안하지만 내게 중학생 때 사귄 전 여친에 대한 온정 따윈 눈곱만큼도 없거든.”

“그럼 왜 그러는데? 에노모토 양을 응원할 거라면, 이 참에 히마리가 도쿄에 가주는 게 좋잖아.”

그렇게 단순한 이야기가 아닌 듯하다. 마키시마는 드물게도 불편한 듯이 한숨을 쉬었다. 그리고 팔짱을 끼고 주무르면서 작게 신음했다.

“린을 전속 모델로 삼아달라고 한 건, 확실히 나츠와 히마리 사이를 깨는 게 목적이었지. 하지만 그건 명백히 지나쳤어. 솔직히 나도 이런 오산이 생길 줄은 몰랐거든.”

“오산이라니, 히마리가 도쿄에 가겠다고 말 꺼낸 거?”

“그렇지. 보통은 사이가 틀어지면 살짝 거리를 두고 끝나. 실제로 그 정도가 딱 좋은 밸런스였어. 하지만 이번 히마리의 행동은 ‘고향을 버리지 않으면 나츠를 잊을 수는 없어’라고 하는 수준이잖아. ……그 유유자적하던 히마리가 그렇게 강렬한 감정을 숨기고 있었을 거라고 누가 예상할 수 있겠어?”

“………….”

그 말은 나도 이해가 됐다.

주머니 속의 망가진 남바람꽃 초커. 방금 거기에 맞았을 때를 떠올렸다.

두 번째로는 만족할 수 없다……라.

히마리에게 그런 소리를 들을 줄은 나도 예상 못 했다.

마키시마가 일어서서 쭈욱 기지개를 폈다. 그리고 나를 돌아보더니 훗, 하고 웃었다.

“이런 식으로 히마리가 없어지면, 린은 자기 탓이라고 생각하겠지? 그 애는 러브코미디 만화에서 튀어나온 듯한 **착한 아이**야. 나는 그런 소꿉친구를 보고 싶지 않을 뿐이야.”

“………….”

“어이쿠. 의심하는 것 같네. 뭐 이해돼. 조심스럽게 말해서, 나는 별로 좋은 성격이 아니니까. 울린 여자는 셀 수도 없지. 그런 놈이 이제 와서 소꿉친구를 향한 의리를 지킨다는 둥 해도……."

뭔가 혼자 이야기하고 있지만 나는 듣지 않았다.

지금까지 어째서 나와 마키시마가 죽이 맞는 건지 신기해했었다. 솔직히 말해서 친구는 히마리만 있어도 좋았고, 마키시마와는 가치관 같은 것도 맞지 않는데.

하지만 어째선지 이 녀석과 이야기가 하고 싶어진다. 무슨 소리를 들어도 짜증 난다고 느끼지 않는다. 그 이유를 이제야 알 것 같았다.

……닮은 것이다. 자신의 본질을 잘못 보고 있는 점이, 특히 히마리와 닮아 있다. 그래서 나도 내버려 둘 수 없는 거겠지.

"마키시마, 꽤나 자상하네……."

"……허?"

마키시마의 얼굴이 확 붉어졌다.

"나, 난 자상하지 않아! 웃기지 마라!"

"그런 진지한 리액션을 바란 게 아닌데……."

남자의 부끄러워하는 얼굴 따위 보고 싶지 않은데요.

이 순간만큼은 안면을 에노모토와 교체해줬으면 한다.

"흥. 나츠는 이따금 그런 반항을 보인단 말이지. 린이랑 사귀어서 정식으로 내 매제가 되면, 그런 부분을 착착 교정해 주지!"

"매제 안 한다니까?!"

"나하하하. 그럼 마음대로 해라. 이대로 히마리를 내버려 두고, 린과 맺어지는 것도 나쁘지 않다고. 몇 번이나 말하지만, 린은 연인으로서 최고의 인재니까.”

마키시마는 그렇게 말하고 떠나 버렸다.

그 등이 어딘가 기분 좋은 듯 흔들리고 있다.

“역시 자상하잖아…….”

그런 식으로 말하면, 내가 히마리를 붙잡으리라는 걸 알고 있는 거다. 에노모토의 죄책감을 없애기 위한 일이라고는 해도, 자상하지 않다고는 할 수 없다.

“하지만 그게 그렇게 쉬우면 고생할 일도 없단 말이지…….”

점심시간 끝을 알리는 종이 울린다. 나도 교실로 돌아가야만 한다. ……오후 수업은 이 상태로 히마리의 옆자리라니, 무조건 불편하겠는데요.

오후 수업이 시작됐다.

나와 히마리는 서로 옆자리에서 샤프 뚜껑으로 탁탁탁 책상을 두드려 댔다. 둘 다 수업을 빼먹는 건 못 하는 기질인지라, 이 이상 거북할 수가 없을 지경이다.

고전문학 선생님이 안경 위치를 바로잡으면서 말했다.

“이누스카 양. 나스네 군. ……무슨 일 있었나~?”

““뭐가요—?””

말이 겹친 순간, 서로 째릿 노려봤다.

고전문학 선생님은 이마의 땀을 손수건으로 닦았다.

"이, 이것 참, 평소엔 시끄러워서 주의를 줄 정도인데. 오늘은 몹시 조용한데~?"

""그게 잘못인가요—?""

또 말이 겹쳤다.

이 녀석 진짜로 짜증 난다. 따라 하지 말라고.

"……뭐, 뭐어, 빨리 화해하렴~."

""그건 납득 못 하겠는데요—?""

히마리 쪽으로 눈길을 주자, 문득 눈이 맞았다.

흥, 하고 서로 시선을 돌린다. 고전문학 선생님이 힉 하고 떨었다.

……히마리의 눈이, 조금 빨갰다.

아니, 내가 알 바 아니지. 그렇게 운 책임까지 떠넘기면 곤란하다.

(마음대로 하라고 했지만…….)

애초에 내가 고르는 입장이 아니거든.

히마리가 도쿄에 가고 싶다고 한다면 그거야말로 마음대로 하라고 할 일이다. 내가 생활비나 집세를 내는 게 아니니까.

나도 계속 히마리에게 신세만 질 수는 없고.

히마리는 늘 30까지 어쩌고 하지만 말이야. 그런 긴 시간 동안 누군가와 함께 있는다니 보통은 힘들잖아.

그야말로 액세서리와 똑같다.

결혼이라도 하지 않으면 그런 긴 시간을 공유하는 것은 불가능하다.

그렇기에, 언젠가는 헤어질 때가 온다. 히마리가 대학에 가거나, 연인이 생기거나, 결혼하거나. 그리 멀지 않은 미래에 반드시 이별은 온다.

그게 조금 앞당겨졌을 뿐이다.

……5월 말에 이사한다는 건 아무리 그래도 너무 급하지만.

지금이 골든위크 전이니 정말로 이제 한 달도 안 남았잖아.

나는 예능 사무소에 스카우트된 적이 없으니 모르지만, 다들 이런 걸까. 아름다움은 짧으니 서두르는 건 알겠지만서도.

폰을 꺼내들고 라인으로 메시지를 보냈다.

『진짜로 갈 거야?』

3초 만에 읽음 표시가 떴다. ……너 수업 좀 열심히 들어라.

『갈 거야』

『왜?』

『내 가치를 가시화(可視化)하고 싶어』

가치를 가시화…… 여전히 까다로운 단어를 알고 있다.

어쩐지 말뜻은 알 것 같다.

자신이 누군가에게 필요하다는 증거를 원한다는 거다.

히마리에게서 계속 메시지가 왔다.

『유우는 모르겠지만』

……안다고. 나도 계속 홀로 액세서리를 만드는 나날을

보냈다.

누구에게도 이해받지 못하고, 누구에게도 보이지 못하고, 그리고 누구에게도 필요하다고 여겨지지 못했다.

(……그렇구나. 그럼 전부 내 탓이구만.)

처음으로 내 액세서리를 필요로 해준 것은 히마리였다.

히마리 덕에 내 액세서리는 명줄을 이었고, 히마리 덕에 세간에 퍼졌다. 그리고 그날, 히마리를 위해 계속 액세서리를 만들 것을 약속했다.

그걸 물거품으로 돌리면 이런 전말도 당연하잖아.

『역시 도쿄 가는 건 그만두지 않을래?』

『싫어』

『에노모토 양의 모델 건은 엎드려 빌어서 거절할게』

『오빠가 말했어. 남자는 똑같은 실패를 반복하는 생물이라고』

『반론할 여지가 없는데』

『그럼, 이 얘기는 끝이야』

폰을 주머니에 넣었다.

히마리는 완고하다. 한번 마음을 정하면 여간해선 의견을 굽히지 않는다.

그렇기에 내가 뭔가 말한들 결말은 변하지 않겠지. 히마리는 도쿄로 가서, 분명 인기 있는 존재가 될 것이다. ……뭐가 될지는 모르겠지만.

내가 함께든, 함께가 아니든, 그런 미래가 되겠지.

(……그럼, 어쩔 수 없나.)

어쩔 수 없다.

이런 결말이 되는 것도, 어쩔 수 없다.

인생이라는 건 마음대로 되지 않는 법이니까.

그리고 마음대로 되지 않는다면…… 나는 자신의 힘만으로, 내가 그리는 이상적인 미래를 붙잡아야만 하는 것이다.

푸핫―.

유우 녀석, 바보구만―.

갈 리가 없잖아, 도쿄 같은 데를.

내가 왜 할아버지도 오빠도 없는 곳에서 생활해야 되는데? 얼굴도 모르는 팬들로 충족되고 싶을 만큼, 생활에 불만이 있는 것도 아니고.

나, 내가 사는 이 지역이 좋거든.

시골이긴 해도, 어디든 살다 보면 좋은 곳이라는 말도 있고?

물론 최신 영화를 볼 때도 전철로 1시간 걸리는 이온 몰까지 나가야 하는 시골이지만 말이지? 그때조차 유우랑 멀리 나가는 계획 짜는 게 즐겁고. 하라주쿠의 맛있는 팬케이크 가게는 없지만 에닷치네 가게의 케이크가 100만 배는 맛있고.

유우도 참, 진짜 짜증 난단 말이야. 난 얼굴도 잘 모르는 스카우트 제안에 척척 넘어갈 만한 가벼운 사람이 아닌데 말이지—.

(뭐, 아까 그 **가짜 울음**이 통한 모양인데…….)

이거야말로, 내 '조르기 기술'의 오의 중 하나.

이걸 쓰면 다들 내가 말하는 걸 들어준다. 할아버지나 오빠를 조종하기 위한 최종병기. 아직 유우에게 보여준 적 없는 최강의 한 수. 이걸 당했으니, 제아무리 유우라도 태연하게 있지는 못하겠지.

……아니, 정말로 가짜 울음이거든? 내가 진짜로 울 리가 없잖아. 고작 유우가 만들어 준 액세서리가 부서진 걸 가지고…… 유우가 만든 액세서리는 몇 개나 가지고 있으니까…….

우우…….

됐어, 됐어! 지난 일은 떠올리지 마! 수업 중에 울고 있는 걸 보였다간 유우만 우쭐해지게 만들 테니까. 평소 같은 무뚝뚝한 얼굴로 '하. 역시 너, 날 너무 좋아하는 거 아냐?'라고…… 열받아! 딱히 안 좋아하는데요?!

(아아, 정말! 목이 허전해! ……나중에 무조건 새 거 만들게 할 거야.)

아무튼…… 후후후.

유우에게 들어간 대미지는 심각하다. 이제야 내 위대함과 소중함을 몸에 새긴 모양이다. 꼴 좋다.

남은 건 유우가 내게 엎드려 비는 걸 기다릴 뿐.

한심하게 '가지 말아 주세요— 히마리 니임—!' 하고 울부짖는 모습을 내려다보면서, 오호호 하고 웃으며 '유우 군은 어쩔 수 없네—. 어디, 일단 교환 조건을 줘 볼까—!' 하고 여러 가지 요구를 들이밀어 주지.

우선 매월 1일을, 히마리 님 감사 데이로 설정한다. 그날에 유우는 몸과 마음을 다해 내가 말하는 걸 들어줘야만 하는 것이다.

그리고 플라워 액세서리. 당연히 앞으로는 나를 위해서만 만들게 할 거야. 에놋치도 모델로 써도 되지만, 우선은 나부터. 난 퍼스트레이디라고. 오케이?

추가로 시험용 키스 제도도 도입하자. 유우는 앞으로 내가 시험 삼아 키스를 조르면 절대 거부해서는 안 된다. 여자의 마음에 상처를 입힌 죗값을 치러줘야 한다는 말씀. 학교에서든 이온에서든 거부권은 없음! ……뭔가 논점이 어긋난 것 같긴 한데, 괜찮겠지!

(사람은 승리를 눈앞에 두면 이렇게나 잔혹해질 수 있는 거구나—. 무섭네, 나도 내가 무섭다구…… 푸핫.)

유우의 절망하는 옆얼굴을 관찰하며, 나는 기쁨에 젖어 들었다.

그렇게 고전문학 수업이 끝나고, 방과 후가 되었다.

어디. 슬슬 오셨시? 유우니까 아마 '히마리, 잠깐 이야기 좀 하자'라며 불러낼 게 분명하다. 어쩔 수 없으니 집에 가는 건 좀 기다려 줄까나—.

……어라?

눈치채고 보니 옆자리의 유우가 없다. 가방도 없다. ……어느 틈에?

"저기. 유우 어디 갔는지 알아?"

교실에 남아 있는 반 친구에게 물었지만 '아까 집에 갔어'라는 대답이 돌아왔다.

……뭐, 유우니까—.

그 녀석 연약하잖아. 그러니까, 우선 나를 잃었다는 슬픔에 혼자 눈이 부을 정도로 우는 시간도 필요한 거겠지.

좋아, 용서한다! 유우의 그런 부분은 귀여워서 나쁘지 않아. 마음껏 베개를 눈물로 적시도록!

그리고 다음 날 찾아온 주말.

내 예상이라면 이쯤에서 울면서 들러붙겠지.

계속 스마트폰을 보고 있었다. 언제 유우에게 호출이 와도 괜찮도록, 확실히 몸단장도 해뒀다.

……안 왔다.

이상하네—. 그렇게 충격이었던 걸까—?

일요일 밤에, 나는 페이스북과 트위터를 체크했다. 'you'의 계정…… 특별한 변화 없음.

그렇구만. 나는 착각하고 있었던 거야.

도쿄로 가겠다는 내 선언은, 유우에게 내 예상보다 더 충격적인 사건이었다는 거구나?

귀여운 녀석. 용서한다!

어디어디, 덤으로 에놋치의 트위터라도 체크해 주자. 그 애는 과자 사진 같은 걸 자주 올리는 게 귀엽단 말이지.

계속 맞팔로우는 안 해주지만, 나는 내가 볼 수만 있으면 되니 신경 안 써!

(……어라?)

사진이 올라와 있었다.

이온에 입점해 있는 베스킨라빈스의 더블 콘. 역시 양과자점의 후계자라, 신작 맛을 확실히 체크하고 있다.

문제는 그게 두 개 나란히 찍혀 있다는 점이다. 에놋치의 손과, 다른 사람의 손이 찍혀 있었다.

……이거, 유우 손이잖아.

내가 잘못 볼 리가 없지. 이 휴일에 멋 부리기 위한 용도의 소박한 남성용 반지는 내가 사 준 거고. 게다가, '학교 친구랑 꽃을 고르러 왔습니다!'라고 써 있고. 휴일에 에놋치랑 꽃집에 갈 사람이라면, 유우뿐이잖아.

…………다음 날, 월요일. 나는 아침까지 잘 수가 없어서 처음으로 학교에 지각했다. 엄청나게 부끄러웠다. 특히 유우의 '이 녀석 뭐 하는 거야?'라는 차가운 시선이 아프고 아파서 견딜 수가 없었다.

그리고 골든 위크가 시작되고, 끝났다.

그 사이…… 징밀로 아무 일도 없있다.

연휴가 끝나, 내가 없는 채로 '사랑'의 신작 액세서리가 인스타에 올라와 있었다. 에놋치가 찍은 혼신의 사진도 '좋아요’를 잔뜩 받았다.

댓글에는 ‘새 모델?!’ ‘얘도 예쁘다!’ 같은 게 많았지만, 유우는 거기에 답글을 달지 않았다. ……애초에 그런 건 내 일이기도 했고.

이번에는 제작 과정을 직은 사진도 올라와 있었다.

에놋치네 양과자점에 홀이 생겨 먹고 갈 수 있다고 소개되어 있었다. 거기에 에놋치나 단골손님들이 즐거워하는 사진도 있었다.

유우도 찍혀 있었다. 케이크를 정신 없이 먹고 있다. ……내가 같이 먹자고 꼬셔도 넘어오지 않았으면서.

게다가 마키시마 군의 사진까지 있었다. 그렇구나, 이 녀석이 내 역할을 하게 된 거구나. 정말로 열받는다. 애초에 이 남자가 이상한 소리만 꺼내지 않았어도, 일이 이렇게 꼬이지는 않았을 텐데. 이 몹시 도발적인 미소, 분명 내가 보고 있다는 걸 전제 삼은 거겠지. ……이 사진만 약관 위반 신고해 줘야지.

다시 학교 생활이 시작되어도 유우는 전혀 변하지 않았다. ……앞으로 한 달도 남지 않았는데, 정말로 말을 걸려 하지 않았다.

어느 날 방과 후에는 안뜰의 화단에서 꽃을 부지런히 수확하고 있었다.

에놋치도 도와주고 있었고, 즐거워 보였다. 둘의 관계가 무척이나 안정되어 가는 것처럼 보여서 괴로웠다. 분명 지금쯤, 둘이서 아름다운 플라워 액세서리를 만들고 있겠지.

……정말로 이제, 내가 있을 곳은 없는 듯하다.

(괜찮아, 괜찮아. 아직 2주 정도 있으니까…….)

나는 최고로 귀여우니까? 도쿄에 가버리면 분명 대인기일 게 뻔하잖아? 분명 내가 너무 절벽의 꽃이라서 위축되어 있는 거겠지.

……이봐, 진짜 괜찮은 거야?

말을 너무 잘 듣는 거 아냐?

진짜로 가버린다?

슬슬 울면서 매달릴 타이밍이잖아?

……그러다 문득, 떠올려 버렸다.

그날 칸다가와에서 유우가 한 말.

『게다가, 앞으로도 이렇게 테마마다 액세서리를 만든다 치고 하는 말인데. 네가 장난으로라도 **그런 짓 하는 거**…… 조금 성가셔.』

그랬다.

눈을 떠, 히마리.

너는 이미 차인 거라고?

그런 귀잖은 여자를 일부러 붙잡을 리가 없잖아…….

5월의 중순.

날씨가 우중충해지고 비가 오는 날도 많아졌다. 우리 집의 뜰에 있는 수국도 예쁘게 꽃을 피웠다.

중학교 때는 이걸, 유우와 함께 무척 귀여운 목걸이로 만들어서 놀았었지―.

참고로 꽃말은 '변덕' '바람' '무상(無常)'…… 후후, 눈물이 나올 것 같다.

발걸음이 무거웠다. 현관문을 열자 차가운 우리 집이 나를 맞이한다. 엄마는 오늘 없는 걸까.

"다녀왔습니다―……."

주방에 들어서자 웬일로 오빠가 먼저 돌아와 있었다. 말없이 커피를 마시면서 석간신문을 펼치고 있다.

……아직 정장에서 갈아입지 않은 걸 보니 일에 관한 걸 생각하고 있는 거겠지. 이 사람은 옷으로 지금 무슨 생각을 하는지 알 수 있다.

이럴 때는 가만히 내버려 두는 게 좋다. 오빠는 바보 같지만 일은 엄청나게 바쁜 모양이고.

손을 씻고 양치를 한 다음 내 컵에 커피를 내렸다. 덤으로 테이블 위에 있는 바움쿠헨도 감사히 먹었다. 아마 부녀회 같은 데서 받아온 거겠지. 엄마도 이웃집과 소통하느라 고생이네―.

……그런 생각을 하는데, 오빠가 석간신문에서 고개를 뗐다.

이제야 내가 온 걸 눈치챈 모양이다. 오빠는 싱긋 웃더니 평소 같은 자상한 표정으로 말했다.

“히마리. 어서 와.”

“다녀왔어. 오빠.”

“엄마는 아직 밭에 있어. 저녁은 냄비에 카레가 있으니까 편하게 먹으렴.”

“네—.”

그래서 좋은 냄새가 났구나.

우헤헤. 내 마음을 치유해 주는 스파이시—.

빵이랑 밥, 어느 쪽이랑 먹을까나—. 오늘은 꿉꿉하니까 빵을 딱딱하게 구워서 먹을까나—. 그러고 보니 식빵이 한 봉지 통째로 있었지? 오늘은 호화롭게 한가운데를 도려내서 시카고 피자풍 카레 그라탱이라도……

“그러고 보니 히마리. 요새 유우 군 얘기를 안 하네?”

“……?!”

내 손이 멈췄다.

아차. 허를 찔려서 나도 모르게 동요해 버렸다. 오빠는 분명 재빠르게 눈치챘겠지.

진정하자. 아직 치명타는 아니야. 태연하게, 아무 일도 아니라는 듯이 귀엽게 보고하면 괜찮아.

오빠도 ‘그거 큰일이구나. 그건 그렇고 이 1만 엔(용돈)으로 아이스크림이라도 사 먹으렴 하하하’ 같은 말을 해줄 터.

……나 부자에 대한 이미지가 너무 대충인가?

“아—, 그게—, 살짝 싸웠다고 해야 하나? 뭐, 별일은 아니긴 한데…….”

"호오. 너희가 싸우다니 별일이네."

"아하하. 그렇지─. 드물긴 하지만 이런 일도 있구나 싶어."

"그렇구나. 그런 일도 있지. 청춘이란 건 잘 안 풀리는 게 당연해."

아싸, 오빠가 납득해 줬다.

나는 안심하며 식빵을 한 봉지 도마 위에 놓았다.

그걸 도려내서 카레를 흘려넣고, 치즈를 듬뿍 얹어서…….

"그건 그렇고, 그 별일 아닌 싸움으로 2주 넘게 말을 안 하고 있다는 건 어떻게 된 걸까?"

"……?!"

무심코 빵을 도려내는 나이프를 떨어뜨려 버렸다. 날이 아슬아슬하게 내 다리 사이 바닥에 꽂혔다. ……이거 빵 나이프인데. 우리 집 노후화가 심각한 거 아냐?

고개를 돌리자 오빠가 싱긋 웃고 있었다.

어쩐지 '네 녀석, 그 정도 위장으로 미남인 내 눈을 속일 수 있을 거라 생각했나? ……훗, 어리석군'이라는 느낌이다.

"아, 아아, 어어……?"

"후후. 간단하지, 히마리. 네게서 느껴지는 유우 성분이 요 2주 사이 급속도로 저하되어 있거든. 요새는 완전히 고갈됐는데도 전혀 보급이 안 되고 있어. 유우 군에게 무슨 일이 있는 게 아니라면, 히마리가 기피당하고 있는 거겠지?"

어떻게 아는 건데?!

유우 성분이란 게 눈에 보이는 거야?!

"여, 역시 오빠야. 폼으로 내 오빠를 하는 게 아니네……."

"당연하지. 미래의 매제를 위해 분골쇄신해서 이 거리를 살기 좋은 곳으로 개조하고 있잖니."

솔직히 '우와, 기분 나빠'라고 생각했다. 오빠는 이래서 멋있고 성격도 좋은데 여자 친구가 안 생긴단 말이지—.

오빠는 영문 모를 반짝반짝한 오라를 몸에 두른 채 내게 설명을 요구했다.

"그래서, 무슨 일이 있었던 거니?"

"어—, 오빠, 아무리 그래도 여동생의 사생활에 참견하는 건……."

"히마리가 솔직하게 상담하지 않는다는 건, 내게 알려지면 안 좋은 부분이 있다는 거겠지? 그건 동시에…… 히마리 네게 잘못이 있다고 자백하는 거나 마찬가지야."

나, 날카롭다…….

역시 오빠, 나를 잘 알고 있다.

"어서 말해."

"……으읏!"

웃음에서 엄청난 압력이 느껴진다.

이런 점은 정말 할아버지에게서 그대로 물려받았어—.

나는 '헤헤……' 하고 가식적인 웃음을 띠며 조금씩 이야기했다.

"유, 유우한테 차여서, 화풀이로 도쿄에 간다고 거짓말해서, 그쪽에서 사과하는 걸 기다리고 있다고 해야 되나, 그런 건데…….”

　“………….”

　오빠가 가만히 무표정으로 나를 보고 있다.

　달칵 달칵 달칵, 오빠의 사고가 빠른 속도로 돌아가는 게 느껴졌다. 이 정도 말만으로 사태를 정확히 파악한 오빠는──번뜩, 귀신 같은 표정을 지었다.

　“이 멍청한 녀석이이이이이이이이이이이이이이이이이이이이이이이이이이잇!!”

　우리 집이 흔들릴 정도로 큰 노성이었다.

　진짜로 흔들리잖아! 태풍이 온 것 같아! 무서워, 진짜 무서워……!

　내가 공포로 움직이지 못하는 사이 오빠가 테이블에 쿵 하고 한쪽 발을 얹었다. 마치 괴수 같은 포즈로 나를 노려보더니, 그아아아 하고 울부짖었다.

　“유우 군을 사과해야만 하는 상황으로 몰아넣고, 자기에게 유리한 요구를 승낙시키려고 하는 거구나?! 네가 하고 있는 짓은 늘 하는 조르기가 아니라 **공갈**이야! 이누즈카가의 인간으로서 부끄러운 줄 알아라아아아아아아아아!!”

　“죄송합니다, 죄송합니다, 죄송합니다……!!”

　정좌한 채 머리를 깊이 숙였다.

　정론 그 자체. 반론의 여지가 없다. 오빠는 이런 임시방편 같은 걸 정말 싫어하니까……!

"그러다 유우 군의 멘탈에 악영향이라도 생기면 어쩔 거야! 이 세상 최대의 손해라고!"

마지막 불을 뿜는 느낌으로 거친 숨을 흘린 오빠는, 테이블 앞에 다시 똑바로 앉았다.

그리고 툭툭, 하고 테이블 반대편을 손가락으로 두드렸다. '앉아' '설교다' '그리고 죽어'라는 사인이다. 시키는 대로 맞은편에 앉아 움츠러들었다.

"히마리, 나와 한 약속을 깰 셈이야?"

"우우……."

아까보다 조용한 목소리였다.

그래서 더욱, 마치 예리한 날붙이처럼 날카롭게 배에 꽂힌다…….

"너는 중학교 문화제 때, **나를 그 에노모토에게 머리 숙이게 했다.** 엎드려 빌게 하고, 하이힐을 핥게 하고, 눈앞에서 니시노 카나 노래를 열창하게 했지. 그 정도 굴욕은, 일에서도 아직 맛본 적이 없어!"

"오빠한테는 상이잖아……."

"그건 2차원 한정이라고 했잖아!! 너, 반성이 안 된 모양이구나?!"

죄송합니다, 죄송합니다!

저도 모르게 입이 움직였어요!

"오, 오빠가, 에놋치네 언니랑 죽을 만큼 사이가 나쁜 건 알고 있습니다……!"

"그 말대로지. 네가 **평생의 소원**이라길래, 나는 그걸 한 거야. 그 에노모토의 트위터에 홍보를 부탁해서, 가능한 한 많은 친구나 후배를 모으게 했다. 200개 가까운 액세서리를 완판시키기 위해서 말이야!"

오빠는 짜증이 난 듯 양팔을 살살 쓰다듬었다. 아마 그때 일을 떠올리면 소름이 돋는 거겠지…….

"그럼에도 내가 손을 빌려준 것은, 나 자신이 유우 군의 액세서리에 반해 버렸기 때문이야. 그건 엄청나. 언젠가는 이 거리의 이름을 세계에 울려 퍼지게 하겠지!"

"아, 그치—? 역시 오빠는 보는 눈이 있어—……."

갑자기 유우의 액세서리가 칭찬받아서 나도 모르게 뺨이 풀렸다.

곧바로 그걸 알아챈 오빠가 날카롭게 노려봤다. ……안 되지, 안 되지.

"히마리. 유우 군의 액세서리 판매에 협력해주기 위한 내 조건을 기억하고 있나?"

"……유, 유우의 전문 샵의 서포트를, 도중에 내팽개치지 않는 겁니다."

"그렇지? 그때의 유우 군은 틀림없이 인생의 기로에 있었어. 그랬는데, 너는 **네 어리광으로 그 애의 인생에서 액세서리 크리에이터 이외의 선택지를 전부 뺏어갔잖아?**"

또다시 정론이 나왔다.

……그렇다. 그때 유우의 액세서리가 팔리지 않았다면 전

문 숍 개점의 꿈은 사라져 있었을 것이다. 하지만 반대로 말하면, 유우의 부모님에게서 부과된 '액세서리 100개 판매'를 달성하면 유우의 인생은 **그 이외의 길이 막힌다는** 것이기도 했다.

도중에 하기 싫어져도, 시간은 돌아오지 않는다. 그때부터 학력을 중시하는 공무원 같은 건 무리고, 커뮤니케이션 장애인 유우가 일반 기업에서 잘 출세해 나갈 거라고도 생각되지 않는다.

만약 숍을 개점하는 데 성공하더라도, 매상이 오르지 않고 무너질 가능성도 있다. 남는 것은 꿈의 잔해뿐만이 아니라, 쉽게는 갚을 수 없는 빚의 산. 우리 집은 땅을 가지고 있기에 나는 아이 때부터 그런 사례를 여럿 봐왔다. 꿈이라는 것은, 잡는 것보다 유지하는 것이 어렵다.

그렇기에 오빠는 내게 그것을 약속시켰다.

이누즈카가의 돈에는 손대지 않고, 자신의 힘만으로 유우의 가게를 죽을 때까지 유지시킬 것. 그때는 '우후후―. 귀여운 내겐 여유로운 일인데?'라며 여유 부렸지만…… 설마 이런 형태로 계획이 흐트러질 줄은 생각도 못 했다.

오빠가 눈을 번뜩 빛냈다. 테이블에 몸을 내밀고, 내 얼굴을 빤히 노려봤다.

"히마리. 나는, 너를 특별 취급하고 있던 게 아니야. 네게 도움을 주면 결과적으로 유우 군에게 도움이 될 거라 생각했기 때문이지. 그런데 설마 '질리면 버리면 돼' 같은 쓰레기

주인 같은 마인드로 있었던 건 아니겠지이이이이이이이?"

"아냐아냐아냐……! 그렇지 않아……!"

"그럼, 이 참상은 뭐야? 너는 자기 마음에 안 드는 일이 있다고, 유우 군의 서포트를 던져 버리고 있잖아. 내가 인스타를 체크하고 있지 않을 거라고 생각했어? 에노모토네 여동생이 모델을 하고 있는 건 좋다고 쳐도, 어째서 고객에 대한 답신을 안 하고 있지? 그건 네 역할이고, 그걸 포기하는 건 유우 군의 액세서리 제작을 방해하는 거라는 걸 모르는 건가아아아아아아아?"

"아아우으……!"

처음부터 이쪽에 이변이 일어나고 있다는 사실은 다 꿰뚫어 보고 있었나 보다.

오히려 그 답을 확인하기 위해 이렇게 대화할 시간을 만든 거겠지. 아아, 우리 오빠가 유우를 너무 좋아해서 내가 위기야……!

"그, 그치만 유우가 잘못했짜나……!"

"잘못이 아니야! 네 연애 감정과 플라워 액세서리에 대한 책임은 별개의 문제야! 여기서 울상 짓고 있을 틈이 있으면, 당장 사과하러 가야지!!"

나는 입술을 깨물었다. 치마를 꾸깃하게 쥔다.

오빠는 아무것도 모른다. 내 마음 같은 건 전혀 모른다. 늘 그럴듯한 논리만 내세워서 나를 구워삶을 뿐.

그런 이론으로는 아무것도 안 되는 일도 있는 법인데.

"그럼, 내 마음은 어떻게 되는데……?!"

무심코 소리치고 있었다.

꼴사납게 울면서…… 태어나서 처음으로, 오빠에게 반항했다.

"유우를 좋아하게 되어 버렸단 말이야! 이제 와서 친구로 돌아갈 수 있을 리가 없잖아! 오빠는, 나한테 포기하라고 하는 거야?! 계속, 에놋치랑 꽁냥꽁냥하는 모습을 보고 있으라는 거야?!"

오빠는 빤히 나를 쳐다보고 있었다. 평소에는 믿음직스러운 그 냉정한 눈동자가, 지금은 무척이나 무서웠다.

그리고 오빠는 한마디, 차갑게 뱉었다.

"그래. 너는, 그 사랑을 포기해."

"……?!"

나도 모르게 일어나려고 했다.

그 순간── 날카로운 시선이 꽂혔다. 내 몸의 자유가 빼앗기고, 의자에 쿵 떨어졌다. ……마치 뱀이 노려보는 개구리 상태. 오빠, 시청에서 일하게 된 뒤로 명백히 인간을 넘어서고 있다.

"감정적으로 변하지 마. 이야기를 끝까지 들어."

"예, 예스, 브라더……!"

제대로 듣지. ──어차피 도망쳐도, 밧줄에 묶여 정성스럽게 듣게 될 테니까.

"히마리에게 가장 소중한 건, 그 사랑인가? 아니면……

유우 군을 손에 넣는 건가?”

“…………?????”

어? 무슨 소리야?

그 둘이 뭐가 다른데? 똑같은 거잖아…….

“히마리. 인생은 유한해. 아무리 돈이 있어도, 아무리 조르기를 잘해도, 그 한때에 원하는 것을 전부 손에 넣는 건 불가능하다는 거지.”

그리고 오빠는 갑자기 자기 처지 이야기를 시작했다.

내가 혼란에 빠져 있는 사이 오빠는 말을 이었다.

“나는 고속도로를 지었다. 하지만 그것과 바꾸어 많은 사람들의 소중한 것을 빼앗았어. 어느 가족의 추억이 담긴 집을 부쉈지. 고가도로를 놓은 탓에 햇빛이 비치지 않게 된 땅도 있어. 비난의 목소리도 잔뜩 왔어. 지금도 감사의 목소리보다는 그쪽이 압도적으로 많아.”

나는 놀라면서 듣고 있었다.

……오빠가 일 얘기를 하는 건 처음이었기 때문이다. 내가 물어봐도 계속 ‘히마리에겐 일러’라고 퇴짜만 놓을 뿐이었는데.

“하지만 그건 100년 후의 이 거리를 위해, 반드시 필요한 것이었어. 나는 내가 죽은 뒤에 이 거리에 도움이 될 일을 하고 있는 거야.”

그리고 오빠는 마지막으로 한마디 조용히 덧붙였다.

“그런 인생을, 너도 걸어라. 99개를 버리고, 마지막에 가장 소중한 것 하나를 얻어내. 그렇게 하면 네 승리야.”

“………….”

그리고 오빠는 다시 석간신문으로 시선을 떨구고 입을 다물어 버렸다. 방금 그 귀신 같은 형상은 거짓말인 듯, 조용한 수면 같은 차분한 표정이었다.

……솔직히 말해서.

오빠가 한 얘기는 확 와닿지 않았다.

하지만, 그것은 분명 옳은 말이리라. 나 같은 것보다 많은 걸 경험해 왔을 테니까. 오빠도 나와 같은 청춘을 보내왔으니까.

오빠는 내게 도움이 되지 않는 말은 하지 않는다.

그렇기에 지금은 잘 모르겠지만…… 전부 포기하는 것은, 언젠가 그 의미를 이해하고 그럼에도 납득하지 못했을 때 하자고 생각했다.

그다음 날의 방과 후였다.

나는 교실에서 계속 스마트폰과 눈싸움을 하고 있었다.

열려 있는 것은 라인 앱. 유우와의 채팅방 화면에서, 말을 썼다가 지우고, 썼다가 지우고를 반복하고 있었다.

유우를 불러낸다…… 그건 알겠는데, 어떻게 하지? 저번 대화에서 벌써 3주가 비어 있다. 스크롤만 보면 어제 같은 거지만 이 몇 cm의 사이에는 마리아나 해구 급의 장벽이 펼쳐져 있다…….

뭐, 뭐어, 평소 같은 가벼운 느낌으로 할까?

『헤―이, 유우. 잘 지내~? (이거 유우랑 'you'를 의식한 거야♡ 눈치챘을까나???) 요새 전혀 말을 안 걸어주잖아~. 나아, 쓸·쓸·하·다·구(에~엥)』

이거 누구야.

정기적으로 TV에 나왔다가 금세 사라지는 유쾌한 반짝 개그맨 같잖아.

'까나???'는 무슨. ……유우랑 너무 얘기를 많이 해서 내 뇌가 버그 났나 봐―.

이건 지우자, 지워.

이런 메시지가 왔다간 무조건 읽씹이라구. 나라도 그렇게 할 거야.

좀 더 진지한 느낌으로 가야지. 지금부터, 중요한 얘기를 할 거니까.

『유우, 할 얘기가 있어. 중요한 거야』

휙, 하고 메시지가 송신됐다.

그럼 답장이 올 때까지는…… 우왓, 3초 만에 읽음 표시가 붙었다. 너무 빨라.

뭐야 뭐야. 내가 너무 좋은 건가~? 늘 라인을 체크하다가, 자기도 모르게 확 열어버린 걸까나? 우후후―, 나 참, 귀여운 녀석~.

……뭔가 부메랑이 돌아온 듯한 기분이지만, 뭐 괜찮겠지!

어디, 유우의 답장은…….

『나도 할 얘기 있어. 과학실에 있을게』

…………모르겠네—.

유우는 너무 태연한 거 아냐? 좀 더 동요하라구. 최강으로 귀여운 내가 보낸 메시지라니까?

뭐, 됐어. ……가자.

과학실까지는 걸어서 5분 정도 걸린다. 늘 다니고 있으니 눈을 감고도 도착할 자신이 있다.

그 과학실의 문을 올려다보고, 나는 심호흡을 하고 있었다.

위험해, 긴장되기 시작했어.

왠지 갑자기 배가 아프다. 역시 그만둘까나. 딱히 오늘이어야 하는 것도 아니고. 애초에 유우도 이야기가 있다는 건 뭔데?

……아, 설마 ‘에노모토 양이랑 사귀기로 했어’ 같은 거야?

정말 있을 법하다. 아니, 그 이외에는 생각할 수 없다. 3주나 시간이 있었는걸. 그 사이에 몇 번이나 만났잖아? ……같이 베라에서 아이스크림 먹었잖아?

위험해. 못 견디겠어. 구체적으로 말하자면 유우가 상쾌한 얼굴로 ‘히마리는 사랑의 큐피드네. 감사하고 있다GO. 이 몸의 베스트☆프렌드(이가 반짝)’…… 하는 거지. 그니까 누구냐고. 이런 유우는 내가 기꺼이 쫓아내 주겠어!

우선 지금은 전략적 후퇴 후 작전을 다시 짜는 걸로…….

"히마리, 뭐 하고 있어?"

"우와앗?!"

설마 했는데 뒤에서 왔다!

돌아보자 늘 보던 유우가 서 있었다. 아까 6교시 수업 때 봤던 그대로다.

……에놋치는, 없었다. 혼자인 듯하다.

"히마리. 멀뚱멀뚱 서 있지 말고 얼른 들어와."

"으, 응…….”

과학실로 들어갔다.

평소와 같다. 아, 아니, 조금 다를지도.

테이블 위에 골판지 상자가 쌓여 있었다. 안에는 화단의 꽃을 예쁘게 가공한 액세서리가 들었다. 그냥 이대로 고객에서 발송할 수 있는 형태다.

그리고 활짝 열린 철제 선반. 내부가 텅 비어 있다. LED 화분도, 액세서리 가공을 위한 도구도 전부 깨끗하게 상자에 담겨 있다.

……마치 이사 준비 같다.

"그래서, 할 얘기는?"

"……?!"

갑자기 본론으로 파고들어서 내 몸이 위축됐다.

유우는 상자를 정리하면서 이쪽에 시선도 주지 않고 있었다. 그 태도에 어쩐지 마음이 불편해졌다.

……그러신가요. 제 중요한 얘기 따위, 눈을 보고 들을 필

요도 없는 건가요.

뭔가 갑자기 짜증이 다시 돌아왔다. 이 빌어먹게 냉정한 태도를 무너뜨려 주고 싶어서, 나는 싱긋 웃고는…… 또다시 거짓말을 했다.

"우후후―. 별건 아니고, 그 예능 사무소 건에 진전이 생겨서 보고해 두려고. 우리 집에 인사하러 와 줬는데 엄청 조건이 좋았거든―. 맨션도 준비해 주고, 픽업이랑 데려다주는 것도 확실하고. 그리고 무엇보다 담당하는 사람이 엄청 멋있어. 역시 도시 남자는 분위기가 다르다니까―."

아아~~~~ 정말~~~~~~~~~~!!

왜 이러는 거야! 그 메일은 한참 전에 거절했잖아! 이러면 진짜로 그냥 정신 이상한 애잖아!

……아니, 뭐, 완전히 거짓말이라는 건 아니지만. 제시된 조건 쪽은 진짜니까.

그리고 유우의 대답은…… 그저 한마디였다.

"……그렇구나. 잘됐네."

쿡.

유우는 이쪽을 보려고도 하지 않는다. 혼자서 묵묵히 상자를 정리하고 있다.

……정말로, 그게 다야? 좀 더 뭔가 말할 게 있지 않아?

아아, 진짜 바보 같아. 그렇겠지. 나한테 '성가셔'라고 말할 정도니까. 착각하고 있었어.

……우리, 진작에 돌이킬 수 없는 곳까지 와버렸구나.

"유, 유우 얘기는 뭐야?"

자포자기하는 기분으로 말했다.

그러자 유우가 드디어 고개를 들었다. 그리고 이쪽을 돌아봤다.

"그게, 히마리한테 주고 싶은 게 있어서…….."

"……나한테?"

"네가 도쿄 가기 전에, 꼭 줘야 한다고 해야 되나…….."

그렇게 말하고, 유우는 교복 주머니에서 한 통의 갈색 봉투를 꺼냈다. 우리 학교 매점에서 파는 봉투다. 그걸 매정하게 내게 내민다.

……받아보니, 편지 같은데?

뭘까. 상당히 두께가 있다. 설마 절연장?

……아아, 그렇구나. 유우는 착실하니까, 그런 거구나. 지금까지의 수익 같은 걸 반씩 나누자는 의미겠지.

뭔가 충격이다. 나는 그런 식으로 보이고 있었구나. 돈 같은 건 필요 없는데 말이야. 그렇게 생각하면서 안을 확인했다.

'자퇴 신청서'

공기가 얼어붙었다.

내 사고가 완전히 멈춘 사이, 유우가 '앗' 하고 중얼거리더니 그걸 뺏어서 주머니에 돌려 놓았다.

“이런. 이게 아니었어⋯⋯.”

“잠깐만 잠깐만 잠깐만!! 방금 그거 뭐야?! 응? 유우! 방금 그 불온한 서류는 뭐야?!”

“제대로 자퇴하는 방법 같은 걸 몰라서 일단 임시방편으로 쓴 거야. 봉투는 아까 매점에서 샀는데, 역시 제대로 된 게 나으려나⋯⋯.”

“봉투 품질에 의문을 제기하는 게 아니거든—!!”

내 얼굴을 보는 유우가 쿡 하고 뿜었다.

“웬일로 네가 태클을 거네.”

“유우가 바보 같은 소리를 하니까 그러지!”

내가 정말로 화내고 있다는 걸 알았는지, 유우는 멋쩍은 듯이 시선을 돌렸다.

“나도 학교 그만둘까 해.”

“⋯⋯⋯⋯⋯⋯.”

너무나도⋯⋯ 그래. 너무나도 예상에서 벗어난 전개에, 나는 멍해졌다.

왜?

왜 유우가 그만두는데?

내가 도쿄에 간다고 말한 것만으로, 왜 유우까지 학교를 그만두는⋯⋯.

“나노 노교 살 거야. 히마리를 따라갈게.”

“나, 나를⋯⋯?”

그건, 즉⋯⋯ 어?

어떻게 된 거지? 전혀 모르겠다.

아, 전 파트너의 정으로 내가 신세 질 예능 사무소를 한 번 봐두려고? 아니면 큰마음 먹고 나랑 도쿄 관광하려고? 아니아니, 그런 거면 학교를 그만두는 건 이상하잖아. 그냥 여름방학 같은 때 놀러 오면 되니까.

……사실은 알고 있다. 신작 액세서리 판매도 안 하고 이사 준비를 한다든가, 화단의 꽃을 급하게 수확한다든가 하는 점에서.

하지만, 거짓말이지? 그런 건 말도 안 돼…….

"유우, **그거**, 진심이야……?"

유우는 확실하게 고개를 끄덕였다.

"마키시마한테, 뭐가 제일 중요한지 정하라는 말을 들었어. ……**역시, 히마리인 것 같아.**"

그 말은 찡, 하고 내 배에 가라앉았다.

말을 잃은 나를 신경 쓰지 않고, 유우는 계속 이야기했다.

"애초에 고등학교에 진학한 건 부모님 희망이기도 했지만, 가장 큰 이유는 히마리 너랑 같이 있는 거였어. 하지만 용납해 주시지 않겠지. 부모님이랑은 연이 끊길 테니까, 어떻게든 생계를 꾸릴 방법을 찾아야지."

"에, 에놋치는 어떡하고? 기껏 재회했는데……."

그러자 유우가 불쾌함을 드러냈다.

늘 무뚝뚝한 얼굴이라 알기 어려웠는데, 지금 표정은 몹시 아이 같았다. 그리고 유우는 의미가 잘못 전달되지 않도록 한 마디씩 음미하듯 말했다.

"그러니까 히마리, 뭔가 오해하고 있잖아. 분명 에노모토 양은 첫사랑이고 실제로 무척 예뻐. 하지만 그렇다고…… 지금의 친구보다 소중하다는 건 아냐."

마지막에 그렇게 덧붙이고, 유우는 얼굴을 빨갛게 물들였다.

손바닥으로 입가를 덮어 가리려고 하고 있지만 전혀 가려지지 않았다.

……진심으로 하는 말이었다.

그걸 깨달은 순간, 내 얼굴에도 화악 열기가 깃들었다.

"나를 따라오기 위해, 전부 버릴 셈이야……?"

"뭐, 어쩔 수 없잖아. 내가 뿌린 씨앗이니까. ……아, 꽃처럼 말이지?"

"그거 하나도 재미없어. 안 웃겨. 두 번 다시 하지 말아 줘."

"……미안."

진심으로 시무룩해진 유우.

……이렇게 분위기 못 읽는 부분이, 정말 싫어.

"유우는 생계를 꾸린다고 간단히 말하는데 말이야. ……플라워 액세서리는 못 하게 될지도 모른다?"

"하지만 그걸 고집했다간 히마리가 없어지잖아. 어떤 최고의 플라워 액세서리를 만든다 해도…… 네가 없으면 재미없어."

그렇게 말하고, 유우는 똑바로 나를 쳐다봤다.

"히마리는? 플라워 액세서리를 만들 수 없게 되면, 나는 있어도 의미 없어?"

"……읏!"

치사해.

그런 식으로 말하면, 나는 유우를 멈출 수 없게 돼.

플라워 액세서리 말고도, 유우가 있을 의미가 있냐고?

……그야 있지. 잔뜩 있어.

유우랑 만화를 서로 빌려주면서 보내는 방과 후가 좋아.

유우랑 같은 폰으로 유튜브를 보는 시간이 좋아.

유우랑 학교 끝나고 모스버거에 들러서, 어니언 링을 서로 뺏는 게 좋아.

유우랑 전철에 타서 옆 거리의 커다란 이온 몰에 놀러 가는 게 좋아.

유우랑 휴일에 자전거로 인스타 촬영할 가게를 찾으러 가는 게 좋아.

그 도중에 뒷골목에 들어갔다가 1시간 정도 헤맨 뒤에 '큰일 났다, 여기 어디야?!'라며 서로 웃는 순간이—— 최고로 좋아.

같이 있는 의미 같은 건 처음부터 알고 있었는데.

"그, 그렇지 않아……."

그렇게 대답하는 게 고작이었다.

……아니, 무리인데요. 유우의 얼굴을 보면 이제 정말, 무심코 고백해 버릴 것 같아서. 또 똑같은 실수를 반복해 버

릴 것 같아서. ……정말, 사랑은 몸에 나쁘다.

"유우, 그 자퇴 신청서 이리 줘."

내가 그렇게 말하자, 유우가 갸우뚱하면서도 갈색 봉투를 내게 건넸다.

나는 그걸—— 갈기갈기 찢었다.

"아아—! 뭐 하는데?!"

"뭐 하는데, 는 내가 할 소리야! 멋있는 척 말하는데, 나한테 책임 떠넘기지 말라구—!"

"하지만 따지고 보면 네가 운명공동체라고 해서…….

"그렇지만! 그렇지만, 그건 어디까지나 경영적인 입장에 서고! 그것 때문에 유우가 자살 행위에 이르는 걸 좋다고 할 리가 없잖아!"

"아니, 아무리 그래도 자살 행위는 아니지."

"그럼 보증인 같은 건? 방 빌릴 때는 어떻게 할 건데?"

"어…… 역시 필요한가?"

"당연히 필요하지! 요즘 시대에 혼자서 상경이라니, 진짜 자살 행위거든?!"

"너랑 보러 간 '날씨의 아이'에서는 어떻게든 했잖아."

"그거 전혀 잘 해내지 못한 거거든!! 재미는 있었지만 참고 삼으면 안 된다니까?!"

나 참, 유우는 이런 부분이 있단 말이지.

정말…… 내가 없으면 안 되네.

종이 부스러기는 잘 말아서 내 가방 주머니 속에 넣었다.

하는 김에 거기 들어가 있던 요구르피 종이팩을 꺼냈다. 빨대를 꽂고 평소처럼 쪼옵 하고 마셔서 쿨 다운한다.

하아, 하는 한숨이 새어 나왔다.

……뭔가 더 로맨틱한 느낌이 될 거라 생각했는데―. 뭐, 유우니까. 어쩔 수 없나.

"됐어. 이제 안 가니까."

"……어?!"

유우가 반응했다.

유우는 내 어깨를 붙잡더니 있는 힘껏 얼굴을 접근시켰다. 거기에 깜짝 놀란 내 코로, 요구르피가 역류했다!

"지, 진짜로?! 벌써 인사했다며!"

"콜록, 콜록. 아니, 그건 거짓말……은 아니지만, 아, 그렇지. 오빠가 반대했거든. 어차피 제지당할 것 같네― 싶어서……."

"너, 팬들이 필요로 하는 사람이 되고 싶다고 했잖아?!"

"그런 소리는 한 번도 안 했는데요―! 유우는 정말 나를 모르네! 그리고 얼굴 좀 치워봐!"

유우의 얼굴을 양손으로 억누르며 쑤욱, 멀리 보낸다.

이제 그만해 그만. 지금 얼굴을 가까이 가져오면, 정말 제정신으로 못 있을 거야. 솔직히 말하자면 키스하고 싶어져. 유우와의 첫 키스가 코에서 나온 요구르피라니 절대로 싫어!

유우를 책상에 머물게 한 뒤, 나는 한숨을 쉬었다.

"나랑 유우는 지금처럼 지내자. ……에놋치도 모델은 해

도 되지만, 가능하면 나를 우선해주면, 그, 기쁠 것 같아."
"그래, 알았어……."
어쩐지 민망한 분위기였다. ……전환, 전환이 중요하다.
요구르피의 종이팩을 쪼옵 하는 소리를 냈다.
"그래서?"
"뭐, 뭔데?"
"나한테 주고 싶다는 건?"
아까 말했었지?
자퇴 신청서가 아니라면, 하나가 더 있을 거다. 난 분위기
에 넘어가서 까먹지 않거든?
"히마리가 도쿄에 안 갈 거면, 안 줘도……."
"얼른. 허리 허리 업."
"……안 주면 안 돼?"
"안 돼. 자, 줘봐."
손바닥을 내밀면서 가볍게 재촉했다.
유우는 포기한 듯 주머니에 손을 넣었다.
"히마리. 뭔가 순서가 반대가 됐지만……."
그리고 내 손바닥에, 갈색의 봉투를 놓았다.
"아까 자퇴 신청서랑 똑같네…… 정말, 이러니까 헷갈리
지—!"
"진짜로 준비할 시간이 없었거든. 아까 자퇴 신청서 봉투
사러 갈 때, 일단은 이걸로 됐다 싶어서…… **그것도** 엄청 어
려워서, 어제 겨우 생각대로 만들었어."

서류가 아니었다.

봉투를 거꾸로 들고 손바닥을 향해 흔들자, 반지가 데구르르 떨어진다.

“뭐, 뭐야 이거……?”

무심코 넋을 잃고 보고 말았다.

투명한 레진 반지. 늘 장식 부분에만 레진을 고정하지만, 이건 반지 전체가 깨끗한 레진으로 구성되어 있었다.

그리고 레진 안에는 극히 작은 남바람꽃의 프리저브드 플라워가 떠 있다. 마치 요정의 놀이터 같은 이미지다.

그걸 들여다보면서, 나는 멍하니 중얼거렸다.

“이거, 정말 남바람꽃……? 확실히 꽃인데, 너무 작은 거 아니야?”

분명 남바람꽃은 작은 꽃이지만, 아무리 그래도 반지에 통째로 들어갈 수는 없다. 게다가 그런 게 여러 개 떠 있다.

유우가 멋쩍게 웃었다.

“남바람꽃의 프리저브드 플라워로 만든, 남바람꽃 미니어처야…….”

“하아?!”

다시 한번 반지를 응시했다.

……이게, 전부, 미니어처?

“현미경으로 한 선배, 몇 번이나 실패한 너나 엄청 시켰어. 아마 같은 건 절대 못 만들어…….”

유우는 주머니에서 그 망가진 남바람꽃 초커를 꺼냈다.

그리고 그걸 미안한 듯이…… 하지만 소중한 듯이 움켜쥐었다.

"이 초커, 망가져 버렸잖아. 그 대신이라고 해야 되나, 새로운 생활을 향한 나의 의사 표명이라고 해야 되나. ……세상에서 히마리만을 위한, '친구'의 반지야."

그렇게 말하고, 유우는 부끄러운 듯 고개를 돌렸다.

그런 주제에 내 리액션을 신경 쓰며 긴장하고 있다. 그리고 유우는 그런 어색한 모습을 보이면서도 확실하게 말했다.

"내게 히마리는 역시 친구야. 그런 만큼 이번처럼 방심해서 화나게 할 일도 있을 거라 생각해. 하지만, 다른 사람이 더 소중하다는 게 아냐. 그건 단연코 사실이니까."

"…………."

그 말투가 너무나 서투르고, 솔직하고, 유우다웠다. ……그리고, 몹시 부끄러워서 근질거렸다.

"……히마리. 이거면, 안 되려나?"

"…………."

나는 무심코 '푸핫' 하고 웃어버렸다.

"아하하하하하핫! 유우, 최고야! 이런 걸 봤는데 안 될 리가 없잖아!"

지금까지 화났던 거든, 유우에게 짜증 났던 거든…… 이제 정말 상관없어졌다. 이건 위험하다. 정말 위험한 거다. 변태밖에 만들 수 없는 물건이다.

"유우. 잠깐 뒤돌아봐."

"어, 왜?"

"됐으니까 돌아봐."

"……알았어."

유우가 수상해하며 몸을 돌린다.

그 등에, 나는 있는 힘껏 달라붙어 안겼다.

"이얍!"

"우왓, 위험하잖아!"

그 목에 양팔을 두르고, '친구'의 반지를 높이 들었다. 그리고 귓가에 평소처럼 귀엽게 **졸랐다.**

"끼워줘♡"

"아니, 스스로 끼워."

"싫—어. 유우가 해줘, 응?"

"…………."

유우는 망설이면서도 내 손을 잡았다.

그리고…… 왼손 중지에 반지를 끼웠다. 칫.

나는 유우의 귓가에 속삭였다.

"겁쟁이."

"'친구'의 반지라고 했잖아."

"푸핫. ……그러고 보니, 이 작고 갈색인 건 뭐야?"

딱 한 알, 꽃의 씨앗 같은 게 떠 있었다. 그게 악센트가 되어 무척이나 인상적이었나.

"…………나, 남바람꽃 씨."

몹시 텀이 길었지만 상관없겠지. 헤에—. 그러고 보니 씨까지는 본 적이 없었네. 갈색의 초승달 같은 모양이었다.

……괜찮잖아.

그 레진 반지는, 표면이 무척이나 매끄러워서 피부에 달라붙듯이 정말 예쁘게 들어맞았다.

형광등을 향해 들자 레진이 빛을 투과해서…… 다른 세상의 물건처럼 환상적이었다.

마치 나와 유우의 관계 같다.

실체 없는 구두 약속이, 우리를 확실하게 잇는 가교가 된다.

"유우, 그냥 나를 골라."

무심코 그런 말이 흘러나왔다.

그건 평소에 하는 농담과는 달리, 내 안에 사라지지 않는 열을 만들어 냈다.

"……하?"

유우가 당황한 듯 멍해졌다.

그게 무척이나 유쾌하고, 또 열받아서…… 뭐, 이번엔 이 정도로 넘어가 주자고 생각했다.

(아직 일러…….)

내 사랑의 불을 유우에게 옮겨 붙이기에는, 아직 이르다.

인생은 길다. 꿈은 붙잡기보다 유지하는 것이 어렵다. 우리는 앞으로 몇 번이나 비슷한 위기를 넘어서야만 한다. 그리고 이 '친구'의 반지 같은, 흔들림 없는 유대를 쌓아 올려야만 한다.

그리고 내가 이기는 것은—— 그 최후의 한 번뿐이면 족하다.

나는 유우에게 싱긋 미소를 보내고 다시 한번 말했다.

"30까지 서로 솔로면, 나를 고르는 거다?"

"……뭐, 그때 솔로면 말이지."

주머니에서 폰을 꺼내, 카메라를 우리 쪽으로 향했다. 삐빅 하는 작은 전자음이 울리고—— 우리는 또 한 번, 약속을 나누었다.

둘이서 찍은 사진을 본 순간, 히마리가 '잠깐 화장실에서 코 씻고 올게!'라며 과학실을 나갔다.

……코? 왜 코인지는 잘 모르겠지만, 히마리의 기분은 회복된 듯했다. 아니, 오히려 이전보다 좋아 보일 정도다.

그건 그렇다 치고, 나는 머리를 감싸 쥐고 신음을 흘렸다.

"아아~~. 다행이다~~~~……."

뭐가 뭔지 잘 모르겠지만, 히마리가 전학을 포기해 줘서 다행이다.

히마리가 가장 소중하다는 것은 사실이다. 학교를 그만둘 걸의도 진짜였고, 따라길 생각이 있던 깃도 진짜디.

하지만, 너무 무모한 짓이라 쫄았던 것도 사실이었다…….

난 아직 고등학생이니까. 방을 빌리는 데도 보증인이 필요하다는 소리를 들었을 때는 정말 눈앞이 새하얘질 뻔했다.
……하다못해 얼른 면허만이라도 따 두자.
과학실 문이 열렸다.
히마리가 돌아왔나 했더니…… 마키시마였다.
무척 섬뜩한 미소를 짓고 있었다. 사람이란 이렇게나 잔혹한 미소를 만들 수 있는 거구나.
"나하하하하하! 나츠, 제대로 보여주는구나!"
"…………."
역시 보고 있었나.
아니 뭐, 어제 액세서리가 완성됐으니 에노모토에게 들었겠지.
"됐고, 히마리가 돌아오면 불편해지니까 가 주지 않을래?"
"불편한 건 내 쪽이지. 지금부터 린의 위로 케이크 파티에 참가하게 됐으니까. 나 참, 나는 단 게 싫은데 말이야!"
에노모토도 보고 있었던 건가.
……내일부터, 무슨 낯으로 인사를 해야 하지.
"그건 그렇고, 유우. 마지막의 마지막에, 겁먹었겠다?"
"거, 겁 안 먹었어. 전부 전했어."
"나하하. 그렇다면, **왜 그걸 남바람꽃의 씨라고 거짓말했지?**"
"……웃.
아니, 그게, 그 꽃을 주문하러 갔을 때, 신작 디저트를 체크하러 온 이 녀석들과 마주쳐 버렸다.

다들 휴일에는 기본적으로 이온에 간다. ……시골의 폐해란 말이지.

마키시마는 히죽히죽 웃으면서 말했다.

"그건 튤립의 씨잖아? 그것도, **보라색 튤립**에서 채취한 씨야."

"……그래. 남바람꽃의 씨는 더 작고 초록색이고 마름모꼴이야."

튤립의 씨는 그다지 친숙하지 않다.

보통은 구근으로 팔리고, 초등학생 때도 그 상태로 심는다. 하지만 구근이 되기 전에는 씨를 채취할 수 있고 실제로 존재하는 것이다.

이렇게 된 이유는, 씨앗부터 키우게 되면 시간이 너무 오래 걸리기 때문. 꽃이 피기까지 5년 정도 걸리는 데다, 그렇게 해도 피지 않는 경우가 많다.

그런 이유로 튤립 씨는 보통은 꽃집이나 홈센터에도 잘 나오지 않는다. 그날은 그걸 꽃에서 채취하기 위해 이온에 갔다.

"그래서? 왜 겁먹었지?"

"…………."

보라색 튤립.

꽃말은── '불멸의 사랑'.

결코 빛바래지 않는, 결코 스러지지 않는 사랑을 맹세하는 꽃.

환상적이며 흔들림 없는 우정 속에서 희미하게 피어난 연심. 그것이, 내게 있어 '히마리' 그 자체였다.

사실은 그걸 전할 생각이었는데…….

"그치만 그 타이밍에 차이면 죽고 싶어질 거야……."

"…………."

마키시마는 폭소하며 돌아갔다.

……언젠가.

둘이서 가게를 내면, 그때 제대로 내 말을 전할 거니까.

지금은 조금 마음의 준비가 부족하다.

내 친구가 너무 귀여워서, 요즘 진짜로 곤란하다고……!

화장실에서 손을 씻으며 생각한다.

거울에 비친 내 얼굴은 정말로 심각한 꼴이었다. ……잠시 동안은 유우가 있는 곳에 못 돌아가겠다.

하지만 냉정해지면 질수록, 유우가 한 말의 본질은 궤변일 뿐이라는 느낌도 들기 시작했다. 좋게 포장한 말로 나를 구워삶으려는 것뿐. 결국은 그냥 현상 유지일 뿐이니까.

그럼에도 좋다고 생각해 버리니, 반한 사람이 졌다는 건 이런 거겠지.

적어도 그 한순간은── 그 정열을 전부 지펴서 타오르는 유리구슬 같은 눈동자는, 세상에서 나만의 것이었다.

마치 월하미인처럼.

하룻밤밖에 피지 않는 아름다운 꽃. 에놋치의 꽃.

그 꽃은 개화 직전이 되면 꽃봉오리가 위를 향하고, 향기를 피우며 꽃잎을 연다.

아리따운 겉모습과 달리 그 향기는 강렬하다. 너무나 독특한 탓에 좋아하지 않는다는 사람도 많다.

하지만 그 향기에 꽂히면 거기서 끝이다. 단 하룻밤, 그것도 몇 시간밖에 피지 않는 만남을 위해 심혈을 기울여 꽃을 돌보게 된다.

그 향기는, 첫사랑을 닮았다.

그것을 나는 이제야 이해해 버렸다.

……괜찮아.

유우가 그렇게 말한다면, '친구'라도 상관없어.

이 사랑은 남바람꽃의 반지 안에 감춰 두어야 해.

그 대신, 내게 '사랑'으로는 경험할 수 없는 행복을 줘.

나는 내 방식으로 이기겠어.

우정이라는 사슬로, 너를 평생 놓지 않을 거야.

후기

　유우와 히마리가 처음에 감정의 단추를 잘못 끼우지 않았다면, 분명 이 이야기는 10페이지로 끝났을 것이다. 더 편하게 인세를 받을 수 있지 않았을까 생각하면서도, 그런 귀찮음에 감동을 느껴주실 분도 계실 거라 생각하는 나나나였다.

　……감성적으로 말해봤는데요. 거짓말이에요. 농담입니다. 10페이지로 인세를 받고 싶다고 말했다간 담당 편집자분께 '이 자식 바보인가'라며 포기당할 테니까요. 나나나, 잔뜩 쓰는 게 정말 좋습니다. 뭐, 이번엔 좀 너무 많이 써버려서 담당분을 엄청 애태우게 했지만요. 여러모로 감사했습니다.

　그렇게 해서, 나나나입니다. 전격문고에서는 처음 뵙겠습니다.
　전격의 신문예에서도 쓰고 있으니 그쪽도 잘 부탁드립니다.

　본 작품에 대해 이야기하자면…… 부제목이 전부겠네요.
　만약 독자 여러분께, '30살이 되어도 서로 솔로면 같이 살래?'라고 농담하는 이성 친구가 있을 경우엔…… 그리고 실은 그 애에게 짝사랑을 하고 있을 경우엔…… 이 책을 전해보세요. 분명 마음이 통할 겁니다. OK를 받을지 아닐지는 개인의 호감도에 달려 있으므로 보증은 못 하겠지만요. 관계가 망가져도 클레임은 걸지 말아 주세요.

본 작품은, 또 봄 경에 2권을 낼 예정입니다. 아무쪼록 기대해 주세요.

내용에 관해서는 담당분께 '꽁냥꽁냥하고 감성적이면서 섬뜩한 이야기를 써주세요'라는 주문이 있었기에 '그럼 히바리 오빠와 마키시마(타인)가 유우 군을 서로 뺏는 형님 전쟁이 좋습니다!'라고 했더니 바로 각하당했습니다. 그렇기에 형님 전쟁은 아닙니다. 쳇.

마지막으로 감사 인사를 드립니다.

일러스트 담당 Parum 선생님, 담당 편집자 K님, 제작에 관여해 주신 모든 분들.

나나나가 가지지 못한 기술들로, 이 작품을 최고의 형태로 세상에 내는 데 협력해 주셔서 진심으로 감사드립니다. 이 작품에 관여하는 시간을 조금이라도 유의미하다고 생각해 주신다면 기쁘겠습니다.

그리고 독자 여러분. 또 만나 뵐 날이 오기를 기원하겠습니다.

2020년 12월 나나나 나나

후기

일러스트를 담당하게
되었습니다!
앞으로 둘의 관계가
어떻게 변해갈지
무척 신경 쓰여요 ...

DANJO NO YUJO HA SEIRITSUSURU？ (IYA, SHINAI!!)
Flag.1 JA, 30 NI NATTEMO HITORIDATTARA ATASHI NI SHITOKINAYO？
©Nana Nanana 2021
Edited by 전격문고
First published in Japan in 2021 by KADOKAWA CORPORATION, Tokyo.
Korean translation rights arranged with KADOKAWA CORPORATION, Tokyo.

남녀의 우정은 성립할까? (아니, 하지 않아!!) 1

2025년 6월 15일 1판 1쇄 발행

저   자 나나나 나나
일 러 스 트 Parum
옮 긴 이 이지우
발 행 인 유재옥
이   사 조병권
출판본부장 박광운
편 집 1 팀 박광운
편 집 2 팀 정영길 박치우 조찬희
편 집 3 팀 오준영 이소의 권진영 정지원
디자인랩팀 김보라
디지털사업팀 김지연 윤희진
콘텐츠기획팀 강선화
라이츠사업팀 김정미 유아현
영업마케팅팀 최원석 윤아림
물 류 팀 백철기
경영지원팀 최정연
인쇄제작처 ㈜코리아피엔피
발 행 처 ㈜소미미디어
등   록 제2015-000008호
주   소 서울시 마포구 토정로222, 502호 (신수동, 한국출판콘텐츠센터)
판매 및 마케팅 (070) 8822-2301

ISBN 979-11-384-8666-8
ISBN 979-11-384-8665-1 (세트)